滅びの園

恒川光太郎

角川文庫
22668

目次

第一章　春の夜風の町

1

小刻みに車両が揺れる。

窓は車内の蒸気で曇っていた。

鈴上《すずがみ》誠一《せいいち》は鬱々《うつうつ》としながら電車のシートに座っていた。

最近調子が悪い。食べものは喉《のど》を通らず、体全体が疲れていて、夜はあまり眠れない。

仕事のせいだ。

今日も怒鳴られたし、明日も怒鳴られるのだろう。どうもそういう〈役〉を割り当てられてしまったようだ。ミスも増えた。

ふと顔をあげると、つり革に摑《つか》まった女が目に入った。

ほんの一瞬、清新な光に心が照らされたような気がした。

恋をした。

鈴上誠一は思った。

いや……いやいや。それはない。だが、素敵な人だ。

なぜ人は恋をするのか。それはその異性が魅力的だからであるが、魅力的であればあるほど、自分に縁があるとは思えない。

女はほんの一瞬、鈴上誠一を見た。

鈴上誠一は恥ずかしさをおぼえて眼を逸《そ》らした。

眠ろう。

目を瞑《つむ》る。

尻《しり》にシートの温《ぬく》みを感じる。今日は出張からの帰り道で、あまり馴染《なじ》みのない電車に乗っている。

振動が続き、ふっとその振動が消えた。なぜか一瞬無重力になったような不思議な感覚が訪れた。

誠一は眼を開いた。

ちょうど彼女が電車をおりるところだった。

扉のほうに移動している。

本当に、ただなんとなく、誠一も立ち上がって、気がついたら駅におりていた。

誠一の背後で電車の扉が閉まる。

知らない駅だった。

一月だった。凍《い》てつく風が吹いていた。

自分はどうしてここでおりた？

女はもうホームにはいなくなっていた。無論、この先の人生で二度と会うことはないだろう。

馬鹿だ。俺は大馬鹿野郎だ。

いや、女を追ったわけではない。その……なんというか少し気分を変えたかっただけだ。

誠一は己に言い訳をする。

気分が優れないのは、仕事だけではない。家には妻がいるが、どうも反りがあわない。日常の妻の要求や、発する言葉の何もかもが非常識でおかしいと思う。

階段をおりていく。

誠一は改札を通り抜けて、風の吹きすさぶ通りにでた。薄い雲の向こうに霞《かす》む太陽に二重の暈《かさ》ができている。

駅前には灰色のビルが並んでいた。枯れ葉が舞っている。遠くに枯れ木立が見えた。

脳のどこかで警告が発せられた。

鞄《かばん》は？

あっと思った。手にしていない。間違いない。電車に置き忘れた。

いくつか重要な書類が入っている。今日の六時までに会社に戻って上司に渡さないといけない。鞄を電車に置き忘れたと連絡したら、どんな罵倒《ばとう》が待っているか。誠一の会社では嫌味や精神的なハラスメントだけでなく、暴力も横行している。

即座に駅に電話して車両に鞄を忘れたことを問い合わせるべきであった。場合によっては許容範囲内の時間のロスで済む可能性もあったが、頭を殴られたかのように、整理した思考ができなくなっていた。

呼吸が苦しくなり、目に涙が滲《にじ》んだ。

頭の中で、糸が切れた。

もういいや。

誠一はとぼとぼと歩き出した。

面倒臭い。

別に鞄を置き忘れたことだけではない。積み重なった何もかもが、自分の手に負えない。

もういい。

もう、自分には、できない。

このままどこかに消えてしまいたい。

階段をおりて、むき出しのコンクリートの細い通路を歩いたような〈気がする〉。ビラがたくさんはられた道を進み、ドアがたくさんある家に入ったような〈気がする〉。

なんだかよくわからない非常階段をのぼったような〈気がする〉。
　糸が切れてからのことは、はっきりとおぼえていないのだ。
　あるいはそのとき、空から舞い降りた透明な存在が己の体を運んだのかもしれない。

2

　薄紅色の桜の花びらが宙を舞い、誠一の膝《ひざ》に落ちる。
　昼の陽光があたりに降り注いでいる。
　誠一は目を開いた。
　桜の花びらをそっと手にとる。
　春である。
　ペンキのはげた木製のベンチに座っていた。
　誠一は周囲を見回した。
　目の前には手入れされた大きな広場がある。それに沿って円形に商店が並んでいる。
　雑貨屋、貴金属店、蕎麦《そば》屋、マクドナルド、洋菓子店、時計店。
　誠一はしばらく黙って座っていた。
　ベンチの後ろには駅があった。
〈中央広場駅〉

と書かれている。

どこなのだろう。

まず最初に駅に向かった。改札は一つだけで、珍しくもパスモやスイカに対応した電子式ではない。駅員もいない。壁の路線図は見知らぬ駅ばかり。駅舎はこぢんまりとしており、どこかテーマパークの駅を思わせる。

誠一は広場に戻った。

やがて、眼の前にミニチュアダックスフントを連れたおばさんが現れた。

「すみません」

誠一は声をかけた。

優しげな表情の身なりのいい中年の婦人が足をとめた。

「道をおたずねしたいのですが」

いいですよ、というように中年の婦人は頷《うなず》いた。ダックスフントが靴の匂いを嗅《か》いできた。

「ここは、何県ですか？　地名が知りたいのですが」

婦人は目を瞬いた。

「ナニケン？　ナニケンっておっしゃったの？」

「は、はい」

「ほら、あそこ、中央広場駅よ」

確かに駅はそこにある。さっき見た。

「あの、私は」

「ええ、なにかしら」中年の婦人はいう。

「あのですね」

「うまくいえないのね、わかるわ。そこに座って、落ち着いてからいったらいいわ。どうなさったの？」

もう一度周囲を見回す。都会の風景ではない。見える建物は、どれも三階ぐらいまでしかない。知らない町だ。だが幼い頃に、夢の中で訪れたような不思議な郷愁がある。

「ごめんなさい。ちょっと記憶が混乱していて」

「あやまることないわ。悪いことしていないんだもの」婦人はいった。「でも記憶って、名前は思い出せるの？」

「鈴上誠一です」

「いや私に名乗らなくてもいいのよ。電車でどこかよそからやってきて、間違えておりちゃったんじゃないの？」

そうなのである。

確かに見知らぬ駅でおりた記憶があり、なんとなく自分がどこにいるかわからぬまま、ずんずん歩いた記憶がある。

見知らぬ駅でおりたときはまだ冬だったように思う。だが今は桜が咲いているし、春の陽気だ。だとすればその間何をしていたのだろう。わからない。記憶の断片のひとつひとつが曖昧《あいまい》で確信がもてない。

「なにか身元がわかるものはないのかしら」

誠一は体を探った。財布をもっていた。そのなかに、免許証があった。鈴上誠一。自分の名前がある。住所は東京都の稲城《いなぎ》市だ。

婦人がのぞきこんだ。

「もっているじゃない」

「はい。ああ、なんだってこんなところにきちゃったんだろう。稲城市は、ここからけっこう離れていますかね」

「知らないわ」婦人はいった。「そこの電車の駅はね、〈最果ての丘駅〉から〈精霊の森駅〉までだもの。稲城市って駅はないし」

婦人は通行人を呼び止めた。

「ねえ、すみません。このオニーサン、記憶がないんですって。トウキョウトイナギシへのいきかたわかりますか？」

数人が集まってくる。

「う〜ん、ええ？　記憶がないのかい？」

「すみません」誠一は縮こまった。「いやあるんですよ。記憶はあるんです。名前も住所もわかるんですが、でもなんというかおぼえていないことが多いというか」

婦人の呼び止めた男たちはみな一様に、東京都稲城市など知らない、といった。

「交番はどこでしょう」

「ない」誰かがいった。

やがて日が暮れていく。

その晩は、広場に店をかまえる蕎麦屋の店主が、宿泊場所を提供してくれることになった。蕎麦屋の店主は、白くなりかけた髪を角刈りにした壮年の男だった。壁際に木箱が積まれた二階の空き室に誠一を案内した。

「ゆっくりしてってえやあ」

店主はどさり、と床に古布団を置くといった。

「困ったときはお互い様よ」

「すみません」

窓から夜の広場を眺めながら途方にくれた。

路面電車の駅が見える。

とりあえず明日はあれに乗ってみるしかない。

古い木造建築である蕎麦屋の二階は、よその家の匂いとでもいうような、独特な染みついた匂いがあった。それは不快なものではなく、幼い頃友人の家を訪れた記憶を甦《よみがえ》らせた。

確認すると財布の所持金は一万五千円であった。

翌日になって布団をたたんで階下におりると、蕎麦屋の店主が朝食にかけそばを用意してくれた。

「あの、私は」

「お金はいいから。出世払いでな」

恐縮しつつ蕎麦をすする。

からからと引き戸を開いて外にでると、よく晴れていた。

その日はとりあえず、路面電車の片方の終点である〈精霊の森駅〉まで乗ってみることにした。

切符を買って車両に乗り込む。一両編成で、乗客が数人乗っている。

それは誠一がかつて乗っていたＪＲの満員電車とは全く別種の乗り物のようだった。のどかで窓が大きく、レトロな車体だった。

車窓を流れる景色に見覚えはなかったが、瞬間的にどこかで見たような建築物が流れ去っていくこともあった。

住宅街の庭先をかすめたり、海沿いのトンネルをくぐったりと飽きなかった。

稲城市を知らない人間がいてもおかしくない。誠一は思った。二十三区だって知らない人は知らないだろう。

乗客はみなおりていき、そのうち一人になった。

一時間ほどで終点についた。

〈精霊の森駅〉は、鬱蒼《うっそう》と茂る森の中の駅だった。

盛り上がった土のホームである。

道は駅前から未舗装だった。駅前に一軒だけサンドイッチ屋がある。文明を示すものは、そのサンドイッチ屋だけで、あまりにも何もないので驚く。

先に進んでいくべきかわからない。うろうろしていると、サンドイッチ屋の店主らしき色の白い男が店からでてきたのできいてみた。

「ここから先には何があるんですか？」

「ん？　鶏山《にわとりやま》だあ。鶏山」色の白い男は煙草をだすと火をつけた。「山登りにきたのかい？」

「いえ、そういうわけでは」

「鶏山はね、頂上にいくんでも、四時間はかかる。登りなれていないんならもっとだ。そんな格好で今からはやめたほうがいい」

「山の先はどうなっているんでしょう」

色の白い男は煙を吐き、首を横に振った。

「知らんね、深い自然がずっと続いている。人は住んでいないね」

まさか、路面電車の終点のここまでが人間の領域だとでもいうのだろうか。

「なに県ですか？」ここは。あるいは山の向こうは。

「知らん」白い男は首を横に振った。

誰にきいてもみなそういう。本当に知らないという顔で。

仕方なく、再び路面電車で、〈中央広場駅〉まで戻った。

誠一は洋菓子店に入った。

ケーキを注文する。珈琲《コーヒー》も頼む。所持金を減らすべきでないのはわかっているが、少しゆっくりと気持ちを落ち着けたかった。

「お、記憶喪失の人だ」洋菓子店の店主がいった。

洋菓子店の店主は茶髪でそばかすのある若者だった。二十代後半ぐらいに見えたが実際の年齢はわからない。昨日、自分の前に集まった人たちの一人だった。

「記憶は戻りました？」

誠一は首を横に振った。

「家に帰れない」

「え、本当ですか？」

「だめでした。精霊の森駅ってところまでいってみたんですが、帰る手がかりはなかった」

「そりゃ弱ったね。はやく帰らないといろいろ待っている人もいるんでしょうね？」

「う〜ん、そりゃまあ」待っている人、いるのだろうか？

「あちこちできいているんですが、このあたりなんという地名なんですか」

「おおまつり郡おおまつり町」

きいたことがない。

「地図とか」

「おおまつり郡のものと、おおまつり鉄道の路線図はあるけれど」

おおまつり鉄道というのは、今日乗った路面電車らしい。

洋菓子店の店主が四つ折りの細長いパンフレットをもってきて誠一に渡した。そこには地図があるが、簡略化された観光パンフレットの地図であり、日本のどこにここがあるのかということは見当もつかない。

「とにかく、今日もまた蕎麦屋の二階というのも気まずくて」

「だったら、家を紹介します？」

「家っすか」誠一は苦笑した。「財布の中に一万四千円しかないんですけど」一万五千円から本日千円減った。洋菓子店の支払いでもっと減るだろう。

「空き家ですから、お金はいらないですよ」

「家賃も？」

「ないない」

洋菓子店の店主の名はマロンさんといった。

どれほどのぼろ家だろうと思いながら、連れられて見にいった。ちょうど中央広場駅から三キロほど離れたところで、最寄り駅は〈緑丘《みどりおか》駅〉という何もない駅だった。樹木がぽつぽつとしか生えていない眩《まばゆ》い緑の丘がいくつも連なっている。丘の道を歩いていくと、やがて丘の中腹に三階建ての大きな家が現れた。

「あれだよ」マロンさんはいった。

周囲に建物のない一軒家だ。

屋根やドアなどに曲線が多く、丸っこい印象がある。

庭に楓《かえで》の樹が一本たっている。

マロンさんはドアを開いた。

広々とした居間に暖炉。曲線を描く階段。収納スペースがやたらに多い。築年数はそれなりといったかんじだが傷んでいるところも少ない様子だ。

「家主さんは」

「もとは魔女が住んでいたんだよね。で、その魔女はいなくなっちゃったんで、空き家になったんだ。家主さんはいない」

魔女？

「その魔女はどこにいったんですか？」

「さあ？　西の海の先に飛んでいった。箒《ほうき》に乗ってね。魔女は気まぐれだし、不動産の所有権に対する意識がないんで、勝手に住んでいて大丈夫だよ」

「戻ってきません？」

「きたって平気だよ。空き家はたくさんあるし、魔女だって引っ越した後に誰かが住むことは想定しているだろうし。ガーデニングの好きな気立てのいい魔女だったよ。旅立つ前はうちの店で食べていった」

「じゃあ、まあ、とりあえず、ここに」誠一はいった。「ありがとうございます」

どうも半信半疑だったが、本当に家賃がかからないのなら蕎麦屋の二階にずっと住むより気楽でいいに違いなかった。

誠一は階段を上ると、がらんとした二階の部屋の床にぽつん、と座りこんだ。

魔女ってなんだろう。本当にそんなものがいるのか。冗談まじりの比喩《ひゆ》的な表現なのか。

ともかく、この家に住んでいいのか。

良い話だ。ものすごく。

家が決まると、中央広場駅の、広場を囲む個人商店の店主たちが、次々に、食器や布団などをくれた。そのおかげで、最低限のものは数日のうちにそろった。

部屋でおおまつり鉄道のパンフレットを見てみた。北東の〈最果ての丘駅〉と、南西の〈精霊の森駅〉を往復する路線であること。

〈薔薇泉《ばらいずみ》駅〉は春に薔薇が咲き乱れる巨大公園があり、〈煉瓦《れんが》迷宮駅〉では春にイチゴ狩りがさかんで、〈釣り桟橋駅〉では海釣りができて、〈鯨海岸駅〉は海産物を売る店が並び、海水浴が可能。〈洞湖《とうこ》駅〉は鱒《ます》が釣れることがわかった。

日を置いて〈精霊の森駅〉とは反対側の終点である〈最果ての丘駅〉にもいってみた。駅舎をでてしばらくは農地が点在しているが、やがて荒涼とした丘が現れ、その先は灯台のたつ岬になった。

どこにいっても、東京に帰る手がかりはなかった。

3

〈精霊の森駅〉で電車をおり、駅前に一軒だけあるサンドイッチ屋に入る。

壁には二メートル以上あるのではないかと思われる黒い熊の毛皮がかかっていた。

棚にはイチゴサンドや、エビカツサンドや、照り焼きチキンマヨサンドなどが並んでいる。珍しいところで山雉《やまきじ》サンドや、鹿肉チリソースサンドなども並んでいた。

店主はいつか少し立ち話をした色の白い男だった。

「エビカツサンドください」

「あいよ」三百八十円。

「森の向こうにある山に登ってみようと思うんですが」

「鶏山ね」

その先に文明はないと聞いていたが、確認することは大切だと思ったのだ。

「どういけばいいんでしょう」

店主は地図をだすと、この駅の前の道をずっとまっすぐ、と教えてくれた。そのまま登山道になるようだ。

「山に登るよね、で、いいものあったら、拾って」

拾ってはいけない、山の物は採取するな、というのかと思ったら違った。

「拾って、町にもっていって売ればいい」

「いいんですか？」

「いいんだよ」白い男は笑みを見せた。

「どんなものがあるんですか？」

「キノコ、山菜、宝石、金塊」

最後の二つは冗談だろうと思って、誠一は笑ってみせた。店主は笑わなかった。「まあがんばんな」

店をでて、森を抜け、山道に入った。舗装こそされてはいないが、歩きやすい道であった。しばらく歩くと、ごつごつとした岩肌から金色の輝きがのぞいている場所に出くわした。

誠一はこう思った。

　これは金を多分に含んだ岩塊に見える。しかし、金がそこまで無造作に登山道にあるはずがない。だからこれは金に見える別の何か、なのだ。これを金だともって帰れば、きっと失笑されるだろう。ああ、それはなんたらという金によく似た無価値な鉱物ですよ、と。

　それでも、拳《こぶし》ほどの大きさのぴかぴかとした金色の塊があったので、ザックにいれた。

　頂上まで登る必要はなかった。山の中腹からでも十分一帯を見渡せた。確かに鶏山の向こう側は地平の果てまで樹海が広がっていた。

　鉱物商は、中央広場駅の貴金属店の裏にあった。店主はスーツを着た白髪の老人だった。

「金ですな」

　鉱物商の老店主は、誠一がもってきた塊をルーペで少し調べていった。

「これはどこから？」老店主はきいた。

「精霊の森の奥にある山、鶏山から」

「なるほど、確かにそこしかない」老人は誠一に珈琲をだした。

「八百万円で買い取りますが、どうですか」

　耳を疑う数字だ。全く期待せず、自分がとってきた鉱物の名を確かめるためだけに店の扉を潜《くぐ》ったのだが。

「え、あ、はい、いいですとも」

「駅前にサンドイッチ屋があったでしょう。五年ほど前まではあそこの店主がうちの店に、いろいろもってきたものです。最近は足が悪いので、あまり山には入らないといっていましたが」

「ものすごく、無造作に落ちていましたよ」

「あそこはいろいろでるんです。鶏山の由来はね、鶏が毎朝、卵を産むのと同じように、あそこの山は金や宝石を産む。もしまた何か見つけたらもってきてください。買えるものなら、金以外でも買います」

老人はダイヤモンドの原石の写真を見せた。

「ダイヤとかね。ラピスラズリがでても買う。トパーズもね」

原石の写真をいくつかもってきて順番に見せる。

「そんなにいろんなものがでるんですか」

「山が産むんです。昔は、私もサンドイッチ屋の主人と一緒に自分で入山し、採取しましたが、最近は年のせいか重いものをもって山を登り下りするのが辛《つら》くて」

老人は金庫から百万円の札束を八つもってくると、誠一に渡した。

ずしりと重い。誠一は札束をザックにいれると、店をでた。

ひゃっほう、と飛び上がりたい気もするが、驚異の展開に対する警戒心のほうが強い。たちの悪い冗談ではないのかと思う。

雑貨屋の隣に、銀行があった。

扉を開いた。〈森本《もりもと》銀行〉という名の小さな銀行で、行員は二人しかいなかった。とりあえず通帳を作り、七百五十万円を預けた。

なんという一日だろう。朝は所持金二千円をきっていたのに。

それから蕎麦屋に入ると、鴨南蛮そば大盛りを注文した。

食後に、蕎麦屋の店主に五万円を渡す。

「急遽《きゅうきよ》、現金が入りましたので、このあいだの宿泊費としてお受け取りください。出世はしてませんが」

「そりゃよかったなあ」蕎麦屋の店主は一万円札を受け取るとしげしげと眺める。「出世払いといって送り出して、すさまじい速度で出世したねえ。それじゃあまあ出世祝いってことで」

蕎麦屋の店主は、五枚の一万円札を返す。

誠一はため息をついた。

「じゃあ、本日の料金だけでも」千円札を渡すと店主は頷いて「まいどあり」といった。

蕎麦屋をでると、マロンさんの店にいき、ブルーベリータルトを頼んだ。

「魔女の家の調子はどう？」

「家は調子いい。最高だよ。ありがとう。それよりもね」

鶏山での金塊発見から、たったいま銀行口座を作るまでの一部始終を話すと、マロンさんは、喜んでくれた。

「最高じゃないの。お祝いお祝い」

お酒でも飲もう、とワインをだしてくる。

「なんでも頼んじゃいますよ。ばっちり払うから」誠一も笑いながらいった。

「じゃあさ、次いくときには、銃を買ってもっていきなよ」

「なんでよ」

「鶏山だろ？　あのへんは大きな熊とかいろいろいるんだからさ」

サンドイッチ屋のなかに大きな毛皮が飾られていたのを思い出した。

その晩はマロンさんの店で飲み明かした。

それから一週間は、山にはいかなかった。

家具を買いにいったり、家のなかを箒で掃いたり、庭の雑草を抜いたりしてのんびりと過ごした。緑の丘で空を眺めてぼんやりとした。次の採取に備えて鑿《のみ》や金槌《かなづち》も買った。銃も買った。庭で射撃の練習をした。

一週間が経つと、今度は銃を背負って、また精霊の森駅におりたった。

サンドイッチ屋でサンドイッチを買う。

「山はいいよ、なあ」誠一の顔をおぼえていたのであろう。色の白い店主は薄く笑い、前よりも親しげにいった。「銃を背負っていくことにしたってのも正しい。熊や、魔物がでるからな」

「魔物？」

「獰猛《どうもう》で危険だ。しょっちゅうでるわけではないが、命がけだよ。自分の命は自分で守らなくてはならない。だが、そこが面白い。このあいだは何かとれたかい」

「金塊を拾ったんですけど」

「落ちているときには落ちているからな」

そんなのは山では当然で、驚くようなことでもない、といったふうだった。

森の中の道を通って山道を登る。

このあいだ金塊があったところは、不思議なことにもう何もなくなっていた。

今度は別の場所で蒼《あお》く輝く岩を見つけた。ラピスラズリの原石ではないかと思い、鏨で三キロほど削り出した。麻袋にいれると下山する。

夕方、鉱物商の扉を開くと、店主の老人に蒼い塊を渡した。

店主はルーペで二分ほど見ていた。それから誠一にいった。

「八十万円でどうですか」

「いいですよ」誠一はいった。相場がどうなのか知らないが、労力からすれば充分な対価だった。一日で八十万稼ぐ仕事など、そうはない。

お金を受け取るときに、店主はいった。

「鶏山は面白い。でも、危険ではある。銃はもっていってますか」

「はい、最近買いました」

ふと誠一は思ってきいた。

「このラピスラズリやこのあいだの金塊はここからどこにいくんですか？」

老人は微笑んだ。

「どこ？　この店の前の貴金属店や、塗料店、この周辺で消費されないぶんは、知られざる海の彼方《かなた》に運ばれていきます。魔女や、魔法力をもつ紳士が岬に飛来し、オークションが開かれ、買っていきます」

「東京とかにも運ばれる？」

「トウキョウ？」そこはどこだというように老店主はききかえした。「あまり考えないほうがいいですよ。我々は何かを知ったようでいて、結局は何も知らないのです。鉱物は、人類の歴史よりも長い時間存在し続けます。どこからどこにいくのか、その悠久の詳細など、把握できるはずもありません。小市民の私たちには、自分の身の回りが結局は全てではないですか」

4

郵便ポストに白い封筒が入っていた。

白い封筒には〈鈴上誠一様〉と名が書かれていた。送り主は〈鈴上香音《かのん》〉とある。


元気にしていますか？

あなたに会えなくて寂しいです。

この手紙が届くかどうかわかりません。しかし、あなたのことを思わない日はありません。


手紙はそのようにはじまっていた。

「会いたい」「帰ってきてほしい」「愛している」「いつまでも待っている」などという、同じような意味合いのメッセージが繰り返され、差出人をとりまく状況については「世界は今大変なことになっている」「たくさんの人が助けてくれています。支え合っています」という二文しかなかった。

しばらく差出人の名を眺めて、思い出した。

差出人の鈴上香音は妻だった。

しばし呆然《ぼうぜん》となるほどの衝撃だった。

自分には妻がいた。薬指に結婚指輪はしていないが、確かにいたのだ。

妻の顔を微《かす》かに思い出したが、それ以上の情報はすぐに自分の頭からは引き出せなかった。

帰ってきてほしい、とのことだが、どこにどうやって帰ればいいのかわからなかった。

その晩誠一は、久しぶりに昔の夢を見た。

東京都で、朝と夕方、満員電車に乗っていた。

月の残業時間は労働基準法に違反していたし、以前には過労による自殺者もでていたが、会社の誰もがそれを改めようとはいいださなかった。タイムカードは定時で押し、あとはお金の支払われない労働がずっと続いた。

残業をしたくないだの、有休をとりたいだのといいだすのは、「やる気のない人間」「いつまでも学生気分で社会に適応できていない半人前の困ったちゃん」なのだという空気が確かにあった。

給料が良いわけでもなく、転職に役立つ技術が身につくわけでもなく、使い捨て社員がどんどん入れ替わっていく会社だった。求人誌には常に広告が載っていた。

夢の中で、妻のことも思い出した。

妻とはＳＮＳを通じて出会った。

数ヶ月のつきあいで結婚まで進んだが、結婚直前に百万の借金と離婚歴があることを涙ながらに告げられた。しかしそのまま結婚した。

借金は三十万を妻の家族が払い、残りの七十万は誠一が払った。

その後妻は働くでもなく、家事をするでもなく、誠一が帰宅するとアパートにはいないことも多かった。

「ちょっとぐらい友達と遊びにいってもいいじゃない？ 私の昔の彼氏はそんなに心が狭くはなかったけど？」

毎日は、労働で埋められ、妻の顔を見る時間は多くはなかったし、決して気があう夫婦ではなかった。

怒鳴り声。

ああ、これは自分の声だ。

何を怒っているのかはわからない。とにかく怒鳴っている。

目が覚めると窓の外で秋の雨が降っていた。

誠一は毛布の中で全身に汗をかいていた。

広い室内はがらんとしていた。

暖炉に火をいれる。

もう一度手紙を読んでみた。封筒にこの家の住所は書かれていない。誠一自身も住所は知らない。人にいうときは緑丘駅近くの元魔女の家で通じる。住所はないのに、この手紙はどうして届いたのか。

夢の記憶はだんだん曖昧模糊《もこ》としてくる。

ここにきた最初の頃は、帰らなくてはと、試行錯誤していたが、最近はもう帰る努力はしなくなっていた。慣れてくると居心地は良く、帰りたいか、と自問するとよくわからなくなる。

夏から秋にかけての鶏山での鉱物採取で、森本銀行の預金通帳残高は二千五百万円を突破した。

鶏山では数多くの野生動物を見た。鹿や、猪、孔雀《くじゃく》や、山雉、狐、狸、名前もわからぬ猿。しかし、魔物と思える存在には出会わなかった。

しん、と静まった冷気漂う山に入り、そして下山後には繁華街である中央広場駅周辺で温かい食事をする。そのギャップも楽しかった。

5

雪が降り、その翌日暖かくなって雪が解けた。

誠一はそのとき、中央広場駅近くにある酒屋で日本酒を選んでいた。「雁木《がんぎ》」をレジに置き、支払いを済ませたところでサイレンが町に響き渡った。

「あちゃあ、きたきたきた」酒屋の店主は外に飛び出していく。

何がきたのだろうと誠一も店の外にでた。

寒風が頰を撫《な》でた。

うっと異様な光景に息を吞《の》んだ。

長い手足をもった赤黒い異形の生物が、広場にいた。

蜘蛛《くも》を思わせる生き物だった。

四つん這《ば》いだが、もしも全長を計測したら五メートルはあるように見える。目は八つはあった。長い指の先に刃物のような爪がついていた。

ああ、これがサンドイッチ屋がいっていた魔物というやつかと思う。

こんな生物ともし山で出くわしたのなら――確かに、猟銃を買っていけ、と勧告されるのは当然だろう。

あちこちの店から、店主や客たちが、武器をもってでてきた。

魚屋が銛《もり》を、洋服屋が槍《やり》を、肉屋が猟銃をもって立った。そのほかの人々も、五人に一人は何かしらの武器をもっていた。

ふと洋菓子店に視線を向けると、店の前にマロンさんも弓矢をもって立っていた。

「やるっぞおお」誰かが叫んだ。魚屋だった。

「おおう」とみんなが白い息を吐いて武器をふりあげた。

猟銃を構えた肉屋の主人が威勢のいい大きな声で指示をはじめた。

「おええエィ！　離れろ離れろぃ！　魚屋あああ、まわりこめィイイ」

怪物は手足を振り回して、通りに逃げたが、すぐに前後から攻撃され、背中に無数の矢を受けた。

誠一は野次馬の集団にまざり、戦う男たちを見守った。

みな白い息を吐きながら、怪物を追いかけていく。怪物は建物の塀や屋根を破壊したり、シュウシュウと威嚇の声をだしながら、刃物じみた爪のついた前脚を振り回していたが、角を曲がったところで、横から洋服屋に槍で腹をつかれ、家の屋根に上った肉屋から銃で頭を撃たれて、地面に倒れた。

すかさず魚屋が腹に銛をつきたてた。

そこで完全に動きがとまった。

人々の間に、安堵《あんど》のため息と、拍手と歓声が起こった。

死んだ魔物は黄色い炎をあげてぶすぶすと燃え出すと灰になって消えた。

終わってしまうと、緊張は弛緩《しかん》し、和んだ空気になった。

大事にならなくてよかったですねえ、いやあ、お疲れ様です本当に、などとお互いに労《ねぎら》いあったりしながら、みなぞろぞろと引き返していく。

マロンさんがいたので、声をかけた。

「初めて見ましたよ、これが魔物でしょ？」

「まあ年に一、二回はでるかな」困ったものだというふうにマロンさんはいった。

「どこからくるんですか？」

「わからないね。外からさ。鶏山の向こうからくるって説が多い」

マロンさんは結局矢を放つタイミングがなかったので、野次馬連中と一緒に後方で一部始終を見ていただけだった。

魔物の出現と、退治に至る住民の団結は、どこか祭りのようでもあった。

冬の間にまた手紙がポストに入っていた。

内閣総理大臣からだった。

宛名は〈鈴上誠一様〉と記されていた。

あの忌まわしき日以来、かつての平和は消失しました。しかし、我が日本国は今も存続しており、国は総力をあげて、あなたの救出に挑む所存であります。

これは人類に課せられた試練であります。どれほど困難であっても、今、一丸となり、この災厄に立ち向かい、平和を取り戻しましょう。

貴殿は一人ではありません。希望を失わず——

手紙はさらに続き、最後には、〈貴殿が英雄として凱旋《がいせん》なさる日を待ち望んでおります〉と結んであった。

さすがにこれは悪戯《いたずら》だろう。誠一は思った。行方不明者のところに内閣総理大臣から手紙がくるはずがない。そして、総理大臣の名前も、おぼえのない名前だった。自分が失踪《しっそう》している間に総理が変わったという可能性も考えたがよくわからなかった。

封筒を見た。妻の手紙と同じく住所は記されていなかった。しかしこんな悪戯をする友人知人の顔は思い浮かばない。

暖炉の前で紅茶を飲みながらぼんやりしていると、自分の人生そのものも誰かの悪戯のように思えてきた。

6

春になった。

冬の間は控えていた鶏山に向かう。

猟銃を背中にぶらさげ、道具をもって注意深く登っていった。

山頂付近はまだ雪が残っていた。中腹の道を歩く。

泉が湧き出ており、その近くに輝く石の塊があった。

五キロほどの塊をもって下山し、鉱物商の老人のところにもっていく。

「ダイヤモンドの原石です。一千万円でどうでしょうか」

誠一は思わず笑った。

「そんなに」

「妥当な金額ですよ」

「あの山は鉱物だらけですね」

「山が産むのですからなくならないのです。取り尽くしても翌年には地肌から露出しています。キノコみたいに現れるんです」

鉱物商はいった。

こんなに簡単に金を稼げるなら、他の住民もすればいいと思うのだが、いつも路面電車を精霊の森駅でおりて、山へと歩いていくのは自分だけだった。

しかし、考えてみれば、お金というのはこの世界でどれほどの重要さをもっているのだろう？

誠一の知る町の住人で、生活苦にあえいでいる人間はいなかった。ホームレスも見たことがない。

きっとここでは仕事というのは、役割なのだ。

マロンさんがおいしいお菓子を作り続けるように、肉屋が一軒しかないように、自分の役割というものを見つければ、金銭など、特に通帳の残高など、どうでもいいものなのかもしれない。

マロンさんのお店に寄った。

「いらっしゃい。暖かくなってきたね」

「春だものね」

　バターと蜂蜜《はちみつ》のかかったパンケーキを注文する。

「世界って今、ヤバイんですかね」

　いつか怪物の現れた広場はあちこちに花壇が作られ、春の花が咲きはじめていた。

「え、世界？　さあ。ヤバイの？」マロンさんはいった。「なんで？」

「わかんないけど」誠一はいった。総理大臣から手紙がきたというのは、どこか荒唐無《む》稽《けい》でほら話のようだし、マロンさんに、あまり強く興味をひかれても困るので黙っていた。

「でもさあ。世界って基本的に常にヤバイよね。ヤバイのが世界なんじゃない」

「なるほど」確かに、思い出せば、いつもあちこちで戦争していたし、日本列島にしても、地震や何かの大きな災害がいつもどこかで起こっていた。

　いつだって世界はヤバイのだ。

「ここって平和ですね」

「そう？　魔物くるじゃん。こないだみたいにさ」

「魔物が紛れこんでくること以外にも、なんかあるんですか」

「う～ん」マロンさんは考え込む。「火山、地震はないかな。なんかあるといえば、そういえば、夜会、もうすぐあるよ」

「なにそれ」

「なんだろう。仮面舞踏会？ このおおまつり郡一帯のナイトフェスティバル。な〜んてほど大げさじゃないけど」

「どこでやるの」

「最果ての丘駅の先にある野原で」

マロンさんは説明した。

春の満月の晩、最果ての丘の野原にて、仮面舞踏会が開かれる。時刻は夜の九時から、夜が明けるまで。それは「夜会」と呼ばれている。

参加者は、仮面をつけていくこと。仮面をつけないと、参加はできない。

最初のうちはさほどの興味がなかったのだが、聞いているうちに様子を見てみたくなった。春の夜に、仮面をつけて踊る住民の、どこか絵画的で妖《あや》しい映像が脳裏をよぎった。

「それ、マロンさんもいくの？」

「ふふふ、教えな〜い」マロンさんはなぜだか照れたようにいった。「いったら、意味ないじゃ〜ん。あとは精霊群の季節かな？ そろそろ見られるかも」

「それはなんです？」

「夜に空を見ればわかるよ」

仮面は、広場の東側にある店で売っていた。腕輪や、ネックレス、あるいは雑貨などを扱う店で、壁には何十種類もの仮面が並んでいた。羊、牛、馬、鳥、お化け、髑髏《どくろ》、どの仮面も、きらきら、ぴかぴかしていた。
自分で作る人も多い――とマロンさんがいっていたのを思い出したが、少し夜会とやらの様子を見たいだけなので、そこまで凝ることもあるまい、と思い、ウサギの仮面を購入した。

夜になると、誠一は自宅の三階のテラスにでた。

空を見上げる。

月がでている。と、青白く光るものが空を移動しているのを発見した。飛行機の速度よりは遅い。眺めていると同様の赤や緑の移動する発光体があった。

なるほど。あれが精霊――精霊群か。

高度はどのぐらいだろう。雲よりは低いので、せいぜい二千メートルぐらいなのかもしれない。

マロンさんがいうには、この世界の上空には、天使や精霊、風人など様々な存在が棲《す》んでおり、精霊群はそのなかでも最もありふれていて、容易に観測できるものだという。

春になると、数多くの輝きがこの地方の空を横切っていくのだという。

精霊群は、たいがいは春風と一緒にこの地に到来し、精霊群が現れれば冬の終わりという。

じっと見ていると、また三十から五十の輝きが飛んでいく。色は赤や緑、オレンジや紫、青や黄色や白があり、どこか花火を思わせる。

次から次へと現れるので、じっと見ていてもきりがなかった。サラダとミートパイの夕食をとり、仮面とローブをもって、家をでた。

路面電車に乗ると、もう車中には仮面を被《かぶ》った人たちが乗っていた。どうも老若男女が参加するようで、仮面を片手にもった老人もいれば、若い男女もいた。ドレスの女性もいれば、着物姿の青年もいた。

最果ての丘駅でおりると、道にずらりとキャンドルが並んでいた。キャンドルに縁取られた道を進んでいけば開催場所にいくようだ。

家族連れが多い。

誠一は一人で歩きながら、あるいはこれは誰かと一緒にいくべきイベントなのかもしれないと、微かな気恥ずかしさをおぼえはじめていたが、よく観察すると、一人できている男や女もいるにはいた。

空を見上げると、皓々《こうこう》と月が輝き、音もなく数百の精霊たちが海のほうへ飛んでいった。

誠一はウサギの仮面を被った。

広場につくとドラムとチェロとマンドリンの楽隊がいた。楽隊も全員仮面をつけている。

ドレスをまとった女や、タキシードの男たちがもう踊っていた。

夜風に吹かれぼんやり眺めていると、さっと誰かが誠一の手をとり、踊りの渦に引き込んだ。

手を握った誰かは、トランプのジョーカーを思わせる仮面をつけており、道化服だった。背格好や、手の小ささからおそらくは十代の少女ではないかと思った。

こう踊るのよ、とその少女は、仮面の奥からくすくす楽しそうに笑いながら誠一に手ほどきすると、さっと離れていく。

女の子と踊った、という印象と、トランプのジョーカーと踊った、という印象が同時に混ざり合い、不思議な感興があった。

少しすると、狐の面をつけた女性が誠一の手をとった。

絹の手袋をしたほっそりとした手に握られる。女はすっと誠一の胸元に身を寄せたところで「カナイさん？」と囁《ささや》いた。「違いますよ」誠一は囁きかえした。「あらごめんあそばせ」女は笑いながら離れていく。

何かおぼえがある。ああ、これはフォークダンスだと誠一は思った。仮面フォークダンスか。

誠一の手を誰かがとった。猫の面をつけた男だ。

「男同士～」

声でわかった。マロンさんだった。

「マロンさん？」ときくと、猫の面の男は「さあ、どうかなあ？　わからないのが楽しいんじゃん、誠一くん」といって離れていった。

次から次へといろんな相手と独楽《こま》のようにまわった。

緊張が解《ほぐ》れてくると、次第に恥ずかしさもなくなり、楽しくなってきてふわふわと浮いた気分になってくる。

時折疲れて中心から離れて、体を休めた。舞踏会場の様子を眺めているのも面白い。最初に相手をしてくれたジョーカーの少女が、友人らしき少女とはしゃいで踊っていたり、あるいは別の仮面女性が、仮面男性と腕を組んで森の中に消えていったりするのが見えた。

再び踊りの輪に入る。

夜明け近くだった。

最果ての丘の、海へ向かう断崖《だんがい》に沿った道を、一人の女性と手を繋《つな》いで歩いていた。

会場の音楽はもう届かなくなっている。

誠一はそっと女の顔に手をやり、面をはずした。

黒い髪の女がでてきた。女は少し照れたようにいった。

「夜が明けるまでは、本当は外したらダメなんですよ」

「もう明けたんじゃないかな」

　誠一は自分の面も外した。

　しばらく女の顔を見た。なにかひどく懐かしい気持ちになった。どこか遠い昔にこの女を知っていたような気がした。ああ、そうだ。知っている。かつて電車の中で――ここへ来ることになった日。しかしそれはあまりにも遠く前世のようにすら思えた。

「あなたのことを知っているような気がします」誠一はいった。

　女も誠一の顔をまじまじと見ていった。

「私も、なんだか、そんな気がする」

　誠一と女はしばしの間、夜明けの風に吹かれながらお互いを見つめあった。

「どちらに住んでいる方ですか？」

「最果ての丘のふもとの農家」それから女はいった。「私の名前は、ナリエ、最果ての丘のナリエです。また会えるかしら？　あなたのお名前は？」

7

　初夏、街路のサルスベリが白い花を咲かせる頃、家の前の郵便ポストに手紙が入っていた。

　誠一はごくりとつばを飲むと、郵便物をもって家に入った。

差出人は「防衛省・異空間事象対策本部」だった。ずいぶん長い手紙で、便箋《びんせん》三十枚に、資料と名付けられた書類が八枚あった。

鈴上誠一さま

私は異空間事象対策本部長の田村《たむら》と申します。

現在、貴殿は情報の遮断されたとてつもない孤独のなかにおられるのではないかと思います。

私たちには貴殿がどのぐらい状況を把握しているのか、わかりません。

総理と奥様からの手紙も同時転送したのですが、次元転換にかかる時間に誤差がでており、先に二つの手紙のほうが届いてしまったかもしれません。

今回、この手紙では二つの説明をしようと思います。一つは、世界に何が起こったのか。もう一つは貴殿に何が起こったのか、です。

世界に何が起こったのか？

最初から説明しましょう。

二〇XX年、一月十九日の早朝に、地球に〈未知なるもの〉がやってきたのです。

〈未知なるもの〉――それが何なのかは、今も議論の対象ですが、人類が初めて遭遇する存在でした。

まず一月十九日に、無数の火球が観測されました。

その後、空に未解明の現象が発生しました。

それは穴のようにも他の何かにも見える、空間の歪《ゆが》みでした。

ほどなくして根絶不能のプーニー（別紙1参照）が地上のあちこちに出現しました。

まさに湧いてでるという表現がふさわしく、道路の側溝や、下水管、雑草はびこる空き地などから、真っ白ななめくじ状のものがでてきたのです。そしてあらゆるものを侵食しはじめたのです。

一連のことは、

〈宇宙を浮遊していた、ある特殊なガス体が、地球に飛来し、それが地上の有機物（あるいはバクテリア）と化学反応を起こして、未知なる生物を誕生せしめた〉

と説明されるようになりました。

別紙1――

〈プーニー〉

姿は白い餅《もち》そっくりの不定形の生き物で、柔らかく、手足、目鼻はなく、内臓もないが、ゆっくりと動き、有機物をとりこんで己の栄養にする。体長一ミリ以下では死滅する。他の個体とも融合して、どんどん成長する。
一・一九以降に地上に登場し、知性は低いと推定される。宇宙粘菌とも呼ばれる。
熱に弱い。

プーニーが現れるや、そこら中で火災が発生しはじめました。

プーニーは熱に弱く、その個体は火炎放射器で殺せるのですが、多くの場合、火のついたプーニーが暴れて走りまわり、あちこちに火をつけてまわるはめになったのです。

大規模火災により大阪は三分の二が焼失しました。

一方プーニーのほうは、わずかなかけらでも残っていれば、そこから再成長し、分裂を繰り返し、また下水道やどこかで増殖していくので、どれだけ殺しても根絶には至りませんでした。

今では町でも、道でも、プーニーを見ないことはありません。

一月十九日以降、多くの人が、精神に異常をきたしました。壮大な宇宙的悪夢を見るようになり、無気力と希死念慮がとりつき、年間の自殺者数は百万人をこえました。

出生率は、プーニー出現以前の十分の一にまで落ち込みました。

やがて開発された新型の観測機により、上空にある謎の現象を観測したところ、地球は巨大なクラゲ的な存在（別紙2参照）にとりつかれていることが判明したのです。概念図を説明します。地球を思い描いてください。そこに、北米アメリカ大陸ほどのクラゲが無数の触手を地球に突き刺してへばりついている。これが観測で判明した地球の状況です。

この巨大クラゲには核があるのですが、生命なのか、非生命なのかという点からして議論があり、なんにせよ、仮に生命だとしても私たち地球人がこれまで定義してきた生命の概念にはあてはまらない全く未知の存在だということで落ち着きました。この存在は、今は〈未知なるもの〉と呼ばれています。

別紙2――

〈未知なるもの〉

外宇宙から飛来してきた存在。中心に核をもつ大きなクラゲのような姿をしている。地球の大気圏上に、〈想念の異界〉を作りだし、そこにほとんど動かずじっとしている。電波その他のコミュニケーションには一切応じず、次元の違う場所にいるため、物理的な攻撃はできない。核の色の変化は、プーニーの活性化と密接な関係があることを指摘されている。太陽と植物の関係に近く、〈未知なるもの〉の放射するエネルギーを吸収してプーニーは生きている。

人類全体を無差別に襲う悪夢と、人類衰退の根本の原因ともされる。

〈未知なるもの〉は、異次元を観測する機械でこそ観測できるものの、我々の属する物理的領域とは別の次元、〈想念の異界〉に存在しているため、肉眼で見ることも直接ミサイルを撃ち込むといったようなこともできません。

ちょうど十九世紀の人間が望遠鏡で月を眺めているような状況だったのですが、すぐにとんでもないものを〈未知なるもの〉に見つけました。

なんと〈未知なるもの〉の内部、核のすぐ近くに、取り込まれている人間がいたのです。

その人間が生きて、脳波を発していることもわかりました。

それが貴殿であります。

繰り返します。

鈴上誠一さん。貴殿は現在、この地球外超生物の核付近に浮かんでいます。

驚かれたでしょうか。それともご自身の状況は全てご存じだったでしょうか。

想念の異界において、貴殿の主観視点では、おそらく自由に動くことができているのでしょう。観測機が捉《とら》えた貴殿の脳波からそのことが推測できます。

貴殿の周囲には仮想現実を発達させたような〈世界〉が広がっているのではないか

と推測しております。

貴殿に何が見え、何が聞こえ、何を感じているのかはわかりません。

なんにせよ、そこは宇宙クラゲのなかで貴殿が見ている夢の世界です。

貴殿がなぜそこで夢を見ているのかは、私たちにはわかりません。

〈偶然〉なのか、〈必然〉なのか。

〈未知なるもの〉の生態システムが、そのような状況を要求したからなのか。

あるいは、〈未知なるもの〉も望まずして起こった事故なのか。


現在の我々にできることは、次元転送装置をつかい手紙を送ることだけなのです。

そして、〈向こう側のあなた〉である貴殿は我々の手紙に返信はできません。今のところメッセージは一方通行です。

また続けて、こちらから手紙を送ります。


専門家によると、想念の異界と、私たちの現実の地球上では流れている時間が違うようで、私たちの世界では、忌まわしき一・一九から五年が経過しています。

現在急ピッチで、新たな次元転送装置を開発中です。完成すればまた進展があります。

決して希望を失わないでください。

誠一はのびをすると、手紙をサイドテーブルに置き、昼寝をすることにした。

二階の窓を開く。五月の風が舞い込んでくる。

確かに、妻と総理からの手紙は先に届いている。わけがわからなかったが、とりあえずこれでいくらかの疑問の解答はでたことになる。――本当だとすればだ。果たして本当なのだろうか？

考えると眠くなる。ゆっくりと己の体に触れる。滑らかな床板に触れる。全ては存在しているのだ。少なくとも自分にとっては。

8

中央広場駅でとんとんと背中を叩《たた》かれた。

振り返ると、夜会の終わりに、夜明けの道を一緒に歩いた女、ナリエがいた。

「こんにちは」

ナリエはいった。白い半袖《はんそで》のブラウスを着ている。

「こんにちは、もう夏ですね」

一緒に夜明けの道を歩きましたね、とはいわなかった。そんなことはお互いわかっているのだ。

「さっき、洋菓子屋さんにききました。去年からここにいらっしゃるんですってね」

「あ、マロンさんに会ったんですか。ええ、でも、なんだか去年の今頃は右往左往して不安でいっぱいでしたよ。今はもう慣れてきていろいろ楽しんでます。よかったらアイスでも食べながら話しませんか」

二人で駅前の売店でソフトクリームを買って木陰のベンチに座ると、なんだか十一歳に戻ったような気がした。

しばらく木陰のベンチで並んで話した。

「いつも広場に遊びにくるんですか？」

「ええ、路面電車に乗って」ナリエはいった。

「だってご存じの通りですけど、最果ての丘駅って、羊と農地と断崖絶壁しかないのだもの」

「路面電車のもうひとつの終点、精霊の森駅にはいったことある？」

「ないわ。だってあっちは熊とか、魔物とかでるんでしょう？」

「でるといってもたまにですよ。ぼくは森の奥の鶏山で石をとっているんです」

「勇敢ね。どんな石がとれるの？」

「ダイヤモンドや、ラピスラズリや、金塊がとれます」

「細工を作ったり？」

「いえ、鉱物商に売っておしまい」

二人で中央広場駅からは一駅先の、薔薇泉駅まで歩いた。

煉瓦の小道は迷路のようで、あちこちに細い水路が張り巡らされ、金色の鯉が泳いでいた。

緑は眩く、入道雲が遠い丘の上にでていた。

二人で園内を散歩したり、カフェで食事をしたりしているうちに夕方になった。

次に会う約束をして、手を振って別れた。

初夏の夕暮れの空の下、帰路の丘を歩いていると、見える全てが鮮やかで儚《はかな》く美しげに見えた。


それから二人は頻繁に会うようになった。

誠一はナリエの農家に遊びにいき、ナリエは誠一の家に遊びにやってきた。

二人で野を歩き、川で魚を釣り、摘んだ山菜で料理を作った。


ナリエとの結婚式は、二人が出会った、最果ての丘の野原で秋に行われた。

よく晴れた日だった。

誠一の知り合った町中の人間がやってきて、花で飾られた馬車に二人を乗せると、中央広場駅までパレードとなった。

通りを歩く子どもたちが馬車に花束を投げ入れてきた。

あちこちに秋桜《コスモス》が咲き誇っていた。

そしてナリエは誠一の家で暮らしはじめた。


ポストに何通か手紙が入っていた。

ひとつは母親からだった。プーニーの脅威をいかに切り抜けてきたかが書かれていた。二人とも健在のようだったが父親は現在入院中だという。親戚《しんせき》の何人かが死んだことや、同級生の死についても書かれていた。誠一が考えている以上に、誠一のことを心配していた。

次は、おぼえのない名前の男からだった。手紙の中で、誠一が中学二年生の時の同級生だと名乗った。

誠一は自分の中学生の頃を思いかえそうとしたが、空白だった。

その男は、現在はタクシー運転手をしていることと、学生時代、君を虐《いじ》めたことを心の底から謝罪したい、今も当時のことを思い出し、ひどい後悔で苦しみ続けている、と綴《つづ》っていた。


〈今回、君がとんでもない状況に置かれていることをニュースで知り、特別に無理を

いって、異空間事象対策本部を訪れ、自分の手紙を同封させてもらった。今、君に謝罪をしなければ、一生謝罪ができないからだ〉

何度か読み返すうちに、差出人の顔が朧《おぼろ》げに浮かんだ。

確かに中学二年生の頃、同級生に虐められていたような気がする。だが、同級生が猛烈な後悔で苦しんでいるというその虐めは、よほど素養や運に恵まれた人でない限り、多かれ少なかれ誰もが経験する他者の拒絶や、悪意にすぎない気がした。

――しかし、あいつがそこまで後悔で苦しんでいるとは意外だった。そんなに気にすることはないのに。俺たちは、もう年をとったんだ。

生還したらぜひ一杯酒でも奢《おご》らせてくれ、とその同級生は締めていた。

誠一はなんとなく胸が熱くなり、いつのまにか両目に浮かんだ涙をぬぐった。

その次の手紙の差出人は女性のようだったが、これもまた名前にはおぼえがあるようなないような感じで、自分といつ接点があった人なのかを思い出すまで時間がかかった。

なんとこの女性は、誠一が密《ひそ》かにファンであった女子アナウンサーであった。

それに気がついたとき誠一は大いに動揺した。

女子アナウンサーの手紙も、まず近況報告からはじまっていた。プーニーの大発生に伴う火災で友人を失ったことや、ボランティアで奔走したことや、最近は、バラエティ番組で司会者にいじられてひどい目にあったことが書かれていた。

そして、はらはらしながら、いつも、あなたについての観測状況を見守っている、ときたところで、微妙に文体が親しげになった。

〈あなたは今や、誰よりも有名です。世界中があなたに注目しています。あなたにとっては恥ずかしいかもしれませんが、過去のあなたがどんな人だったのかも詳しく報道されています。私はそうした報道で、あなたのことを知れば知るほど、猛烈なシンパシーと尊敬の感情をおぼえるのです。飾り気がなくて、あったかくて、ほんの少し不器用で、いつだって誰かの代わりにちょっと傷ついていて、それでも黙って一人で背負い込んで、それを自慢したりしない人。あなたは本物のヒーローです。私の夢、教えます。それは、生還したあなたと、一緒に飲みにいくことです。あなたがご自身で自分をどう評価されているのかわかりませんけれど、けっこう女の子にはもてているってこと知ってます？　隠れファン、本当に多いんですよ。私の友人にも何人かいます。そしてワタシモ〉

誠一はじっと文面を見つめた。ワタシモの後には、頬を赤らめた人の記号が描かれている。

手紙は〈無事生還したら、個人的に押しかけてお話を伺わせていただきます！〉という、解釈次第ではリップサービス以上に、異性として気があるとも読める締め方をしていた。

誠一はため息をつくと天井を見上げた。

この女子アナウンサーのファンだったのだ。でも、今となっては顔も思い出せなかった。

調べ上げられているのだ。自分という人間は、スマホやPCの閲覧履歴から、中学時代の苦い記憶から何から何まで、国家に調べ上げられている。自分と関わった大勢の人間が、取調室のようなところに順番に入っていくことを想像した。彼らの一人が、鈴上誠一はこの女子アナウンサーが好きだと教えたのであろう。

ナリエがやってきて、手紙をのぞき込んだ。

一瞬、隠すべきだ、と思ったが、彼女に隠すほど後ろめたい何かがあるのか？　という気にもなりそのままにしていた。

「手紙、誰に書くの？」

ナリエの視線は文面を追っていなかった。

「これは、ぼく宛に届いた手紙だ」

「白紙だよ」

「白紙かな。よく見て」

ナリエは手紙を手にとると凝視し、誠一に返した。

「白紙だよ」

外で風が吹き、窓ガラスが鳴った。

「白紙の手紙があなたに届いたの？」

「え？」白紙ではないのだが、ナリエには綴られている文字が見えないのか。

ナリエは考え深げに首を捻《ひね》った。そして少しの間のあといった。

「魔物は、この世界の外からくるといわれているの。鶏山のずっと先には混迷の大地があって、そこからやってくる。魔物ってね、時々町にくる動物的なものだけじゃなくて、もっと知能の高い、言葉も喋《しゃべ》れて悪知恵のはたらく人間みたいな奴もいるんだって」

「なるほど」

「おばあちゃんからきいた話を思い出したんだけど、知能の高い魔物は、悪魔っていって、この町の人間がおかしくなるように、たいがいはその人しか読めない手紙を送るんだって。どうしてそんなことをするの？　ときいたら、それが悪魔の仕事だから、とおばあちゃんがいっていた」

ナリエの目に涙が浮かんだ。

「悪魔の手紙に騙《だま》されて、小舟で海にでていって戻ってこなかった男の子もいたって。その男の子には悪魔からその子の亡くなったお母さんを装った手紙がきたの。沖にでれば待ってるって」

「大丈夫。心配しないでいい。ぼくはここにいる。それにぼくは、外からきた男なんだ。外のことはよく知っている」

誠一は呟《つぶや》いた。

その夜、鈴上誠一は夢を見た。

上司に罵倒されている夢だった。誠一は、スーツを着てオフィスにいた。営業補佐の女子社員が気の毒そうな目をこちらに向けていた。

それからふらふらと会社をでた。もう二十日も休日がない。駅のホームに立ったが、営業鞄を片手に、ふと自分の足下が揺れているのをおぼえた。地震かと思ったがそうではなかった。胸が苦しい。呼吸ができない。なんだろう？　なんで自分はこんな目にあうのだ。

雑踏。人の群れが、群れがくる。苦しい。

トイレに入って、女子アナの写真をだした。

そしてそれをじっと眺めた。家に帰ったら彼女が待っていることを空想した。もちろんそれは空想でしかなかった。

雑踏に戻ると、若者の肩がどん、と誠一にぶつかる。

舌打ちが聞こえる。

すみま、せん……しぼりだすようにいったが、もうぶつかった相手はそこにはいない。

誰もいない。親友もいない。恋人もいない。自分のなかには愛がある。それを誰かに与えたいのに、与える相手がいない。

急行列車が殺人的な勢いでホームにすべりこんでくる。

目を覚ました。

あれは一体、いつの映像だろう。

きっと結婚前だ。

わからない。遠い前世のどこかの断片。

全身に汗をかいていた。涙を拭《ぬぐ》った。

ナリエは背中を向けている。

眠っているはずのナリエがころりとこちらを向いた。目を瞑って寝息をたてている。

ナリエはずっと誠一の手を握った。なにか本能的に誠一の不安を察し、それを消し去ろうとしているようだった。

誠一がナリエの手を握りしめると、ナリエが誠一を抱き寄せた。

9

鈴上誠一さま

異空間事象対策本部の田村です。

最初のお手紙からこちらでは一年が過ぎました（もっともそちらとは時間の流れが異なりますし、手紙が届くまでの時間差も推定不可能でして、貴殿がこれを読んでいるとき、どのぐらいの時間が過ぎているのかはわかりません）。

前にも書きましたが次元転送装置で送ることのできる質量や情報量には限界があるため、手紙はいくつか重要度の高いものを中心に選別しております。世界中のメッセージを本当は全て届けたいのですが、それができないのが悔やまれます。

このたび、各国首脳会談にて、「地球を救う作戦」がついに決議されました。その内容は、貴殿なしではありえず、また、それは「貴殿を救う唯一の方法」でもあります。

以下は非常に重要な説明になりますので精読をお願いいたします。

貴殿が現在存在している場所は、全ての元凶である、地球にとりついた外宇宙の存在の核付近であること、そしてそこが、想念の異界という、一種の夢に似た場所であることは何度もお話しした通りです。

単刀直入に申しましょう。

核の破壊、を、引き受けてもらいたいのです。

核が破壊されれば、地球にとりついているこの存在は、死にます。

おそらく霧散しながら、ぼろぼろの断片になって宇宙に去っていくでしょう。そして、地球を覆いつつあるプーニーも、本体からのエネルギーの供給がきれ（ちょうど太陽を失った植物のように）、ただの有機物の塊に戻るでしょう。

貴殿が核を破壊すれば、人類を救うことになり、当然のことながら貴殿もその想念の牢獄《ろうごく》から解放され帰還することになります。


観測機のデータ画像を見るたびに、私はため息をつくのです。

貴殿がなぜそこにいるのか。

それは私にはわかりません。

しかし、貴殿はそこにいるのです。

貴殿は人類存続の鍵《かぎ》であります。

あるいは神は存在するのかもしれません。

どうか、貴殿のお力をお貸しいただきたい。


核は、想念の異界のどこかに存在すると我々は考えております。

探してみてください。可能性の一つとしては〈ごく当たり前に、わかりやすく浮かんでいる〉ということも考えられます。しかし、そうでない可能性もあります。核は何かに形を変えているかもしれません。

何か心当たりのものはあるでしょうか？

ありましたらそれを破壊——もしくは破壊に導いてください。
想念の異界内は、いわゆる幻想そのものではなく、そこでの貴殿の行為は〈未知なるもの〉の生命活動に反映されます。たとえば銃などで核を破壊できればそれで世界は救われるでしょう。

ナリエがいないときに、誠一はこれまでに届いた手紙をまとめてだした。もう一度全てを読み返してみた。それから手紙を暖炉にいれると火をつけた。

10

町には何度か魔物が襲来した。

中央広場だけではなく、薔薇泉駅周辺にでたこともあったし、精霊の森駅の、サンドイッチ屋が襲われたこともあった。

それぞれ軟体動物だったり、は虫類風だったりと形状が違うのだが、一目でそれは魔物とわかった。

魔物が出現するたびに、ある種のお祭り騒ぎのように、住民は一致団結して魔物を倒した。誠一も猟銃で魔物を撃った。

鶏山で、一度魔物と遭遇した。

鉱石採取で訪れており、一人だった。

誠一は採取したサファイアの原石をそっと地面に置くと、猟銃をだして構えた。

くわがた虫に似た魔物だった。頭部に巨大な角がついている。

ちょうど背を向けている。

しかし、何か気配を感じたのか、ぬっと魔物が首を巡らし、その視線が誠一のところで止まった。

魔物はじっと誠一を見た。誠一は汗だくになりながら銃を構えたまま硬直した。

魔物はいそいそと誠一のほうに向きを変えると、ゆっくりと頭を下げた。

お辞儀でもするような動きだったが、突進などの攻撃前の動作にも見え、誠一は発砲した。

一発目は角に当たった。角が吹き飛ぶ。魔物は顔の前で長い手を振ったりして、キリキリと鳴き声をあげた。何かを訴えようとしているようでもあったが、魔物の接近を許すわけにはいかなかった。

再びもう一発。

魔物は後退した。

さらに続けて発砲する。

ちょうど魔物の後ろに崖《がけ》があり、三度目の着弾と同時に飛び跳ねた魔物は崖下に落下した。

魔物が視界から消える。

ゆっくり六十秒数えた。

それから銃を構えたまま、崖のところまで移動した。

崖下に黄色い炎をあげた魔物の死骸《しがい》があった。ほっと息をついた。

精霊の森駅まで戻り、サンドイッチ屋の店主に、魔物と遭遇し倒したことを話すと、たった一人で戦い、生きて戻ってきたその活躍を讃《たた》えられた。

「くわがた野郎か。そいつはこないだうちの店を襲ったやつにちがいない。そのときは駅員や林業のおっさんも交ざって三人で戦って追い払ったが、あんたは一人で撃退したか。なかなかやるな。おめでとうよ、あんたは一人前の山師だ」

預金通帳の額は一億をこえており、山に入る必要があるのかといえば、経済面ではもうなかったが、それでもまた山に入ろうと思った。入るたびに落ちているものが変わるので、飽きなかったし、いくらかの危険も含めて、精神面の充足に不可欠のものだった。

ナリエが妊娠した。

出産は、ナリエの実家で行われた。桜の季節のことで、誠一はお産が行われている部屋の隣をうろうろしながら、所在なげに待った。

やがて産声が聞こえてきた。

娘は桜姫《さくらひめ》と名付けた。

活発な子だった。一歳になる少し前から立ち上がり、家と庭を走りまわった。小さな足で、喜びの笑いをあげながら走りまわる子の後ろを歩くのが楽しかった。

「まてまて、して」

娘はいった。

まてまてとは、「まてまてまて」といいながら背を追うことである。これをすると、半狂乱の笑い声をあげて走るのであった。

中央広場駅までいき、公園で遊び、その後マロンさんの店で娘とドーナツを食べるのが至福の時間であった。

地球からの手紙は何通かきたが、読まずに暖炉にくべた。

11

その日、なんとなく窓の外に目をやると、灰色のスーツの小柄な男が、計器を片手に家の前に立っていた。

握力計に似ている。

男は計器を鞄に仕舞うと、玄関のほうにまわった。ほどなくしてガランガランと呼び鈴の音がしたので、誠一はでていった。

「はい、こんにちは」

扉を開くと、男はさきほど見た以上に小さかった。とはいっても子どもというわけではなく、顔は成人男性だった。身長は百四十センチあるかわからない。さきほど計器を仕舞った黒い鞄をもっている。

身長に比して肩幅はあり、頭も大きく、全体に角張った印象からサイコロを思わせた。

男は低い声でいった。

「鈴上誠一さん？」

「はい、そうですけど」

男の顔が嬉《うれ》しそうにほころんだ。

「や、や、や、これは嬉しい。ようやく会えました、本物だ。本物の鈴上氏だ。人類史の最重要人物」男はまた、や、や、といった。「いえいえ、勝手に盛り上がってすみません。申し遅れました。ぼくはナカヅキカツレンというものです。真ん中の中に、満月の月に、活力の活に、連続の連」

男の名は中月活連《なかづきかつれん》。

「あなたの元いた世界からやってきました」

「え？」誠一は驚き、何かいおうとしたがうまくいえず、首を横に振った。「これるんですか？」

「これまでは不可能でした。せいぜいが手紙を次元転換して送るだけだったのですが、最新かつ大質量のものを送れる次元転送砲〈晴天《せいてん》〉が、ついに完成したのです。手紙のほうは届いてましたか？」

「ええ、まあ」

「各国でも同様の次元転送砲が完成して、今や世界中でこの世界に突入を試みることが可能になっております。もっともここまで到達した人はたぶんぼくが初めてじゃないかな」

誠一は黙った。

「にゃれきたの～？」

二歳七ヶ月の桜姫がどたどたと部屋の奥から走ってきた。

ナリエは裏庭で庭いじりだ。

角張った男の顔は、どこか冷ややかだった。

「サクラヒメも挨拶《あいさつ》するじょ。こにちはあ」桜姫は男に挨拶した。

「あ、すみません、ちょっと待っていてください、サクラ、ちょっとママんとこいこ」

誠一は桜姫を抱きかかえると、裏庭で草花をいじっているナリエに渡した。知人が尋ねてきたので、ちょっとでかけてくる、といい残すと、慌てて玄関に戻った。

「すみません。お話は別のところで」

「はい、そうしましょうか」

誠一と中月は道を並んで歩いた。

「それにしても、こんな風になっているんですね。びっくりだ。鈴上さんもね、見るからにまともそうな人だったんで安心しました。ほら、過去の経歴なんか知っていますから、だいたいお人柄はわかるんですが、状況が状況ですからねえ」

「あの、手紙のことなんですが、本当なのですか？」

本当に地球は〈未知なるもの〉にとりつかれ危機に瀕《ひん》しているのか。

中月活連は誠一を見上げた。身長差は三十センチ以上ある。眉根《まゆね》を寄せて、唇をすぼめていった。

「本当ですよぉ。一・一九以降ね、もう何億人死んだことやら。相変わらずプーニーは増殖し続け、世界中のあちこちで大飢《だいき》饉《きん》が発生している。プーニーね、餅みたいで、食べれるんですよ。でも食べると自分も餅になっちゃうの。核は——お探しになりました？」

「いえ、その」誠一は口ごもった。「どうもよく飲み込めなくて。それらしいものはないですし」最近はあんたたちの手紙も読まずに捨てていますし。

「この世界は現実ではない」中月活連は、かがみこむと、落ち葉を手にとり、それを持ち上げ葉脈を日に透かせ、目を細めた。「幻です。私はあなたを説得しにきた。あるいはあなたが核を壊すのを助けにきた。あるいはあなたとコミュニケーションをとりにきた」

「なるほど」

「地球とあなたを救うために」中月は胸を張って誇らしげにいった。

誠一は、中月活連を中央広場の友人たちに会わせるべきかどうかを考えた。すぐには会わせない方がいい、と判断し小道沿いに薔薇泉駅のほうへと足を向けた。

「素敵な町ですな。あらゆる道が美しい緑道で、まるで町全体が公園のようだ。空気が澄んでいる。建っている家もいい家ばかりだ。ゴミはどこにも落ちていないし――税金もないんですな？」

ゼイキン、が一瞬何のことかわからなかった。

「警察や、消防署といった公的な機関はないのですかな」

ケイサツ、ショウボウショ、なんだったっけ？　誠一はできるだけ戸惑いを顔にださないで脳を回転させ、記憶を探った。そういえば、元の地球にはそういう組織があった。

「ない、かな」小さく答える。

「いいですな～犯罪者がいないんだ。放火犯もいない。うっかり火をだして燃えちゃうかわいそうな家族もいない」

「いませんね」それが何か不思議なことなのだろうか。当たり前のことではないのか。

「常にそう、なんというか〈ハッピーフィルター〉というものがかかっていて、ちょっとした珍事や、危機一髪的なことはあっても真に陰惨なことは起こるはずもない。いやね、想念の異界が、鈴上さんに何を提供しているのか、つまりここがどんなところかっていうのは諸説あって、酒池肉林の快楽天国じゃないかっていう人も多かったんですが、全く予想と異なっておりました。なるほど、まるで絵本の世界ですな。ほら、あそこにある家など、ムーミン谷にでてきそうだし、あっちの家もそうだ」

ふと誠一は、自分は一緒に歩いているこの男が嫌いなのだということに気がついた。この世界が絵本だとすれば、この男はそこにべちゃりとついた蛾の幼虫に見えた。

「もしかしてあなたは核を破壊したいと思っていない？」

「核ってなんなんです？」誠一は静かにきいた。「さっきもいいましたが、そんなものは見たこともないし、まずそこが理解しきれていません」

「核とはたとえるなら世界消去スイッチです。核の破壊は、この素敵な幻想世界を消滅させる。ここは〈未知なるもの〉が生み出している想念の異界ですから。さっきあなたを見て思ったんだ。この町を見て更に強く思った。ここで暮らすことはきっと幸せなんでしょう。だからこの世界を破壊してしまうスイッチなんて、見つけたところで、押したいと思うはずがない」

誠一の顔は曇った。マロンさんも、他の仲良くなった人たちも、きれいな野原も、愛着のある家も、ナリエも、桜姫も、一瞬にして消える。

いや、本当に消えるのか？　それを確認すると、それはもちろん消えます、と当たり前のことのように中月はいった。

「核を壊す。〈未知なるもの〉が死ぬ。〈未知なるもの〉が生み出している想念の異界も消滅する。世界のプーニーが死ぬ。そういう連鎖です」

「それ、私も死ぬんですかね？」

核を壊すと〈未知なるもの〉が死ぬというのなら、その内部にいる自分が無事でいられるはずはないではないか。

ほんの一瞬、中月は言葉に詰まったように見えたが、すぐにしゃべりだした。

「答えは、わからない、です。死ぬかもしれない。しかし生き残るかもしれない。人類は全力であなたを救出します。しかし、必ず、はない」

「飛行機事故だって〈生き残るかもしれない〉ですよね？　乗客はほぼ全員死んでも奇跡的に生き残らないとはいえない。ビルから飛び降りてもそうだ。そういう意味合いの〈必ずはない〉ですよね？」

「まあそうですが」中月は笑った。

「笑い事じゃないでしょ」

「人類が初めて体験することなので、核破壊後、生存する確率についてはわかりません。ただ、慰めですけど、ぼくも今は運命共同体です」

ああ、そうか、と誠一は思った。この男もいったんこちらにきた以上、もう帰れないのだ。

「中月さんは、どういう方なんです。軍人？」

「いいえ。〈突入者〉は公募だったんです。ぼくはそれに応募した、疲れた看護師です。応募は五千人ぐらいあったようで、運がいいのか悪いのか残りました」

命の危険をおかしてまでここにきたい人間が五千人いることに恐怖をおぼえた。

「それはまた、その、どうして」

「選ばれた理由？ それはわかりません。いろんな心理テストとか、相性とか、度胸とか総合的に適任である、と選考側が判断したんでしょう」

「でもそんな死ぬ可能性が高い任務を、どうして志望したんですか？」

「世界を救うためです。確かに想念の異界に送られるということは大変危険ですけれども、今の地球だって危機的状況にある。もし核が破壊されないでいるのなら、人類滅亡ですし、仮に、自分の身が安全であったとしても、人はいつか死ぬ。暴徒やプーニーに殺されたり、あるいは滅亡していく地球で精神を病みながら病院で死んだりすることよりも、世界を救って死ぬことは、悪い死に方ではないと思ってます。大半の志願者はそういう気持ちです」

誠一は、気になっていることをさりげない感じできいた。

「それでその、送りこまれてきた中月さんが、核を破壊するんですよね？」

説得しにきたとか、核を壊す〈手伝い〉などというのがよくわからない。ここまでくることができたのなら、後は自分の力で核を破壊すればいいのではないだろうか。

「いいえ。ぼくにはそんな力はないんです。ぼくはものすごく弱く、この世界では蟻を潰《つぶ》すこともできない。想念の異界は、外から転送されてきたものを〈弱体化〉してしまうんですよ。ぼくたちは見た目はそうは変わりませんが、まあ、ぼくがちょっと小さいぐらいですが、力の差は、五百倍以上でしょう」

「銃なりなんなりを使えばいいのでは？」

「同じ銃でも、鈴上さんが使えば鉄板を撃ち抜くことができ、ぼくが使えば紙すら撃ち抜けません。弱体化というのは、想念の異界ではそういうことなんです。個々の存在ごとに、別存在に影響を及ぼすことができる限界値がある。この世界ではぼくは銃をもっても無力です」

そこで中月は、ぽん、と自分の膝を叩《たた》いた。

「ぼくにできるのは話すことだけ。強大なヘラクレスである鈴上さんに核を壊してもらうことが任務です。ぼくは、基本的には誠実な交渉を心がけます。ネガティブな話ばかりしても、仕方がない。鈴上さん、核を破壊して無事帰還した場合は、日本国政府から六億円の報酬がでます。これはまあ、そんなお金がどうしたと怒る人もいるのでしょうが、最初にお伝えしておかなくてはいけません。また世界のトップ企業二十五社が、核破壊時には一社ごとに報奨金として二億だすと申し出ています。五十億はまず動かない基本の条件です」

現実感がない。

「だって死んだら終わりじゃないですか。お金なんてね、そんな」

「それはそうですけど、死亡時は遺族に支払われます。また事前に、遺書を残すこともできます」

　遺族。最初に思い浮かんだのは両親だった。両親に金を残すという想像は悪くはなかったものの、断片的な記憶から判断するに特に困窮している人たちではなかったし、そのために自分が死んでもいいとは到底思えなかった。

「妻は、今、何をしていますか？」

「奥さんですか？」中月は少し表情を曇らせた。「奥さんは施設に保護されています」

　誠一は少し待ったが、中月はそれ以上何もいわなかった。仕方なくきいた。

「施設とは？　私は何もおぼえていないんです。何も知らないといっていいかもしれない。元の世界のことは靄《もや》がかかったように曖昧です。妻はいったいどのような理由で、どんな施設に保護されているんですか？　仮に私に話しにくいようなことがあったとしても、包み隠さず教えてください。無事なんですよね？」

「まあ、そうおっしゃるなら。奥さんは無事です。鈴上さんは、現在の地球では超有名人です。なにしろ人類の命運を握っているのですから。そのため、すぐに奥さんには国から特別見舞金が支払われました。かなりの額です。メディアの注目度も高く、夫を〈未知なるもの〉に取り込まれた悲劇の夫人として頻繁にテレビにもでていました。しかし、ほどなくして、奥さんが特別見舞金その他をホストに費やしていると週刊誌が暴露します。

　さらに、奥さんのホスト通いは、鈴上さんとつきあう前からの趣味であり、友人たちによれば、結婚後も、夫に隠れていろいろ遊んでいたことや、結婚前の借金を夫に払わせたこと、見舞金のすさまじい浪費の実態が暴露されると、とたんに世間の風当たりが強くなりました。一・一九以降の日本にはある種の狂気が社会に蔓延《まんえん》しており、鈴上さんの奥さんを生贄《いけにえ》に捧《ささ》げれば、つまり罰すれば、鈴上さんが人類を救ってくれる、などといいだす霊能者まででてくる始末です。国は、彼女が誰かから危害をくわえられないように、彼女を保護することに決め、彼女は施設に入っています。ちょっとね、ごまかしたりするのとかは嫌なんで、正直に話しました。むかついたらすみません」

誠一は「いや、教えてくれてありがとう」と呟いた。ホストという職業の詳細を思い出せなかった。なんとなくホームパーティーで料理をふるまってくれる家の主人というイメージが浮かんだ。自分の妻はパーティーが好きだったのか。

「とはいっても地球に絶望しないでください。戻れば奥さんとたくさん話すこともできますし、まあ、気持ちがもうなければ離婚すればいいだけの話ですし、この件において世の中は鈴上さんの味方です。良い女性は必ず存在する。つまらないことです。たまたま入ったラーメン屋がまずかったというそんな程度のことです」

「いや、絶望だなんて、そんな」誠一は笑った。「ぼくだってこっちに家族をつくってしまっているんだし、誰も責められないですよ。むしろ悲劇の主人公になった妻がそのまま暗い部屋で泣き伏してなくて、楽しく明るく遊んでいて、ほっとしたといいますか」

「寛大なんですね。さあ、そんなこんなですが、核を探しにいきましょう」

中月はいった。

「しかし、それがどこにあるのか」

中月は鞄の中から、握力計に似たものをとりだした。メーターがついている。

「この計器は、核が近づくと、針が揺れる、エネルギー反応計です」

さきほど我が家の前でだしていたやつだな、と思ったが、そのことは口にはださなかった。

12

その後、中月活連と鈴上誠一は、核探しをするためにあちこちに足を運んだ。

まずは最果ての丘駅からはじめ、精霊の森駅まで順番に、歩けるところは歩く。

中月は、計器をところどころでとりだした。

二人は喋りながら歩いた。

「核が、到達不能なところや見えないところにあるという可能性はないのですかね？たとえば地下百メートルであるとか、太陽の後ろとか」

「この世界に地下百メートルも、太陽の後ろ側もないんです。現実の奥行きは存在しません。あるのだと思い込んでいる人の想念、それだけなんです。大地すら存在していません」

「でもね、たとえば鶏山の人がこない深い洞窟《どうくつ》とかにあるかもしれない」

「もちろん思いついたところは全て、いってみましょう。そしてこの計器をかざせば、それが核かどうかわかる」

核探しは名目である。それは長い説得の時間であり、人類代表としてやってきた交渉者との対話の時間であった。

最果ての丘駅から、最果ての丘東駅、鯨海岸駅、大港《おおみなと》駅、幽霊廃墟《はいきょ》駅、桜坂《さくらざか》社交街駅、大川《おおかわ》釣堀駅、梅田《うめだ》商店街駅、そして中央広場駅。

二人は歩き続けた。

「広場までできたら、マロンさんのところで、ケーキでも食べましょう」

「広場という幻想があり、マロンさんという幻想があり、ケーキという幻想があるだけなんですがね」

「いい雰囲気のところですよ？」誠一はいった。「面白いお菓子がけっこうあるし、どれも美味《おい》しい。紅茶か、珈琲も頼みましょう。お金ならあります。奢りますよ」

「遠慮しておきます」

やがて日が暮れていく。中月はいった。

「今日はここまでにしましょう。明日の朝、あなたの家にいきます。残りのエリアを探索しにいきましょう」

自分の家に泊まっていけばいい、とはいわなかった。誠一は中月を家にあげたくなかった。

「どちらにお泊まりで？」誠一はきいた。この世界にホテルはあっただろうか？　確か、桜坂社交街駅のほうに、宿、の看板を見たことがあるような気がするが——。

「どこでもいいんです。ここは夢の世界だ。野宿でもいい——強く念じれば、芝生からベッドを出現させることだってできるかもしれない」

「私はあなたが大嫌いだ」誠一はいった。「だから明日はこなくていいです」

中月はぺこりと頭を下げた。

「お願いです。ぼくは命をかけてここにきているのです。人類の存亡を背負ってきたのです。どのような答えがでるにしろ、もう少しつきあっていただいてもいいではありませんか」

そして彼は背を向け、何処かに去る。翌朝になると、ドアの向こうに中月は待っている。

中月活連はいう。

山が次々に宝石を産むはずがないし、閉鎖した世界なのだから、宝石をとってきたところで、それが大金になるはずがない。旅人がいないのだから、「宿」がなりたつはずがない。野菜は自給自足で説明がつくが、ハンバーガーや油やソースや砂糖は誰がつくっているのか。チョコレートや、コンクリート、ホームセンターで売られている工具はどこからくるのか。そもそも銀行のお金はどうなっているのか。飛行機はなぜないのか。海の向こうの魔女や魔法使いと貿易している関係？　精霊が空を横切る？　バカをいっちゃいけない。

確かにあなたは記憶の大半を失っているのだろう。だが、それでもこのような世界が夢以外に成り立たないことはわかるはずだ。

　自分はここにくるまえに、確かに見た。

〈想念の異界〉にはあなたが浮いており、その近くに、紫色で球状の核がある。そして、どこかプランクトン的な生物が、あなたの周囲にうようよと浮いている。それ以外のものはない。これが想念の異界の真実だ。

　鈴上誠一は反論するが、その反論はどれも中月活連に論破される。最後には自分の説明の破綻《はたん》が明らかになってしまい、しどろもどろになって黙るしかなくなる。

やがて二人は喧嘩《けんか》中のようになり、黙って電車に乗り、駅でおりて歩く。

「私はどんな人間でしたか？」誠一はきいた。

「あなたは、少しブラックな会社のサラリーマンだった。妻はいたが子供はいなかった。学生時代のあなたは、どちらかといえば地味でおとなしめの生徒だった。中学時代の担任教師は、真面目で責任感のある生徒だったと証言している。数学より国語が得意だった。あなたに関わった多くの人が、あなたのことを、気立てのよい奴だと認識していた」

「何もおぼえていない」

「いいんです。核を壊せば思い出す。二人で一緒に目を覚ましましょう。億万長者です」

「私は死にたくないし、仮に生きて戻れるとしても戻りたくないんだ」

「死ぬとは決まっていないし、ここに居続けたっていつか必ず死ぬんだ。戻りたくないのは今ここにいるからです。戻れば、ああ、あのとき戻る選択をして本当に良かった、と必ず思いますよ」

「時々思いだすんだ。ずいぶんひどい場所だったって」

「だってもとの人生が再びはじまるわけじゃないんだから。地位も名誉も金も桁違《けたちが》いな状態で本物の人生がはじまるんです。帰還したあとの精神面のケアも用意されています」

　鶏山の中腹だった。そこら中に宝石の原石があったが、二人とも一切拾わなかった。

　誠一はいった。

「あなたはこの世界の何もかもが幻だという。確かにそうだ。私の友達も、妻も、娘も、幻なのかもしれない。でもそれなら、あなたが幻ではないという証拠は？　あなただって、幻の一種でしょう」

「わかるでしょう。ぼくは真実をいっている。そのことは伝わっているはずだ。想念の異界では夢見心地で気分のいいことしか起こらない。ぼくは違う。だからこそ真実の存在なんだ」

誠一は猟銃を中月の顔に向けた。

そんなことが証拠になるか。

中月活連は眉根を寄せた。その顔に汗の粒が浮かぶ。

「なんのつもりです？」

「もううんざりだ。地球にお帰り願いたい」

「それはできない」中月はいった。「片道切符できたんです。物理的にできない。ぼくが帰れるのは地球にとりついた〈未知なるもの〉の核を破壊したときだ。いや、それですら帰還は不可能かもしれない」

「あなたのいうことは変だ。町には魔物がやってくる。この世界は決して理想郷ではない。心地よい幻想を突き詰めたものなら、魔物なんて現れないはずだ。魔物について説明できますか？　あなたはね、魔物と同じ臭いがする。あなたは魔物と何か関係がありますよね？　わかるんだ。存在感、みたいなものが同質なんだ」

中月は、自分は無抵抗ですよ、と示すように両手をあげた。

「説明します。〈未知なるもの〉の、観測初期、人類はあなたが生きているとは知らなかった。核付近に浮いているものは、ただの死体か、もしくは死体に近いものだと思っていた。人類がとった最初の作戦は、核を破壊するウィルスを次元転換し、想念の異界に送るというものだった」

誠一は中月の額に狙いをつけた。引き金に指をおく。

「それで？」

「人類が送り込んだウイルスは、想念の異界において、魔物という形で具現化された。虫歯菌が絵本のなかでは悪魔の姿になるようにです。ウイルス作戦はうまくいきませんでした。ひとつには次元転換でウイルスが弱体化してしまうんです。そして赤血球たちが侵入した異物を退治してしまうからです」

「赤血球とは？」

「核とあなたの周囲にふわふわと浮いている、観測機ではプランクトンか、ゾウリムシあたりに見えるものです。もちろんそれがウイルスを排除しているとき、この想念の異界では魔物と住民の戦いといったようなものに情報変換されているのでしょう。やがて転送砲で世界各地から突入していった人たちも、同じように魔物として表現された。ぼくがウイルスに似ているのだとすれば、外部から——すなわち同じ地球からきているからでしょう」

「異物が攻撃されるなら、私もあなたも同じでは？　なぜぼくらは攻撃されないんだ」

「その通り。そこなんです。何度もいいますが、あなたはどうしてだか弱体化せずこの世界に受け入れられている奇跡の存在だ。だから人類が最大の注目をしているんです。あなたの体は次元転換されず、そのままここにいる。この想念の異界においては、次元転換により弱体化してしまうどんな兵器よりもあなたは強く、さらに最初から核に手が届くところにいる。我々の兵器が近づけない領域にね。あなたはいってみれば敵の総大将の個室のソファに、拳銃《けんじゅう》を携えて座っているんです。

　ぼくが攻撃されないのは、ぼくが赤血球が反応しないほどに弱い存在だからです。前にもいいましたが、ぼくはこちらの世界では文鳥より弱い。ぼくは核はおろか、赤血球にすら傷一つ与えられない。ぼくにできるのは、喋ることだけだ。ぼくはあなたに真実を教え、核を破壊してくれと、敵の総大将を撃ってくれと、あなたに嘆願することしかできない」

　誠一は中月の話を吟味してみたが、本当のことをいっているのか、巧妙な嘘をついているのかは判別できなかった。いや、本当なのだろう。この男のことは大嫌いだが、この男の言葉にはある程度の真実性を感じる。

　魔物と中月は同じ場所から、さらには同じ目的でここにきている。

「人類は私がいるのに兵器で攻撃したんだな？」誠一は嘲《あざけ》るようにいった。「最初は私もろとも殺そうとした。それができないで私に利用価値があるとわかると、今度は殺そうとしたことは黙って隠し、私の全てを調べ上げ、家族やら同級生やら女子アナやらなんやらに手紙を書かせた。そして、金を積むから、大切なものを裏切れという。人類とやらはどこまで傲慢《ごうまん》で、ご都合主義なんだろうな？」

　中月活連の両目に涙がにじんだ。小さな体で胸を反らせ、銃口から目を逸らすことなく叫んだ。

「あなたの大切なものなんてここにはないんだ！　外宇宙からきた巨大で異形の生物がいるだけだ。全ては〈未知なるもの〉の、自己防衛術なんですよ。想念の異界において己の身をあなたから護《まも》るために、あなたがもっとも攻撃したいと思わないもの、あいつは、心理的にもっとも攻撃されないものの姿をとったんだ」

　彼が自分の家の玄関前で計器をとりだして向けているのを、窓から見た。針が振れていたかどうかまではわからない。

　心理的にもっとも攻撃されないもの？

　全ての探索地をまわったあと、中月活連がどうするのか、確信めいた予想がある。この男はあなたも見ただろう。他のどこにも計器は反応しなかったと前置きし、我が家にいき、家族に、おそらくは娘に計器をむける。その瞬間、針は振り切れ、人類を救う交渉、すなわち父に娘を殺させる洗脳工作は、次の段階へと進む。そうやって少しずつ時間をかけて、最後の段階へと詰めていく。そういう目論見《もくろみ》にちがいなかった。

　茶番はもう終わりだ。

　遮るように、誠一はいった。

「もうあなたにつきあうのはここまでだ。最後に一度だけチャンスをあげる」

　強い風が吹いた。中月は目を瞬いた。

　誠一は低い声でいった。

「全部忘れてこの世界の住人になるんだ。いい世界だ。なんでも手に入る。タルタルソースが欲しいなら、願えばいい。翌日には中央広場駅のどこかの店に、さも最初から商品棚に陳列されていたかのようにタルタルソースが出現している。生きがいや、仕事が欲しければ、すぐに見つかる。一生困らない大金がすぐに入ってくるし、博多《はかた》ラーメンが食べたいと思えば、そう念じながら見知らぬ通りの角を曲がってみればいい。きっとさも最初からそこにあったかのように博多ラーメンの店がでてくる。私がそうだったように、あなただって最愛の人がこちらで見つかるんじゃないかと思う。中月さん。任務の何もかもを忘れて、こっちで暮らすんだ。そうでないのなら、私はあなたを殺さなくてはならない」

中月活連は首を横に振った。彼の頬を涙がつたうのが見えた。

「ぼくだって、ぼくだって、そこに誘惑がないとはいわない。でもだからといって、人類の滅亡と引き換えに絵本の中の市民権を得るわけにはいかないんだ。ぼくは死んだって、自分で自分を恥じないように生きたい。幻の幸せなんかより現実を選ぶ。いいですか、これを読んでください。鈴上さんあての、幼稚園の園児たちの手紙です——母校の小学校からのものもある。子どもたちがみな今、何を思い、何を感じ」

誠一は引き金を引いた。銃声が轟《とどろ》いた。

中月の額に穴があき、後ろに倒れた。取り出しかけた手紙が地面に散らばる。

誠一はそこでようやく目を逸らした。

たわごとだ。しかし、たわごとだって繰り返し聞かされれば、信念を、あるいは真実を歪ませる。

誠一は中月の死体をそのままにし、一人で下山した。やがてぽつぽつと雨が降ってきた。精霊の森駅につく頃には、土砂降りとなった。ようやく家についたときにはもう暗くなっていた。

全身びしょ濡《ぬ》れで、我が家のドアを開く。

真実とは？

真実とは家のドアを開いた途端に飛び出してくる桜姫の笑顔であり、心配そうにバスタオルをもってきて頭を拭《ふ》いてくれるナリエのことだ。

信念とは？

信念とは、悪魔の誘惑には耳を貸さず、何が大切なのかを間違えないことだ。

真夜中に目を覚ました。

窓の外は虫の音に包まれている。雨はやんだようだ。月光が部屋にさしている。

ナリエが胸元にいた。彼女は、誠一の手を握ると、ありがとう、と囁いた。

第二章　滅びの丘を越えるものたち

1

父親の仕事がピザ屋のバイトなので、けっこう家にピザをもって帰ってくる。

それはそれで嬉《うれ》しいんだけれど、そのせいか、私はちょっぴり太った少女時代を送った。

子供のころは、あまり気にしておらず、脚やお腹のサイズがわからないようにゆったり目の服を着ていればそれでよかった。

でも中学校の入学式が終わった瞬間、急に体重とか体形とかそういったことが妙に気になりはじめた。

一念発起し、痩《や》せることに決めた。

食事制限という手もあるが、結局父親がピザをもって帰ってきたら食べてしまうので、早朝に走ることにした。

目標は七月からはじまるクラスの水泳の授業までにマイナス五キロ。

朝の五時に起きると、とりあえずゴムチップ舗装のグラウンドがある総合運動公園にいった。

ひんやりとした早朝の公園を走りはじめると、私とさほど年の変わらない男の子が短パンにTシャツ姿で走っていた。

とりあえず一周走った。うんざりするほど汗をかき、荒い息をついて汗だくになってグラウンドの近くのベンチに座った。脂肪燃焼したかな〜と思って脇腹を撫《な》でていると、さきほど見かけた男の子が近くまできていった。

「二中生じゃない？　隣のクラスじゃなかった？」

私は顔をあげた。

丸刈りで、小柄な男の子。

そのとき私は、

「いいよ別に」

という謎の返答をしたことをおぼえている。同じ中学だからって声とかかけなくていいんだよ。二中生だったからなんだよ。ほっとけよ。という意味あいの硬派な返事である。

冷淡な返しに傷ついた、というわけでもないだろうが、男の子は「ういっす」といい、走り去った。

戻ってきて家でシャワーを浴び、学校にいった。きっちり授業を受け、帰宅してから体重計に乗ってみると、いきなり一・五キロ痩せていたので気分をよくした。

　その翌日も早朝五時半に走りにいくと昨日話しかけてきた男子が走っていた。あれ、今日もあいついるの？　ちょっとうざい……、と思いながら無視して走っていたが、疎ましいと思うから疎ましいのかもしれないと思い、隣に並んだときふと「なんで走ってんだよ～」ときいてみた。「朝だからな！」と屈託ない返事が威勢良く返ってきたので「朝だと走るのかよ」ときくと「そ。気持ちいいじゃん」と返ってくる。

　確かに朝焼けの空の下はすがすがしいのだ。

「部活何やってる？」私がきくと「ハンド」ハンドはハンドボールである。「ハンド楽しい？」「ふつ～に。そっちはなにやってんの」「ああ、私？　歴史部」「おお～」「何がおお～なのかなあ？」

　私は疲れてペースを落としたが、彼は全く疲れないようで、たったったったっと私との距離を開いていった。さすが運動部。

　翌日の朝、また同じ男の子がいたので、走って並んだときにきいた。

「名前なによ」

「児島《こじま》。児島健《けん》。そっちは」

「ああ、私は相川《あいかわ》」

「下の名前は」

「いいよ別に」

「え、なんで」

「私自分の名前嫌い」

「は？　きらきら系？」

「セイコ」私はいった。

「いいじゃん、てかそれ、変な名前じゃないでしょ」

いやそれが漢字は〈聖子《せいこ》〉なんだよな。もちろん聖子は変でもないし、いい名前だけど、自分に似合っていないと感じる。

「セイコ」児島はいう。

「もう一回いったらぶっ殺す」私はいう。

「なんで。自分の名前だろ。いい名前じゃん」

私は一組で、児島は隣の二組の男の子だ。

クラスも違うので学校では話さない。

でも朝の公園ではどんどん仲良くなった。

とはいっても、大した会話はしない。「スポーツドリンクってどのへんがスポーツなの？」とか「俺らの担任サジマッチ、一組では嫌われてるっぽいけど俺らには面白いぜ」とか「昨日テレビで〈もののけ姫〉見た？」とか。

児島は、からっと乾いている。日向《ひなた》に干したシャツの匂いがする。声が少しハスキーで、皮下脂肪が少なく、夏休みあけの小学生みたいに日焼けしていて、いろんなことを気にしない。目は細くて狐っぽい。

私は自分のクラスがさほど好きではない。

女子は完全に派閥によって分離し冷戦状態にあり、別の派閥の子と仲良くすると裏切り行為に見られて無視されたりするので気をつかわなくてはいけなかった。

クラスには桐生《きりゅう》君という女子に人気のある〈かっこいい男の子〉がいたが、あからさまに大人しい子をからかっていじめるような意地悪さが見え隠れし、私は嫌いだった。

みんな本人のいない前で何かを嘲《あざけ》るのが大好きだった。頭髪の薄い先生を嘲り、誰かが髪留めをつけてくれば異性に媚《こ》びていると嘲り、誰かを好きな子がいれば嘲り、他人を嘲らなければいい子ぶっていると嘲った。きっと私の朝のジョギングも、知られれば嘲るのだろう。

私が一番仲が良いのは「よっちゃん」という娘《こ》で、この娘《こ》とはいつも一緒にいる。五人のお弁当仲間も、よっちゃん以外とは実はそれほど仲良くはない。

よっちゃんは、クラスメートで親友だ。

私と違って小柄でかわいらしい。自分でもそれがわかっているのか、語尾に「ぴ」をつけて話したりする。

よっちゃん曰《いわ》く語尾に「ぴ」をつけるのは、「嫌われたくてわざとやっている」そうなのだが、なかなかふてぶてしい開き直り方だ。

よっちゃんとは小五の頃から仲良くなり、もう百回も遊びにいっている。

私の家は賃貸アパートで弟と同部屋で二段ベッドだが、よっちゃんの家は庭付き一戸建てで、よっちゃん専用の子供部屋があり、さらに応接間なる部屋があり、そこにピアノがある。

よっちゃんに習ったので〈エリーゼのために〉の最初のほうだけ弾ける。

それから私は走り続け、どんどん痩せた。

七月によっちゃんと一緒にヴィジュアル系ロックバンドのライブを観にいった。

夏休みはよっちゃんの家族に弟ともども誘われ、軽井沢《かるいざわ》でキャンプし、バーベキューをした。

歴史部では、土方歳三《ひじかたとしぞう》資料館にいったり、先生の引率で、二泊三日の合宿で竹田《たけだ》城跡を観にいったりした。

九月の誕生日は家でケーキを食べた。無事十三歳になった。

十二月はよっちゃんと数人の女子だけでクリスマス会をやった。

もっともっと並べられる。あの年、私が経験したこと。

失われた時代の最後の一年間だった。

そこを通過していくときはそれが宝などとは思っていなかった。不満もあったし、もっと面白いことが世の中にはたくさんあって、それを体験している人だっているはずなのに、自分の手持ちのカードはブタばかりだ、というような焦りがいつも心中にあったように思う。

贅沢《ぜいたく》だった。

今はもう二度と手に入らない。

2

翌年の一月十九日のことだ。

明け方の五時に、住宅街を自転車で走り抜け、総合運動公園に入った。

五月に出会って以来、私と児島は毎朝ずっと走っていた。

もっとも、別に一緒に走ると決めているわけではもちろんなくて、朝に公園にいけば、児島がいるときが多い、というだけの話なのだが。

風は冷たかった。

まだ星が輝いていた。一月の日の出は遅い。

私は三月に開催される市の中学生陸上大会の一年生女子八百メートル走の選手に選ばれていた。

少しだけ説明すると、私の市では春と秋に市内四つの中学校の合同陸上大会が開かれる。出場選手は学年ごと、種目ごとに、体育の時間に計ったタイムから選出される。

習慣に勝る才能なしだ。走りはじめた頃は、疲れた牛みたいだったが、去年の五月から数えて約九ヶ月、私は鹿に変わったのである。体育の時間に長距離を走らされると、たいして本気をだしていないのに、いつのまにか女子一位になってしまうようになった。

公園の駐輪場に自転車を止めると、すぐに走り出す。

体が発する熱で徐々に筋肉がほぐれていく。たったったっと後ろから足音が近づいてくる。

「おはよ、相川」

と乾いた声をかけてくるのは、振り向かなくても児島健とわかる。

三月の市大会は、児島も男子千五百メートルの選手に選ばれていた。

もうすぐ夜明けだ。薄い紫の空。

ふと上空を光る物体が流れていった。

流れ星にしては大きい。

なんだろう？

最初に思ったのは恥ずかしながら（いや、何も恥ずかしくはないかもしれないが）ＵＦＯという単語だった。

隣の児島が「今の見たか」と走りながらいった。

「見た見た何あれ〜」私も答える。

「UFOだろ」「あ、私もそう思った」「本当にいたんだな」「早起きは三文の得」

やはり、その尾をひいた直線的な動きから〈隕石《いんせき》〉ではないか。

「カキュウってやつじゃない」といってみる。

流れ星の大きなやつを、火球、という。

「UFOだろ〜違うのか〜」

児島は残念そうにいった。UFOを見た、ということにしておきたいらしい。

「あ」私は声をあげた。

また空をよぎった。

一つ、ではなかった。たて続けに飛んでくる。

いくつもの火球。

いや、火球なのだろうか。――ロケット、人工衛星、ミサイルという可能性は？

「動画動画」走りながら児島がいった。

「手元にスマホとかないし。だいたいもう無理、遅い」

「動画撮ってたらテレビ局とかに売れたんじゃない？」

「たぶん。もったいね〜」

「あ、また」

五つか七つ、流れ星にしてはあまりにも大きな光の球が飛んでいく。

中にはものすごく大きなものもあり、「大丈夫なのか？」と私たちは顔を見合わせた。一つや二つ、地上に落下しているのではないか。

学校では誰も火球のことを話題にしていなかった。

早朝すぎて見たものはいないのだろう。

よっちゃんに「朝の五時頃、超でかい流れ星たくさん見た」と話題にしてみたが、「朝の五時とか余裕で寝てるし。なんで？　起きてたの？」ときかれたので、「たまたま起きて家の窓から見た」と嘘をついた。

三時限目が終わったとき、私は廊下の先にある水飲み場に向かって歩いていた。するとその方向に児島健がいた。

隣のクラスだからよく廊下で遭遇する。

いきなり二組の教室から女子が飛び出してきて、児島健の肩を笑いながらばしっと殴った。二組の女子は、彼の丸刈りの頭を撫でようと手を伸ばし、児島は体をよじって逃げた。見事なじゃれつきようだった。

私はくるりと方向を変え、階段をおりて、静かな一階までいくと水飲み場で水を飲んだ。

私は児島健に恋愛感情を抱いていない。

児島のことは好きだが、それは別に少女漫画的な恋愛感情ではない。本当に好きな男の子だったら私は緊張して喋《しゃべ》れなくなって避けてしまうだろう。彼は単に早朝ランニングのときの〈友人〉である。別に彼が誰と話していようが全く平気だ。

　まずここまで私は心の中で確認した。その通りだ、と私の中の私が大いに頷《うなず》いた。〈かっこいい系男子〉でない児島はあまり女子にモテないんじゃないかと思っている。あの女子も児島が好きなわけではなく、ただからかいやすいのでふざけているだけだろう。しかし児島が誰か女の子を好きになったりしたのなら、友達である私が、話をきいて応援してあげるのもいいかもしれない。児島には私が一番親しい異性の友人なのだから、応援役をするべきだ。

　そうだよ、そうすべきだ、と私の中の私はまた大いに賛同した。そうすべきだ。

　今慌てて階段をおりたことには意味はない。

　そう、意味はない。

　そのように考えをまとめ、自分のクラスがある階へと戻った。廊下には児島も女子もいなくなっていた。

　学校から戻ってくると、もう日は傾いていた。冬の日没は早い。

　私は布団にくるまった。早起きのせいか、家に帰ると睡魔がまとわりついてくる。外は寒くて布団はぬくぬくとしている。

　奇妙な夢を見てぼんやりしているところで、母親が夕食だと私を呼んだ。

弟がテレビをつけた。早朝の火球はニュースになっていた。「今朝五時ころ、複数の火球が確認されました」といって、映像が流れる。続けて世界各地で地震が頻発している、という報道がされた。

「ピザ冷蔵庫入ってるぞ」父親がいった。

「いらない」私はいった。

これが一月十九日、後に一・一九と称される世界激変のはじまりの日の私の記憶だ。

3

空に〈あれ〉が現れた。

一月二十日だった。

最初はうっすらとだったが、次第に濃くなり、明確になった。

〈あれ〉は〈大気中の電磁波が乱れて生じた希《まれ》な現象〉と報道されたが、この解釈には、あちこちで疑義が上がっていた。というのは、空に出現した〈あれ〉は、電磁波の乱れなどでは説明不能の、異質な特性をもっていたからだ。

〈あれ〉はその後ずっと空にあり、登場からしばらくの間は〈未解明気象〉という名で呼ばれた。

「ねえ〈あれ〉なんなんだろ」

早朝、私は空を指して児島にきいた。

「大騒ぎじゃん」

「ああそうね」

「何に見える？」

この質問は日本中で、誰もが十回以上は身近な誰かにしたはずだ。ナニニミエル？

火球の翌日に上空に出現した〈未解明気象〉は、見え方が人によって異なるのである。

空に、何かが出現している。

その点は誰の視点でも共通している。

一部の人にはそれは「もやもやとした煙」に見えるという。

ところが別の一部の人には「真っ黒な穴」に見えるという。

そしてまた別の人には「眩《まばゆ》い光の帯」に見えるという。

「稲妻状の裂け目」に見える人もいる。

少数派だが〈昔飼っていた犬の顔〉や〈死んだ家族の顔〉に見える人もいるという。

ちなみに私の父には青紫の蛇に見え、弟は金色の雲に見えるという。

これは月の模様がうさぎに見えるか否かという〈模様の解釈〉の話ではない。

人によって色も形も、明るさも、見えているものが異なる。そんな存在は今までこの地球にはなかった——はずだ。

ところが写真に撮ると肉眼で見えていたものは消え、ただの空間の歪《ゆが》みとして写る。各々が目で見えているものは写真には写らない。

「なんだろう？　なんか毛皮的なものに見える」

「け、毛皮？」

「う～ん虎の毛皮みたいな黒と黄色のしましまみたいな？　相川は？」

「私は、星に見える」

「星って星形ってこと？」

「いや、球形の物体？　惑星？　わからないけれど、青っぽい色で、図鑑の水星みたいな大きなやつがでん、っとある感じ」

「大きなって大きさは？」

　ちょうど白い月もでていたので、比べてみた。

「月の五十倍ぐらいかな」

　雲がくると隠れるが、小さな雲なら隠しきれない。

「でかいねえ。なんかテレビの検証番組でやってたけど、帯派と、煙派が割合多いらしいよ」児島は感嘆した。「まあでも、円形ってことでしょ。穴派に近いかな？　帯派じゃないよね」

「青い穴……と、いえなくも？　なくも？　いや、やっぱ穴じゃないけど」

「噂だけどさ、あれさ、見ていると、頭おかしくなるって」児島はいった。

この噂は後に本当だと実証される。たくさんの人が精神に異常をきたした。

「じゃあ、あんまり見ないようにしよう」

「う〜っさぶ、体冷えてきた、走ろう」

私たちは立ち上がって走りはじめた。

「もうすぐ大会だね」

「うん、本気でいく」児島はいって、ペースをあげた。二分で引き離される。未《いま》だに彼の全力についていくことができなかった。

二月十四日は晴れたので、私はチョコレートをリュックに忍ばせて早朝の公園にいった。

前述したように児島健のことが好きなわけではない。単に朝の友人に対する義理のチョコである。

去年までこのチョコ贈り行事を内心で軽蔑《けいべつ》していたのだが、一度ぐらいはどんなものかやってみてもいいと思ったのだ。

ただ、義理とはいえ、父親以外にあげた経験が一度もないので、急に気恥ずかしくなり、万が一あらぬ誤解を生んだり気まずくなったりするのがいやだった。そこで渡すときの台詞《せりふ》は「ま、義理ですが。オヤツにでもどうぞ」にしようと決めていた。渡すときの台詞が決まっていればスムーズにいくであろう。

しかし、その日の朝、児島は公園にこなかった。

仕方なくチョコを鞄《かばん》に移して学校にいった。

学校にいくとよっちゃんが、桐生君にチョコをあげるという。

「せいちゃんは誰かにあげないっぴ？」ときいてきたので、「ふん、私が？　お金もったいないじゃん」と不快げに笑ってみせた。よっちゃんは、さすがせいちゃん、と尊敬の視線を向けてきたので少し後ろめたくなった。

桐生君のモテぶりは相当なもので、昼休みに机の上には五つほどの包装された箱が置かれていた。そのうちの一つはよっちゃんのものだった。どうも抜け駆けなしなのか、早朝ホームルーム前に、みんなで同時に渡したらしい。

休み時間に隣のクラスをのぞいてみたが、教室に児島の姿がなかったので、靴箱を確認した。ここでようやく彼の欠席がわかった。

児島の靴箱には上履きが入ったままだった。

一日くらいずれても児島には明日渡せばいいか、いやこの際、家までいってポストにいれておくか、しかし義理チョコでそこまでするものなのか、よっちゃんに誰にもあげないといった手前、もうあげなくてもよいではないか、しょせん義理なのだし、と悩みながら家に帰ってきてしまった。

家に帰ると弟が居間でゲームをしていたので、思わず「どうぞ」といって渡した。

十歳の弟はきょとんとした顔で私を見上げると、おそるおそるといったように包装紙を開き、「くれんの、なんで？」といった。

急にあげるのが惜しくなったので半分ずつにして一緒に食べた。

翌日の朝、公園で児島に会うと、彼は「ああ、昨日？　おばあちゃん死んじゃって葬式で学校休んだ」といった。「学校でなんか面白いことあった？」

「面白いことは何もなかったよ」と私はいった。「おばあちゃんはその、残念だったね」

「うん」児島の顔は少し寂しげで、そこに朝日があたっていた。

急に私は児島を抱きしめたくなったが、嫌われると思ったのでしなかった。

二人で並んで二周走って、遊具広場に近い芝生に座った。私は水筒の水を呑《の》んだ。

「児島さあ」私は面倒くさそうにいった。

「おう」

「私、一人で走るの退屈だからさ、朝とか、児島くると嬉しい……んだけど」

「ああ、喋る相手いるといいよな」

「そうそう」

「まあ、黙々と走るのも乙ってときあるけどな」

私は、小さな声で「え、マジか～一人で走っても面白くないじゃんか」といったあとに急にうろたえてしまった。

4

市の中学生陸上大会は、三月七日の土曜日に開催された。

陸上トラックに並び、ぱん、という音と共に走り出す。頭が真っ白になり、後は無我夢中で八百メートルを走った。ペース配分的なことも考えていたのだが、実際競走になると負けん気の強い私は必死になりすぎて、計算通りに走れなかった。

終わった後は、何もかもが自由になったような解放感で、観客席でタオルを顔に載せて寝転んだ。足の裏がずきずきと痛んだ。

三十二名中、二十二位の記録を残した。もともと上を目指すつもりなど全くない私からすれば、ビリでなければ満足だった。

児島は男子千五百メートルで、二位だった。「市内全部の中学校から選抜された陸上大会で二位」というのは凄《すご》いことだ。いや、当時の私からすると、「とんでもなく凄いこと」だった。学校が日常を包む箱であり、市というのは地元のほぼ全部だ。そこで二位なのだから、世界二位と感覚的に変わらなかった。

「児島みたいなのがオリンピックとかでる人だな」と本気で尊敬の念をおぼえた。

卒業式があった。

三年生の卒業を見送り、よっちゃんと二人で帰るとき、私困っていることがあるんだ、とよっちゃんはいった。

え、どうしたの？　ときくと、誰にもいわないでよ、といった。ねえほんとにほんとに誰にもいわないでね。

「桐生君から、ホワイトデーもらった」

おお〜と私はいった。それで何が困るんだと話を促すと、なんと「そのとき、キスをされた」という。

「えっ」

き、キス？

桐生君とよっちゃんがキスしている図がうまく想像できなかった。そもそも二人はつきあっていないのだ。

「さすがにそれは嘘」

「本当だってば。ホワイトデーのお菓子渡したいっていったんで、浦田《うらた》公園に呼び出されてぇ、あそこ、なんか人がこない雑木林あるじゃん、そこでぇ、いきなり、木の幹に手ついて、ドン！　とかして、俺のこと好き？　とかいってきて、なんなのあいつ？」

木に、どんと右手をついてよっちゃんの前に立ちふさがり、顔を近づけてくる桐生。

「やばいやばい。それは、よっちゃん、やばい。妄想いきすぎ」

「妄想じゃなくてホントだから困ってるんだよお」

　私はやはり桐生君とよっちゃんがキスしている図に現実感を抱けないまま、いくつもの思考が浮かんできた。〈俄《にわか》には信じられないが本当ならめでたい話だ〉〈しかし桐生君はクラスで一番モテるのだから、彼とキスしたなどと知られたら、他の女子連中からどう攻撃されることやら〉〈仮によっちゃんと桐生君がつきあうのだとすれば、なんだか桐生君の悪い印象も消えるかもな、よっちゃんの彼氏だもの……〉〈私はよっちゃんのボディガード的なところがあったが、そういうのもそろそろ終わるのかな〉〈でも桐生君ってこのあいだバスケ部の香《か》川《がわ》さんと一緒に帰っているの見たけれど、そのことは今話題にするべきかしないべきか〉

「私、どうしたらいいのかなぁ」

「まずはよかったじゃん。基本的に秘密にするのがいいんじゃない、こ、告白とかされたの？　したの？」

「セイちゃん、嫉妬《しっと》している？」

「え？」私は面食らった。「いや、別に」

「だよね。ああ、よかった、セイちゃんに話して〜。他の子は誰も信用できないもん。セイちゃんにだったらなんでも話せる〜」

　このときのよっちゃんの〈嫉妬している？〉は、説明し難い嫌な感じを私の心に残した（よっちゃんは、女子なら誰でも桐生君が好きなはずという前提なのだろうか？）。

　私はむかついて、もう明日からよっちゃんと絶縁して完全無視してやろうか、などと思ったのだが、結局翌日になると、よっちゃんと遊んでしまい、まあ、よっちゃんは親友なのだし、細かいことはいいやと流した。

ずっと後に、私はこのことを思い出し、仲違《なかたが》いしなくて良かったと心から思う。仮に私が嫉妬した表情をしていたのだとすれば、それはむしろ、よっちゃんを男の子にとられて独りぼっちになってしまう不安によるものだった。

〈ええ～結局のところは、人類が初めて遭遇する現象なので、それが何なのかはわからないのですよ。あ～しかし宇宙局の観測によりますと、それは大気圏上に《在る》もので、スペースデブリを呑み込んでいるようです、ええ、そして脳に作用するスペクトル〉

夕暮れ時にソファでうたた寝して目を開くと、テレビでは例の〈未解明気象〉の写真が映し出され、学者が喋っていた。私はテレビを消した。

5

二年生になった。

クラス替えが発表された。私とよっちゃんは下駄箱の硝子《ガラス》戸に貼りだされた新クラスの一覧を見た。

私は二年二組だった。

なんと児島と同じクラスだった。よっちゃんにキスをした桐生君も一緒だった。こちらは同じクラスだったときから私との交流は皆無の人なので、どうでもよいことであった。

残念だったのは、よっちゃんが一緒ではなかったことだ。よっちゃんは一組に割り振られてしまった。

「え～なんでせいちゃんと一緒じゃないの～」と、よっちゃんは泣き真似をしながら私に抱きついてきた。よっちゃんには桐生君と一緒でないこともショックだろうな、と私は思った。キスされたことをきいてから二週間が経過していたが、始業式のあと小声で進展をきくと、電話で何度か話したり、メールのやりとりがあったりしたぐらいでつきあうことになったのかどうかはよくわからない、とのことだった。

宗教の街宣車が増えた。

審判の時がきた、とか、空に眼が開き、今から全人類の査定がはじまる——などとスピーカーで流しながら通学路を通り抜けていった。

書店にも、オカルトやスピリチュアルの本が増えた。

〈世界が終わると簡単にいう人たちのこと〉という新書が出版され、未曾有《みぞう》の大ベストセラーになった。内容は宗教を使って社会不安を煽《あお》る人たちと、煽られて入信する人たちへの批判だった。一方、〈未解明気象〉に対する自説を繰り広げる人たちの本も平積みされていた。

まさか世界は終わったりしないよね？　と父にきくと、父は一瞬、本気で考えるような間を置いてから、まあ、普通ならな、といった。

父は、何十年も前、二十世紀の終わり頃には、世界の終わりが一九九九年にくるという予言を信じている人がたくさんいたのだと私に教えた。

「でもね、結局何も起こらなかったんだ」

でも一九九九年は何も来なかったからいいけれど、今は空に変なやつ来ているじゃないか、と私は思った。一九九九年に来なかったやつが、遅れてやってきたと主張する人もいる。

桜が完全に散ってほどなくして、新生物がインドネシアで発見されたという報道があった。

白い牛乳プリンみたいな不定形の生物だ。

粘菌の新種発見ではないかという。

報道番組で生物学者がコメントをだした。

この生物は、現在異常な繁殖力で増えているが、昔から地上にあったのなら、もうとうにそこら中で発見されていないとおかしい。つまり、地上にそれが現れたのはごく最近ではないかという。

「発見のタイミングからすれば、今年一月の隕石が運びこみ、地球上で繁殖したものである可能性があります」

ニュースキャスターは、生物学者にきいた。

「人類が初めて遭遇する地球外生物ということでしょうか？　そうだとすれば人類史において非常に大きな発見ということになりますが」

「そうですね。その可能性はありますね」白髪の生物学者はいった。「さもなくば、一月に出現した上空にある未知の現象と関連して、地上の粘菌あるいは何らかの微生物が変質したものであるという説も唱えられています」

「危険な生物でしょうか？」

「たいへん危険です。この生物は地球規模で生態系を破壊し、生物界を消してしまう可能性をもっています」

「では私たちはどうしたらいいんでしょう」

ニュースキャスターの質問に、生物学者は一瞬口を閉ざした。

「現時点ではあまりにも未解明なので、いったいどのような対応がよいのかはわかりませんが、法律を整備して早急に駆除していかなくてはなりません」

白い牛乳プリンみたいなやつには〈プーニー〉という名がつけられた。

日本各地でも続々とプーニーが発見された。

私と児島は、二年生になっても相変わらず朝の公園を一緒に走り、「じゃあ、また学校で！」という挨拶《あいさつ》で別れるようになった。

同じクラスなので、教室で会うのだ。

一年生のときよりずっといいクラスだった。

児島とは休み時間などにけっこう親しく話すこともできた。クラスメートなのであまり違和感もなく、それをからかう人たちもいなかった。


五月になってからプーニーの実物を見た。私が教室に入ると、佐藤《さとう》君の席をクラス中が囲んでいた。私も輪に入った。ケースのなかでテレビやネットで何度も見た牛乳プリンのようなものが震えていた。大きさは五センチほどだった。

なんと通学途中に公園にいたので捕獲してもってきたのだという。

「地球外生物、ハロー」

男子の一人が割り箸《ばし》をケースに突っ込んで追い回す。刺激に反応しているのか、ぷにぷにと動く。

そのうち割り箸で引きちぎられ、半分になってしまったが、死ぬ様子はなく、二体に分かれてぷるぷる震えている。

「気色わり」男子がいう。

「なんかかわいい」女子の誰かがいう。実は私も初めてみた実物は、かわいい、と思った。

「かわいくない、かわいくない」別の女子がいう。

切断された一匹がもう一匹ににじりよっていき合体した。誰かが、寂しいんだなあ、といって笑った。

「地球外生物、不死身かよ」

桐生君がいい、みんなが笑った。

「名前は？」誰かがきいた。

「プニ子」佐藤君がいう。

「餌はなにやんの」

「なんでもいいんだよ。落ち葉でもダンゴ虫でも。あんまり食べないけど」

「でかくなるの？」

でかくなるのだ。報道では、この生物は、生きる粘土のようなもので、個体どうしが融合して際限なく、五メートルにも十メートルにもなる可能性があるといっていた。小さいうちは這《は》ったり転がったりするが、そのうち自重を支えきれなくなるまで大きくなることが、世界各地で確認されていた。

「私も欲しい」誰かがいった。

ペットとしていじくりまわしていれば見ていて飽きそうにない。

特定危険生物に指定され、保健所の人が学校にやってきて、危険性などの説明会をするのはまだ二週間ほどさきのことだった。

「これって食べると、死ぬんだよね？」桐生君がいった。

「ああ、死ぬっていうか〈これ〉と同じになるんだって」飼い主の佐藤君がいった。

「そうやって増えるんだよ」

「え、マジで？」桐生君がいった。

隣のクラスからやってきたよっちゃんが私の後ろに立って、「ホントホント」といった。

「ね、見たもんね」私はいった。

数日前、よっちゃんの家で、タブレットPCで、プーニーの実験動画を見た。

この生物を硝子ケースで飼育している男（白衣を着ている外国人。どこかの研究者かもしれない）が、ビスケットに混ぜたこの生物を二十日鼠に食べさせる。そこから動画は七日間の観察を圧縮して三十秒で見せている。二日ほどで色が真っ白になり、納豆のなかを通り抜けたような粘着性のある糸状のものを放出し、毛が抜けていき、五日目には、鼠形のぷるぷるとした白いものになった。それでもまだ〈プリンねずみ〉状態で動いていたが、七日目にいきなり形が崩れて、牛乳プリンの山みたいになった。

あとは形の崩れた白いスライム状のものがうにうにと動くのみ。

どうも体内に一定量が取り込まれると、この生物になってしまうらしい。動画を見ているとき、よっちゃんはひたすら悲鳴をあげていた。

佐藤君がケースから割り箸でプニ子をつまみだし、机の上にぽとりと置いた。

よっちゃんが悲鳴をあげた。

「外にだすなあ！　気色悪い！」クラス中がわっと騒ぎになり、桐生君がノートで、ばしっとその生き物をはじき飛ばした。

白い生き物は、こちらに飛んできて、ちょうどよっちゃんの制服の胸のあたりにべとりとついた。よっちゃんは悲鳴をあげてはたき落とすと、「いやああ！　やだ！　ざ！　ざ！」と謎の声をあげ白い生き物を上履きで踏みつけ蹴飛《けと》ばした。

ぶにぶにと床を転がっていく。

「プニ子おおお！」佐藤君が叫んだ。

「松野《まつの》こわっ」誰かがいった。松野はよっちゃんの苗字《みようじ》だ。よっちゃんは涙目で自分の教室へと戻っていった。

誰かが、ざ！　ざ！　と真似をしたが、笑いは起こらなかった。

そんなことがあった日の五時間目の休み時間である。私は三階の渡り廊下をよっちゃんと歩いていた。

佐藤君のもってきたプーニーはよっちゃんに踏まれて蹴られても生きていたが、担任に没収されてしまった。

よっちゃんはプーニーが〈世界で一番嫌いなもの〉になったらしく、その言葉をだすだけで体調がおかしくなる、といった。でも、桐生君からのパスだったじゃん、とからかってみると、あんなものを飛ばしてくるなんて桐生君も嫌いになりかけている、という。

学校の廊下には「今年のスケジュール表」が貼りだされていた。

その隣には、

「二中絶対信条・二中生は、いじめをしない！」

が貼られている。

さらにその隣には、

「今月のお言葉・神様は、私たちに成功することなんて望んでいません。ただ挑戦することを望んでいるのよ〜マザー・テレサ」

が貼ってあった。

いきなり話題は、ディズニーランドが一番混むのはいつかということに変わった。私はゴールデンウィークではないかといい、よっちゃんはクリスマス前後に決まっているといった。

鬼ごっこをしている子が私たちの脇を走り抜けていった。世界のどこかで戦争やテロが起こっても、空に何かが現れても、新種の生物が現れても、こういう日常がずっと続くのだと思っていた。

でもそうではなかったんだ。

「あっ」よっちゃんはいった。

よっちゃんの体がぐにゃりと折れ曲がり、廊下に倒れた。

私はすぐによっちゃんを抱き起こした。瞳孔《どうこう》が小さくなっており、呼吸を感じなかった。

「大丈夫？　大丈夫？」

返事はなかった。

冗談……ではない？

掠《かす》れ声でいった。ほけんしつ。

保健室へ連れていこう――保健室へ連れていくのを手伝って――保健室にいる先生を呼んできて。

「うわ、あの倒れてんのだれ」

「一組の松野じゃん？」

野次馬的に集まってきて、無神経な囁《ささや》きをかわしている男子を見ると、私の友達を見るな、ぶん殴ってやろうか？　という熱い怒りが湧き上がった。周囲を睨《にら》みつけながら、私はずっとよっちゃんを抱えて座っていた。

やがて、担任の高橋《たかはし》先生が走ってきて、よっちゃんを運んでいった。保健室まで付き添ったが、もう戻りなさいといわれ、仕方なく教室に戻った。

よっちゃんはその日、病院に運ばれた。

よっちゃんの容体を知るために、帰宅後、よっちゃんの家に電話をかけてみた。しかし、繋《つな》がらなかった。おそらく家族は病院にでかけているのに違いなかった。

夕暮れの空の下、よっちゃんの家まで歩いていった。

相川聖子は、よっちゃんとコンビを組んでこそだと思っている。息のあった漫才コンビみたいなところが私たちにはあって、よっちゃんが学校を休んだだけで、私は取り残された余り物の気分になる。

見上げる空に浮かぶ水色の星は明らかに大きく、そして強烈な存在感を発していた。

このあいだ見たときとは、冬の太陽と夏の太陽ぐらいの違いがあった。

かつて何度も通ったよっちゃんの家は灯《あか》りが消えて静まっていた。

翌日は土砂降りの雨だった。

よっちゃんが病院で亡くなった報《しら》せを、担任からきいた。詳しい原因はまだわからない、ということだった。

雨音で満たされた体育館で学年集会が開かれ、全員で黙禱《もくとう》した。

みな啜《すす》り泣いていた。

ありえない。私は思った。

よっちゃんは全く健康な状態だったではないか。特にリスクのある行動をしていたわけでもなく——いきなり死んでしまうなんて、あまりにも理不尽ではないか？

よっちゃんだって、その瞬間まで、まさかいきなり人生が終了するとは思っていなかったはずだ。

私だって、他の誰かだって、あんな風に、前触れもなく死ぬものなのだろうか。

私たちが己の人生に抱いている特別な気持ちなんてものは、結局は都合の良い自己肯定の幻想ではないのかという考えが胸をよぎった。

悲しみに加えて、胃が重くなるような暗い不安がのしかかってきた。

よっちゃんの死から、登校する生徒は目に見えて減っていった。

火災と暴動のニュースが急増した。火災は毎日だった。プーニーが火に弱かったからだ。

プーニーに火をつける。燃えるプーニーが逃げて民家に火をつける。燃えた民家がそこらのプーニーに火をつけ、そこで燃えたプーニーが四方に広がって――。

そして――おかしな人が増えた。

本当に、本当に、いきなり増えた。

駅やデパートといった人が集まるところにいけば、大声でわめき散らしている人が何人もいた。線路に飛び降りる人が急増した。

一夜にして火災で家族や家を失った人たちへの政府の対応が遅れたからだといわれていた。

またそれだけではなく、空に現れた〈未解明気象〉には人間の心理に影響を及ぼす何かがあり、精神に揺さぶりがかかったため、ともいわれていた。

家族同士の殺人、恋人どうしの殺人も急増した。

デート中に女の首をいきなり絞めて殺してしまった男とか、買い物から戻ってきて夕食の支度をすませたあといきなり夫を斧《おの》で殺したおばあちゃんであるとか、衝動的な殺人事件の報道は連日続いた。

プーニーを相手に飲ませ、事故死に見せかけて資産を奪う事件も増えた。

いくつかの市町村が、局所的なプーニーの異常発生により、大量の死者をだした。プーニーは地域で全体的に増えるのではなく、火山の噴火や、ゲリラ豪雨のように、ある地点で突発的に大増殖した。

6

六月に入ると国が全国民に対し、「プーニー耐性診断調査」というものを実施した。

学校で、白衣を着た検査官に三十項目のアンケート票を提出し、採血された。

血液からプーニーの抵抗力その他を調べる検査だった。

十日ほどで結果が戻ってきた。

戻ってきた結果用紙によればプーニー耐性はAからDの四段階で示される。

最も弱いのがこれだ。

〈D耐性　特弱　抵抗値0〜10　プーニーが近くにいる環境では、体が拒否反応を起こし死に至る〉

おそらく、よっちゃんはD耐性だったのではないかと思う。

人口の相当数——六割以上が次の、

〈C耐性　弱　抵抗値11〜80　プーニーが近くにいる環境で一年以内に、精神面、肉体面に影響がある〉

に属するという。

ここまでが〈弱いグループ〉で、もし自分の地域が白いやつらに侵食されてきたら速やかに避難することが勧告される。もちろん弱さが二段階に分けられるはずもなく、同じCでも抵抗値が11と80では約八倍の開きがあるわけで、大きな個人差があるといっていい。いわゆる〈強いグループ〉はこちら。

〈B耐性　強　抵抗値81〜200　プーニーの多い環境にいて、一年以内なら特に精神面、肉体面に大幅な影響はないと考えられる〉

あくまでも〈考えられる〉なのは、まだプーニーが出現して間もないため、本当に精神面、肉体面の影響が少ないのかはわからない。

そしてずば抜けたトップ3パーセント（検査を受けた人の総数で3パーセントほど）が

こちら。

〈Ａ耐性　特強　抵抗値２０１以上　強い耐性をもち、プーニー比率の高い地域で長期的に生存できると考えられる〉

　これまで私は何かに特別に秀でたことはなかった。容姿も学力も運動能力も芸術的才能も、突き抜けたものなんか一つもない。劣っているものならたくさんある（陸上大会に選抜されたのは快挙だったが、これだって毎朝児島と走っていたというだけで、常人以上の資質があるわけではない）。

　だから、判定結果がＡ耐性だったときは、少し驚いた。私の抵抗値は４７０だった。聞いたところではＡ耐性の中でも突出した数値らしく、私の抵抗値は市内では断トツの一位。国内でも４００超えは二十人いるかいないからしい。

　ちなみに両親は、母がＢで抵抗値１２０、父がＣで抵抗値40、弟はＢだけど母より低く抵抗値１００だった。

　とにかく私の家庭は、プーニーがはびこっているところで暮らすと、耐性のない父が精神的、肉体的におかしくなってしまうことがわかった。

既に近所の公園や畑などがプーニーに荒らされはじめ、〈比較的多い〉地域になってきたので、私たちは引っ越しを検討しはじめた。

　実際父は、畑に白いぶよぶよがこびりついているのを見るだけで気分が悪くなるのだそうで、宅配のためバイクで外をまわるピザ屋の仕事もやめて、無職になった。

パソコンで、国土交通省のサイト〈プーニーMAP〉を見ながら、ああだこうだと家族会議が行われた。

北海道が少なく、次いで東北《とうほく》六県、北陸《ほくりく》が少なかった。一方、太平洋《たいへいよう》側は比較的多く、局所的に多い場所と少ない場所がありまだらになっていた。

あるいは父だけがどこかに移り住み、少しは耐性のある私たちはここに残る、という選択肢もないわけではない。


「児島あ、検査結果どうだった、んだよぉ」

私は放課後の校庭で、鉄棒の前にいた児島にきいた。

「ああ、いいたくない。相川は？」

「私？　Aだったけど」

ほんの少し照れた。

児島は「マジか」といった。「この中学校にA耐性は二人だけって知っていた？」

「え、そうなん？　あと一人誰？」

「俺」児島はいった。

「え」本当かよ。「児島もAなの！　嘘！　やった！　何その偶然！」

「声でかいって」児島はいった。「そこまで喜ぶところか～」

喜ぶところだろう。児島がAだなんて嬉しいじゃないの！

児島の抵抗値は２８０だった。やはり同じAでも、私の４７０は少し異常な数値らしい。

「でもさ、Aってこと、あまりいわないほうがいいぜ。理由はわからないけどそんな予感がする」

「いわない、いわない。なんかわかる」

なんとなく奇妙な間ができた。

「私、引っ越すかもしんない、父親が抵抗値やばいんで」私はいった。

「えっ」

「ね〜えっでしょ〜本当に困りますわあ、こういうの」

「どこ？」

「わかんないよ、まだね。かもしれない、だから。北海道とか候補。するとしても一学期はここにいると思う」

「そっか〜相川はAでも、家族は違うんだな」児島は地面を見ながらいった。「まあ俺の家族もBの下のほうだし」

遺伝はあまり関係ないのかもしれない。

「相川引っ越すと面白くないな」

「いいよ別に」私はいった。そんな照れくさいことといわなくてもいいんだよ別に、という硬派な返事である。でもありがとう。

七月を前にして、プーニーはそこら中にいた。報道ではこの一ヶ月で三千倍に増えたという。

私はぼんやりと七千年も前には、五百万人ぐらいだったに違いない人類が、七十億人に増えたことを思い起こした。

たとえば公園や、街路樹や、植え込みのなかに、あの白く震えるものはいた。車道では排気ガスで汚れ、タイヤの痕《あと》をつけて貼りついていた。

あるとき、〈脚が生えたもの〉を見た。人気《ひとけ》のないアスファルトを這っていた。

四本脚で長い尻尾《しっぽ》をもっており、

おそらく——ペットのイグアナか何かがプーニー化したものに違いなかった。

また巨大な不定形の白い塊が蠢《うごめ》きながら団地の壁を這い上っていくのも見た。

プーニーは単体では、目も口も耳もないし、内臓もない。彼らに思考があるのかどうかは、キノコに思考があるのかという問題と同じに思える。でも、彼らは時にどこかに向かっているように見えるし、何かを企《たくら》んでいるようにも見える。

通常、生物種というものは、他者に喰《く》われることでその個体数を減らす。

ところがプーニーは、「喰った側がプーニーになる」のである。

これでは数が減りようがない。異常増殖していき、いずれ地上の全てが真っ白なプーニーで覆われてしまう。

生物学者が二ヶ月前に予言した脅威は本当だったのだ。

7

〈急速に治安が悪化し、生徒の安全に責任をもてないため〉に、期末テストは行わず一学期の終業式も行わずに、翌日から夏休みに突入すること、そして授業再開は二学期からを予定することが決まった。

開校以来、例のないことだった。

臨時集会によると、場合によっては二学期になっても再開できず、学校が長期休校、最悪の場合は閉校になる可能性もあるが、〈勉強はとても大切なので、あらゆることに好奇心をもって、自習することを忘れずにがんばってください〉という。

学校が休みになるとスーツを着た大人たちが家にやってきた。

大人たちとは——私の学校の学年主任、担任の先生、副市長、消防の人（三人）などだ。

両親と私と話をしたいとのことで、タクシーで中学校の職員室の応接室に移動した。休みなので校舎に生徒の姿はない。

体格のいい中年男性たちが、作り笑いを浮かべながら「ははは、聖子さん、そんなかしこまらずにリラックスして話しましょう。どう？　毎日楽しい？」などと笑いかけてくる様子が不気味で、私は不安になった。

　彼らがやってきた目的は、私をスカウトすることだった。

　消防庁で、プーニー災害から、人々を救うチームを作るので、A耐性の私に参加して欲しいという。

「具体的には何をする仕事なんでしょう」父がきいた。

「訓練を受けた後、全国のプーニー災害で孤立した地域からの人命救助や、プーニー駆除作戦への参加が主な仕事になるでしょう。自衛隊をはじめとするその他組織とも連携した活動になることが想定されます」

　国家権力の圧力を感じ、赤紙がきた戦時中の学生の気分がわかったような気がした。

　しかし私は即答できなかった。

　消防の人たちの、〈体育会系公務員〉とでもいうような、日曜日に剣道とか柔道とかしていそうな雰囲気が苦手だった。私は日曜日は穴あきジーンズでもはいて寝転がってゲームでもしていたいタイプだった。

「聖子さん」副市長がいった。名前で呼ぶなよ気色わりいな、と思ったが、ここで相川さんなら、両親もいるので、仕方ないのかもしれない。

「君と同じ二中の子にA耐性の子がいるのわかる？」

「あ、え……児島？」

「ああ、知ってましたか。児島健君も、チームへの参加を快諾してくれました」

急に心が動いた。

「え、じゃあやることにしたら、児島と同じチームになれますか？」

「ずっと一緒かはわかりませんが、初期配属はそのようになると思います」

「規定の給料もでます」消防庁の男がいった。

ふうん。私は思った。それはやはり――。

親からもらうお小遣いなんかよりずっと大きなお金なんだろうね？　でも、それっていわゆる就職だよね？

「いつから働く……の、ですか？」

副市長と、担任の先生が合図するように顔を見合わせた。

「本来なら卒業後なのですが、現在、プーニー災害の現場は人材確保に緊急を要しており、参加の意思を確認できればすぐに訓練に入り出動もします。ちょうど夏休みなので、しばらくは庁舎に泊まりこみます。学業のほうは二学期の開始と共に今まで通り、二中に通いながら仕事が入れば現場に向かう――という形式を選択するか、もしくは消防学校の近くの寮に入り、その地区の学校に編入していただく予定です。ただ、A耐性の人材が極めて希少なため、どちらにしても学校よりも仕事を優先していただく環境が続いてしまう可能性があります」

「高校いっときたいです、けど」私は曇った顔でいった。

　副市長がいった。

「いわゆる進学面においては不利にならぬよう、特例措置をとらせていただきます」

　恐るべき条件が提示された。

　希望進路が公立高校ならば、好きな学校に入試の点数と関係なしに無条件入学。入学金、学費、教材費その他は全額免除。

　さらに入学した高校では出席日数が足りなくても卒業保証つき。

　もちろん規定の給料は何も差し引かれることなく入金される。

「今日すぐに、お返事をというわけではありませんが、国内の状況は報道でもごらんの通り、逼迫《ひっぱく》しておりまして」

　親もどうしたらいいかわからなかったのだろう。一般人が入れば死ぬような汚染地帯に、耐性があるからといって自分の娘が仕事で入る？　絶対だめだ、そんなの、という気持ちと、市役所や学校の代表に近い人たちが並べたてた取引材料は魅力的で、もしかしたらいろんな意味でこれは娘の人生にも家族にもチャンスなのではないか、という両方の気持ちが働いているに違いなかった。特に私たち一家は現在、父親は無職だし、耐性問題で引っ越しを考えているわけだが、このタイミングで扶養家族が一人自立してくれればずいぶん身軽になる。

　彼らが帰った後、親はいった。

「あなたの人生だから、あなたが決断しなさい。私たちにはわからない」

8

渋谷《しぶや》にある消防学校でチームメンバーと顔合わせをした。

私が所属するのは、消防庁が新たに従来の消火業務とは別の組織として作った〈プーニー災害対策課〉という名の部署だ。消防士の鳥居《とりい》さんが私の直属の上司で、〈隊長〉だった。副長も消防士の六田《ろくだ》さん。その下に、周辺市町村から集まった大学生や高校生、あるいは元サラリーマンといった耐性が高かったために〈徴兵〉されたヒラのメンバーが並んだ。

児島もそこにいた。

児島と目があった。児島は私の参加を知っていたのか、無表情に顔をそらした。私も無表情に顔をそらした。

自己紹介の時間があり、私と児島が出身中学が一緒で同じクラスだと知れると、みな「おお～」と謎の歓声をあげた。

「仲は良かったりするの？」六田さんが児島にきいた。

「仲ってまあ、クラスメートですから、たまに言葉をかわしたりぐらいは」

「特に良くはないですが、悪くもないです」私はいった。

とりあえず一週間ほど寮生活をすることになった。集中的に訓練をするためらしい。ランニング、筋トレ、機材講習、ビデオ講習などがあった。よほど人手不足なのか、訓練三日目で、最初の仕事が入った。

いきなり児島や他の隊員と一緒にヘリコプターに乗せられ、機内で仕事内容の説明を受ける。もうこのあたり有無をいわさない。

茨城県に局所的プーニー災害地域がある。

そこの公民館や民家に数名が取り残され、救助を要請している。

周辺の雑木林がプーニー化して雪崩のようなものを起こし、道を塞《ふさ》いでいるので、救助のための車が入れない。

またこの市の東部では火災が発生している。こちらは現在茨城県の消防が消火活動にあたっている。

我々の任務は、防護服と防護マスクを公民館及び民家に届け、輸送車両が停車しているところまで、救助要請をだした人々の避難の手伝いをする――というものだ。

降りた先は、夏の住宅街だった。

一帯は真っ白だ。

家も樹木も、全てがプーニーに覆われている。

輸送車両の前に防護服を着た人が集まっていた。災害派遣の自衛隊員などで、挨拶をしてから段取りの説明に入る。

数分後に公民館へ出発した。

真っ白な領域を隊員五人で歩いた。

全身を覆う防護服に防水ブーツ。シャープなフルフェイスヘルメットといった感じのマスク。そして背中には五十リッターのザック。

なにしろ七月である。

「あっつ〜。プールいきたいな〜」と隣にいた児島が誰にともなく、独り言のような口調でいったので、「アイス食べたいな〜」と私も独り言を返した。

路上には、白い人形《ひとがた》がある。

プーニーに覆われた死体。

惨状だった。

私と児島はもう会話をしなかった。

真っ白な餅《もち》で作ったような犬が、のそのそと力なく歩いている。あれはもはやプーニーなのか、それともまだ精神的に犬なのか。

局所的災害地域は訓練ビデオでは見ていたが、実際に歩くのは初めてだった。

よく見れば白い地表はぷつぷつ、むにむにと細かく蠢いており、踏むたびにプーニーのぶにょぶにょとした感触が気持ち悪い。

もうこの地域は人が住めないのだということがありありとわかる。

公民館の前に到着した。

先頭の隊長が玄関の扉を開けるのを見ながら、私はよっちゃんのことをなんとなく思い出す。

人間は死ぬのだ。

遅かれ早かれ、原因がなんであれ、死ぬのだ。

屋内に入ってからマスクをとった。

中はひんやりしていて、汗がひいた。

ブーツや防護服に付着したプーニーを専用ブラシで落としてから廊下を進む。

図書館が併設されている公民館で灯《あか》りの消えた書架が見える。

「すいませ～ん、救助で～す」

と隊長が宅配便を届けにきたかのような声をかけて、灯りのもれている会議室の扉を開けた。

「ああはいはい、すみません」ぺこぺこ謝りながら登山スタイルの男がでてきた。

大きな室内には、数人の老人がいる。全員こちらに目を向ける。ああ、良かった、私は胸をなで下ろす。

「子供じゃないか！」

白髪の男がマスクをつけていない私を見て怒ったようにいう。

「十三歳です」私はいってみる。

白髪の男の目が見開かれ、それから途方に暮れたような笑みをみせた。

「十三歳はねえ、子供！　おかしいよ、普通はこんなとここない、親は何やってんの。自分の子供をこんな死ぬような――」

中学生二人をこんなところに派遣して仕事をさせるとは、国家もなかなかえげつないよなと私は思う。しかし、抵抗値の低い人間が救出にくれば、ミイラ取りがミイラになる。

「私、抵抗値４００超えているんで平気です」

老人たちがざわついた。

私に限っていえば、実は外を歩くときも、マスクも防護服も不要なのだが、規則なのでつけている。

私たちはもってきた簡易マスクと簡易防護服、そして水や食料を配る。

「この先の公園に輸送車がくる予定です。輸送車到着の連絡が入り次第、ここを脱出して車のところまで歩きます」

鳥居隊長が避難者に説明する。

「だいたい四百メートルぐらいの距離です。全員防護服を着て、今しばらく待機してください」

「あと一人いるんだが」

五十代後半ぐらいに見える男の人がいった。

「俺の、女房」

私は公民館の裏手にある体育館に向かった。

ぶにゅぶにゅと白い塊を踏む。

よく見ると、ところどころが蛾や毛虫の形をしていて、動いている。

体育館はがらんとしていたが、床はプーニーに汚染されていてまだらに白くなっていた。

体育館の隅に、テントが張られており、そこに真っ白になって全身から糸をだしている女がいた。

「どうもこんにちは」

「あ、はい」その人は、はっとしたように顔をあげて私を見るといった。

「あら、救助の方？ 駄目よこんなところにきたら、あなた……」

これだけ周辺が覆われてしまった地域では、プーニーの混ざった水や食べ物を知らず知らず摂取し続けてしまったという例は多い。

個人差もあるが、人間がプーニーを口から摂取すると、数日は人格を保ち、その後は意思疎通ができなくなり、七日ほどで形を失い完全にプーニー化する。

〈プーニー化のはじまった人を、救助してはならない〉

　これはチームの厳守事項である。

　救う手立てがないし、病院などに搬送してしまえばその病院が汚染され被害が拡大する。

「あの、山田《やまだ》さんの奥さんですよね」

「ええそうです」

　その人はいった。

　近くにアルバムや、写真立てがある。そのうちの一つはスイスのモンブランを背景に家族で写っている写真だ。もうすぐ死ぬことを知って思い出の品に目を通しているのか。

「最初はネエ、みんな体育館にいたんですけど、どんどん町からでていって体育館があいたものだから、私がいてもいいって」

　山田さんは、妻に一声かけてやってくれ、と私に頼んだ。

　これから私たちは全員ここを退去します。

　でもあなたは連れていけません。
と、私はこの人にいわなくてはならない。

　だが、言葉がでない。

　その間を察したようにその人はいった。

「みんな退避するのね？　それを伝えにきたのね」

「はい、は、はい。そうなんです。でも」

でも？　でも、に続ける言葉がわからない。でも大丈夫、なわけはない。彼女はあと数日で完全にプーニー化するわけで、救う手立てなど一切存在しないことは誰もがわかっている。

慰めの言葉など、逆に白々しく偽善的で、不謹慎。期待をもたせる嘘のほうが罪のある言葉として響く。

「よかったよかった。今生き残っているのは何人？」

「七人です」私はいう。「山田さん、えっと旦那《だんな》さんも生きています」

「そっかあ。あんたも若いのにかわいそうに。嫌な時代に生まれちゃったね」

いや別に私のことはいいってば。

「あ、あの」私はいった。「なにか、お手紙とか、あれば、渡しますけど」

「ないない」その人は顔の前で手をふった。

「伝言とかは？」

「じゃ、みんなに、ばいば〜いって伝えて。あ、あと私の亭主に、最後のお別れとかこないでいいっていっといて。耐性ないから」

私は一礼し、薄暗く広々とした墓所のような空間から逃げるように去った。

戻ってきて、会議室の人たちに、山田さんの奥さんの言葉を伝えた。

「ばいば〜い、だそうです」

「そっか、そっか。あいつらしいや」山田さんは何度も頷いた。

「プーニーだなんだというものは去年まで存在しなかったものだし、ここまで一挙に増殖するとは思わなかったし、誰かが町を護《まも》っていないと戻ってくる人も戻れなくなると思ったし」

その顔にいろんな悔恨が浮かんでいた。

――知らなかったのだ。知っていれば、ここに残らなかった。まさか妻を失うはめになるとは知らなかった。

七名は全員防護服とマスクを着用すると玄関をでた。

外にでるなり、山田さんがさっとしゃがみこんでプーニーを摑《つか》んだ。

私は一瞬で、山田さんが何をするつもりなのか悟った。

マスクをずらして――プーニーを口にいれようとした山田さんに飛びつき、プーニーをもった手首を握りしめた。

「駄目、駄目です、駄目!」

山田さんはぼとりとプーニーを落とした。

山田さんの顔は蒼白《そうはく》で、目の焦点があっておらず、何もいわずにカタカタと震えていた。

「望まれていない、望まれていないです」

奥さんは、そんなことを望んでいない。

一緒に残って死ぬだなんて、そんなことあの奥さんは望んでいない。

私はいいながらずれた山田さんのマスクを戻した。

山田さんは黙って素直に輸送車に乗った。

だが、これは後になって思う。

望まれていないなんて、赤の他人の私にわかるはずがないではないか？　何より、本人が望んだ場所を死に場所として何が悪いのだろう？　私はあの人の死に場所を理由もなく奪ったのだ。

その日の救助活動はそれ以外にも四ヵ所あり、私たちは民家や、学校といった場所を巡り、ひとつひとつの任務をクリアしていった。

夜は被災地に近い場所に、宿泊所を提供してくれるところがあるとのことで、そこに泊まった。なんとその宿泊所は、道路沿いのモーテル、いわゆる「ラブホテル」だった。個室をもらったので、シャワーを浴び、天井に鏡が貼られた大きなベッドに寝転がった。

目を向けると地デジ以前のテレビ（薄くないやつ。しかも映らない）が部屋の隅に置かれて埃《ほこり》を被《かぶ》っており、テレビ台には二十年ぐらい前の雑誌が置いてあった。薄汚れた壁紙に独特の風情があった。

しんと静まり返っている。部屋はみんな災害関係者に使われていて、いわゆる一般客は泊まっていないであろうと思う。

山田さんの奥さんのことを思い返すと涙がでた。上を見ると顔を赤くして泣いている自分が映っており、なんともいえない変な気分だった。

翌日も夕暮れまで救出活動があり、それが終わると一段落ついたようで、ようやく東京の宿舎へと帰還することになった。

八月中は六回現場に出動した。そのうち四回は児島と同じチームだった。初出動と同じような、取り残された人の救助もあれば、プーニー災害地域での電力復旧や、農地への薬品散布などの作業代行もあった。

八月の終わりに、給与明細をもらった。もらうとき「少ないけど、だんだん上がっていくから」と総務の人はいった。銀行にいって通帳記入してみると、明細通りに二十二万円がふりこまれていた。

何が少ないんだよ！　なんでも買えるじゃん！

いろいろ騙《だま》されているような気がずっとしていたが、気が変わった。お金には説得力がある。

ふわふわした気持ちで歩いていると、スマホのメール着信音が鳴った。

母からで、父が死んだ報せだった。

結局私の一家は、母と弟は元の家に残り、父だけが新潟に避難することになったのだ。

父が乗っていた上越《じょうえつ》新幹線が止まってしまい、降車を余儀なくされたのだが、そこがプーニーに汚染された地域だったため、急性プーニー中毒を起こし死んだのだという。

四十七歳だった。

私は目を瞑《つむ》り、しばらくじっと立っていた。

ピザをもって帰ってくる男だった。古いレコードをかけてぼんやりしているのが好きな男だった。

アメリカが〈未解明気象〉を調べるための衛星を打ち上げた。既にもうこれを〈気象〉と捉《とら》えている人は専門家にも、一般の人にもほとんどいなかった。

気象の字がとれ〈未知なるもの〉と呼ばれはじめていた。

衛星の情報によると、〈次元の乱れ〉なる現象が起きているらしく、以前から説の一つとしてあった〈外宇宙からきた未知の存在が地球にとりついている〉というものが有力になった。

地表のプーニーは〈未知なるもの〉が発しているエネルギーで活性化していることも判明した。

9

九月になって、二中は学校再開となった。

生徒数もずいぶん減って三クラスだったのが一クラスに統合された。

私はとりあえず実家のアパートに戻り、中学校に通った。教室や廊下にかつてあった活気はなく、みなどこかよそよそしくお互いの顔色を窺《うかが》っているようだった。

制服姿で、コクヨの学習机の前に座ると、私まだ十三歳だったんだよな、という感慨があった。

席順も全部変わっており、まさに新クラスだった。

国中がプーニーとの戦いだった。

九月の初めにはプーニー法が制定された。

指定焼却場以外でプーニーに火をつけることは犯罪になった。

大型ジップロックといった形状のプーニー袋が配布された。

B耐性以上の人は、町中のプーニーを見つけしだい袋にいれ、焼却場にもっていくことが推奨された。

袋いっぱいのプーニーは、市のゴミ焼却場や業者の引き取り所まで自分でもっていくと、一袋四十円で引き取ってくれるため、それで小銭を稼ぐ人たちも増えた。二十袋もっていけば八百円である。職を失った人たちはマスクにゴム手袋で町を練り歩いた。耐性が低いのにプーニー収集をしようとして死んでしまう人も後を絶たなかった。プーニー回収車の軽トラックが町を巡った。

都市部ではプーニーは減っていった。

しかし、いたちごっこで根絶には至らなかった。

下水道から、白い不定形の鼠が這い出てきて、それを鴉《からす》がつつくと、飛び散った白いものは再び拡散していく。

真っ白にプーニー化した若い男女三十名ほどがヒップホップで踊りながら死を迎える映像が、北九州の被災地域から動画サイトに連日アップロードされた。本人たちが投稿しているのである。これに触発されたのか、自分の最後の七日間を動画サイトに投稿する人たちが増えた。

終末の様相を示す映像を見ない日はなくなったが、受験や中間テストや期末テストは存在し、サラリーマンは通勤し、野球もサッカーもフィギュアスケートも芸能人の不倫も話題になり、映画館も遊園地もプーニー出現前と変わらず営業していた。無意味な自粛は負のスパイラルを生むだけ、というのが世論であった。

私と児島は、プーニー災害対策課から渡された特別仕様の携帯電話を胸のホルダーにつけて登校した。

これが授業中にマナーモードで鳴ったときは、教師に一言告げてから現場に向かうことが許された。

私たちは一緒に電車に乗り、一緒に現場に向かった。

そんな生活は卒業まで続いた。

いつだったかはテレビ取材も受けた。カメラが私たちの背後をずっとつけ回しており、なんだかやりにくかった。

二中の生徒は、私が卒業するまでに、私が把握しているだけで五十七人が死んだ。死因のひとつひとつは異なるが、どれもプーニーに原因をたどることができた。

生きている生徒たちの間でも、親が死んだ、兄弟が死んだという話が日常になった。

そして私は中学校を卒業した。

10

人語を話すプーニーがいるという噂がどこからともなく流れた。

コミュニケーションのできるプーニーは、プーニーの脳のような存在で、他のプーニーを操る王様だという。

プーニーキング。

当時、無数にあった噂の一つだったが、いくつかの根拠があった。

たとえば、兵庫県の西宮《にしのみや》市と尼崎《あまがさき》市で二千人が死亡した局所的プーニー災害が発生したとき。

　このときのプーニーの動きは、主要幹線道路を避けたり、幼稚園を迂《う》回《かい》したり、いったん侵食した地域から引き揚げて別の市に向かうなど、あたかも何か意思があるかのような動き方だったと記録されている。

　さらにこのとき現場にいた複数の生存者はプーニーが喋るのを聞いている。内容はとるにたりない声かけだったり、「ここは数分後に全部（プーニーに）覆われるからすぐに西へ逃げて」などといった避難誘導もしたという。

　結局このプーニー災害は、四日ほどで波が引くように鎮静化した。

　もっとも〈未知なるもの〉出現以来、幻覚幻聴など珍しいことではない。プーニー酔いなどという言葉もできた。抵抗値の低い人間がプーニーの多いところで正常な思考ができなくなる状態を指す。さらにはプーニー化が進行した人間が災害地域で話しかけてくることも現実にあるので、プーニーが声をだしたからといってそれを〈知性あるプーニー〉と判断するのは早計だと私は思う。

　私も以前、群馬県館林《たてばやし》市のプーニー災害地域に応援要請で派遣されたとき、街路に佇《たたず》む真っ白な五人組に話しかけられたことがある。

「あ、レンジャーだ」と一人がいい、「おおい、もうすぐ俺たちって死ぬんですかねえ？」などと白い雪だるまのような別の一人がいい、地面のプーニーと同化している一人が「助けてえって無理か、無理だよね。じゃあ死ね、おまえも死ねえ。あれ、あんた女？　女かよ〜。じゃあ脱げ、今すぐ脱げ」などと非常に問題のあることを寂しそうなトーンで話しかけてきたのだった。

そのとき私はぎょっとして「うるせえな、貴様に見せる裸はない」といってから、ああでも、これから消滅する人たちなんだよな、と思うと哀しくなって足早にその場を去ったのだった。

さて、高校一年生になった私の話に戻す。

一学期もそろそろ終わりかけた七月の火曜日の昼の二時頃だった。

私は家にいた。

クーラーのきいた部屋でベッドに寝転がり、携帯用ゲーム機で、ゲームをしていた。

学校は休んでいた。

恥ずかしながら——サボっていた。

私は勧誘時の条件の通りに公立高校なら無条件進学できたので、「実家から楽に通える距離で、なかなか偏差値の高い優良人気高校」へ無試験で進学した。だが入学までは良かったが、中学校のときと同じで頻繁に入る訓練や任務が優先事項（在学条件でもある）のため、ほとんど学校にいけなかった。

それでも一週間に二度ほどは登校していたのだが、そんな出席状況では授業にはついていけないし、提出物は存在すら知らないし、部活動には入れないし、一緒に思い出を作る友人もできるわけがない。

また同級生たちは、私がプーニー災害地域で働いている特待生であり、試験を受けずに入学したことも知っていた。それは努力して入試を突破した生徒にとっては面白くないことに違いなかった。

五月には早くも「相川さんってなんで学校にきてるの？ いいよねえ、あの人、卒業保証あって出席もほとんどしてないんでしょ。でもそんなんだったら学校きたって意味ないじゃん」と陰口を叩《たた》かれているのを耳にしてしまった。その陰口に答えるなら「高校生をやってみたいから」という理由しかないのだが、それをいえば、いけすかない女だと更に溝は深くなるのだろう。

ちなみに児島もどこぞの高校に入学だけしたが、最初から通学しない選択をしていた。

そんなわけで、一学期の終わりにして、もう通学が面倒くさくなってしまったのだ。既にけっこうな月収があるし、高校卒業資格は保証されているので、母親までもが、私のサボりを公認してしまい、堂々と平日に実家で寝転がっていたのである。

スマホがアラート音を発した。

私はゲーム機を置いた。

私の住む市が、たった今、〈避難指示区域〉になったところであった。

それからゴッン、と変な音が家の外のどこか遠くでして、部屋の電気が落ちた。

背筋に冷たいものが走り、慌てて窓を見た。

弟は学校——母親も仕事。

すぐに母から電話が入った。

「ばらばらに逃げるから急いで家から脱出して。国道沿いに自転車で西に逃げるのよ」

「プーニーは」

「異常よ、異常、あなたは慣れているのかもしれないけど、死ぬときは一瞬で死ぬから気をつけて」

私は個人用のマスクをひっつかむと、ブーツにレインスーツで外に飛び出した。防護服はないが、いくらかは防げるだろう。

暑い。が、かまっていられない。

白かった。

雪でも降ったようだ。下水道からごぼごぼと凄い勢いでプーニーが溢《あふ》れだしていく。溢れたプーニーはうねうねと植え込みや民家の壁など自在に這い上っていく。

空の〈未知なるもの〉が凄く大きい。

スマホで確認すると、どうも中学校の方角がもっともプーニーの多い中心地らしい。

私は、母校でもあり、現在は弟が通う中学校に走った。

正門から視界のことごとくがプーニーに覆われた校庭に飛び込んだ。

校舎は生クリームで塗り固めた巨大ケーキのようになっていた。どうしてこんなことになるのだ？

「相川ぁ！」声がかかった。

体育の先生と、保健の先生、数学の先生、それに桐生君に荒井《あらい》君、上末《かみすえ》君が校庭の端にいた。先生以外は私と同じ昨年度の二中の卒業生だ。桐生君は、よっちゃんが好きだったあの桐生君である。卒業生はおそらく、警報が発令されてすぐにここに駆けつけてきたのだろう。

「何しにきた！　ここは指定避難所じゃないぞ！」体育の先生がいった。

「いや大変そうだから」私はいった。「助けにきたんですよ」

「桐生たちにもいったけど、ここは危険だから帰りなさい」

「あ、でも校舎に残っている生徒とかいないんですか？　私抵抗値４００超えで、消防のプーニー災害対策課勤務ですよ？」

先生たちの間に、どうしようという目配せがあった。去年まで教え子だった私を生徒と捉えるなら、すぐに避難させるべきだが、私をプーニー災害対策課の隊員と捉えるなら――いや、捉えるべきなのだ。現役の隊員がマスクをもってかけつけてきたのだから。在学中にはいつだって授業を抜け出して被災地域に走っていったのを見送っていたではないか。

「一応、まだ中で何人か倒れているんだが」

「いこうぜ、俺もちょうどその話してたとこ。ギリでＢだし」

桐生君が私にいった。

「桐生おまえはやめといたほうが」

体育の先生がいった。

「うるせえな、相川も一人だったら運べないだろ。急げ急げ」

応援がくるまで待ってはいられない。

私以外では一番耐性の高い桐生君と二人で校舎に飛び込んだ。

天井にびっしり貼りついた白いものは氷柱《つらら》状になって垂れ下がり、それは粘性の強い鼻水を思わせた。床はぬるぬるだった。

桐生君の抵抗値は１４０なので、私がもってきたマスクは桐生君に渡してつけてもらった。

一階廊下に、一年生のとき児島の担任だった佐島《さじま》先生が倒れていた。

そのそばには女子生徒二名。

「生徒優先？　だよね？」

桐生君がきいた。

「ああうん」まあそうだろう。

私は走って保健室に飛び込み担架をもってくると、女子生徒を担架にのせ桐生君と二人で運びだす。

外には体育の先生や、ＯＢたちが待っていて、倒れている生徒を渡すと、すぐに背負って安全なところまで運んでくれる。

三回繰り返す。佐島先生も運び出す。

よし、次は二階だ。

「ここに弟が通っているの。もう避難したかもしれないけど」

していないのなら、廊下や教室に倒れている可能性があるかもしれない。

「ああ」桐生君はいった。「そっち先いこう。弟、今何年？」

「一年。二組」

私たちは二階の一年生の教室へ直行する。弟の姿はない。抵抗値１００のＢ耐性だからプーニーに埋もれたりしない限り、すぐに倒れる、ということはないはずだ。無事避難したのだろう。

かわりに男子生徒一名、女子生徒二名が倒れている。きっと弟の同級生だ。

さきほどと同じ手順で、担架にのせて、玄関口の外まで運ぶ。

私たちは動き続けた。

「おまえタフだな」六人目を運び出したとき校庭で桐生君が呆《あき》れたようにいった。「さすが」

うっぷと口をおさえ、数歩離れると吐いた。

「桐生、無理しないでよ」私はいった。

「大丈夫大丈夫」

ペットボトルの水を飲み、二十秒休んでから再び二人で校舎へ向かう。

私は、桐生君が、よっちゃんが死んだのは、あの日佐藤君がもってきたプーニーを自分がよっちゃんのほうにはじき飛ばしたのが原因ではないか、と考え、ずっと苦悩していることを知っている。あの日から、卒業するまで桐生君は悪ふざけをやめ、また笑うこともやめた。とても静かな子になった。学校がプーニーに襲われ、生徒を救おうと中に飛び込むのは、きっとそうすることでしか整理できない感情があるからだと思う。

私はよっちゃんを殺したのは桐生君だとは思っていない。そんな風に思ったときも実はあったのだが、あれは事故だ。単なる位置の運でしかなく、責任をいいだすなら学校にプーニーをもってきた佐藤君にだって責任があるし、その場にいた全員にちょっとずつ責任がある。

——何人運んだだろう。

ふっと私は〈よくわからなく〉なっていた。

振り返ると、桐生君がいなかった。

私は薄暗く白いもので覆われた廊下に一人で立っていた。

「桐生……」

私は呼んだ。普段話すとき〈君〉はつけない。

返事はない。担架もない。あれ？　私は何をやっているんだ？　さっきは（さっき？　さっきって何？）っていうかここは何階の廊下？

思考がよくまわらない。

桐生君とはぐれたのか。

〈やあ〉

はっと周囲を見回す。桐生君の声ではない。

〈君だよ、驚かないで、驚いても責めないけど〉

「誰？　生きている人？」

〈ああ、うん〉

廊下の先にプーニーの山がある。

もぞもぞと周辺のプーニーがその山に集まり、むくむくとふくれあがって、二本の脚、二本の手をもった白い人形になった。

私は声をあげた。

「いや、何これ、何よ」

人間がプーニー化したのではない。プーニーが集まって人形になった。こんな現象は初めてだし、もともと明確な思考をもたないプーニーはこんなことしない。

〈これが何かといいますと、何でしょう。何だと思う？〉

私はごくりとつばを飲み込んだ。

プーニーキング？　か。

そろそろと後退しながら階段のところまで歩くと、プーニーで階段が塞がれていた。ご丁寧に格子状になっている。

「今、桐生君は？」

〈君と一緒に校内で活動していた若い男は、俺が一度外に運んだ。さすがにこれだけのプーニー濃度の中に居続けたので気絶しかかっていたんだよ。彼は休んだほうがいい。他の倒れている生徒や職員も、残りは全員俺が運び出した〉

一呼吸あった。

〈君と話したい〉

「な、なんで？」

なんで私と話したいの？

相手は黙っている。

いや、しかし、こんな機会は二度とないかもしれない。湧き上がる恐怖をねじ伏せて、答えた。

「じゃあ、話して。私は聞きたい。プーニーに意思があるなら何を考えているのか知りたい」

少し間があった。

〈プーニーに意思はない。君は——そう、君の抵抗値は？〉

抵抗値のことを知っているのか。得体の知れない存在に情報を教えるのはためらわれた。

黙っているとそれはいった。

〈飛び抜けているよな。D耐性だったら二、三回呼吸しただけで即死する濃度だもんな〉

私は頷いていった。

「A耐性だよ」

〈Aのなかでも、特Aだろ。わかる。君は《未知なるもの》が何に見える？〉

「私は、青い星に見えている、けど」

〈俺も同じさ。青い星に見えている。人が住めそうな星に〉

プーニーでできた人形はプーニーでできた椅子に座っている。

「あなたは何者？」

〈俺は人間だ。だった、と過去形でもいいが、自分では今も人間のつもりだ〉

声が廊下の奥の人形プーニーから聞こえてくるのか、それとも別のところから聞こえてくるのか私にはわからなかった。

〈基本的に自分のことを話す。話したいのはまさに俺が何者か、ということだから。このことは後で君の仲間に伝えてもらってもかまわない〉

11

俺はある県で家族と暮らしていた。

俺の暮らしていた場所は、ボス猿が、周囲の猿に落ちているクソを見つけては投げつけてくる猿山だった。その猿は目に入るものにはクソを投げつけないと気が済まない心の病気にかかっていた。

ああ？　動物園かって？

違うって。比喩《ひゆ》だよ。

頭のおかしなボス猿ってのは父親のことだ。

現実に大便を投げていたってことじゃない。

比喩を使うとわかりにくいな、今後はできるだけ控えよう。

俺は十六歳で、高校を卒業したらできるだけ早くこの家をでていこうと思っていた。

父親の抵抗値は70だった。Ｃ耐性。

俺の抵抗値は、５００。ＡのなかのＡだ。

家族もみんな父親以外はB耐性だった。

ある日、父親は公園のそばのオープンカフェでランチタイム中、樹木からぼとりと皿に小さなプーニーが落ちたのに気がつかず、プーニー混じりのカルボナーラパスタを口に運んでしまった。

病院にいっても手遅れで、プーニー化がはじまった。

プーニーを口にすると、たいがい七日で人間は完全にプーニーの塊に変質する。

死の七日間がはじまったというわけだ。

父親は家族にプーニー化を告げた。死ぬまでの七日間は家で暮らすことにした。

「自分がプーニー化したのはおまえらが企んでプーニーを俺の食事に入れたからだ」

という妄想にさっそくとりつかれ、家族を憎んでわめきはじめた。一人で外食したときの事故からはじまったことで、明らかに事実ではないのだが、何度説得しても、出発点に戻っては、同じ内容をわめいた。投げるウンコが落ちていなければ作ればいいという男だからな。

そんなに私たちがお気にめさないなら、と家族がでていこうとしたが、それも認めなかった。

最後の七日間を一人で過ごすことが嫌だったんだ。他人に厳しく自分に甘い。怖かったのだろう。あの男は、クソを投げながら死ぬことを選んだ。

だから俺たちは最後まで悩んだ。なんといっても家族なのだから、あと少しの辛抱だと、いわれのない罵倒《ばとう》につきあうべきなのか。これまでの恨みもあるわけで、死ぬまでの数日みんなで旅行でもしたほうがいいのか。

父親のプーニー化がはじまってから三日目だった。

忍耐の限界がきたら父を置いてみんなで一週間ホテルか何かに泊まろう、そう家族会議で決まった日だ。

家族——妹と母親と俺は、睡眠薬を盛られ、眠っている間に、父親にプーニーを飲まされた。

自分がいない世界でおまえたちが笑って幸せに生きるなんて許せないというわけだ。

父親は母親が殺した。

母は、自分たちがあいつに何をされたのか知ったその瞬間、外に飛び出し納戸からスコップをもってきた。

ちょうど一晩あけてプーニー化四日目に入った父は、活発に動くことはできなくなっていた。ねばねばした糸を毛穴からだして、居間を占領して目を爛々《らんらん》と輝かせ、哄笑《こうしょう》を続けながら、ざまあみろざまあみろ、これでもう我が身の話になっただろうが！　思い知ったか、慌てふためけ、もがき苦しめ、おまえたちがやったことの報いを受けろ、とつばを飛ばして嬉しそうに叫び続けていた。

母は居間に躍りこむや、座っている父の頭にスコップを振り下ろした。

誰も止めなかった。

父の頭はプーニー化のおかげで軟らかくなっていて……でも中身はまだそのまんまで。

派手に飛び散ったね。

Ｒ指定のある映画のワンシーンみたいだった。

もちろん事件にはならなかった。というのも、死体はプーニーになっちゃうわけだし、誰も通報しないしね。

こういうことは、おそらくそこら中で今も起こっていると思う。

父だった白っぽい変な死体は、庭で焼却した。

母と妹は死ぬまでの七日間、家にいた。

外にでたってプーニー人間なんざ、みな避けて歩いていくし、店には入れない。

妹は、ずっとスマホ片手にＳＮＳをやっていた。

何千件ものメッセージ。男の子や女の子たち、顔を知らぬネット上の人たちや、たくさんのリアルでの友人知人と死ぬ寸前まで、言葉のやりとりをしていた。

母親は虚脱した後、特上の寿司《すし》だとか、松阪《まつさか》牛だとかを凄い勢いで注文しはじめた。食い切れないから、余ったらもうばんばんと庭に捨てるわけ。俺たちは食いまくったよ。高級和牛でカレーやサンドイッチを作ってみたりもした。

俺は実は〈今は一生懸命勉強して、将来はひとかどの人物になってやる〉なんてことを胸に抱いて生きてきた奴だった。

自分にプーニー化がはじまったときに湧きあがったのはとてつもない怒りだった。

そしてその怒りの叫びは、どこにも届かなかった。

俺は煙草を買ってきて、火をつけた。それが精一杯のやけくそ行動。妹と母親も手をのばしてみんなで吸ったよ。

〈将来〉がなくなったと知ると、もうすることが何も思いつかなかった。

ある日自室のドアをあけて階段をおりると、プーニーの塊に、べっちゃりと妹の服が埋もれていた。

庭には母の服の切れ端がのぞく白い塊があった。

ああ、と思った。

二人はこの世界から消滅した。まるで信じられなかった。脱ぎ捨てた服がプーニーについているだけに見えたから。

俺も、プーニーになるはず、だった。

でも家族の誰とも俺は違った。

俺の肉体は三日目からプーニー化に〈抵抗〉しはじめたんだ。

理由はおそらく、全国トップクラスの桁外《けたはず》れの抵抗値だったからだ。

何度も吐いて、のたうちまわった。全身に蕁麻《じんま》疹《しん》がでて、頭が重くて……。

ああもういいよ、もう死んだほうがマシだろう、と思っても死ねなかった。気絶してはまた目を覚ます。

静かな部屋でのたうちまわり続けた。

苦痛が最大に達すると、俺は〈不思議なあの世界〉に飛んだ。

丘があって、電車があって、売店があって、山があって、海があって、誰もが美しく暮らしているあの世界。

絵本の中のように優しくて、暮れなずむ透明な空を魔女が横切るところ。

ファンタジー。

ただ夢を見ているのではないと俺は思う。

俺の意識は〈未知なるもの〉の内部に飛んでいたんだと思う。

根拠はないが、あの中には、人間が暮らす世界があると俺は思う。いずれ観測がもう少し進めばわかってくることだろう。でもその話は脇道だ。今はいい。

どれだけの時間を夢の中で過ごしたのかわからない。

あるとき、苦痛は去った。

俺はプーニーにならなかった。完全に戻ってきた。

俺はしばらくぼんやりとしていた。

テレビでもつけようかと思ったが、停電していた。

窓を開くと、町が真っ白になっていた。

俺の町は局所的プーニー災害地域になってしまっていた。スマホを見ると市からの避難情報や、災害通知が十件以上も入っていた。

ちょうど床に猫ぐらいの大きさのプーニーが蠢いていたので、でていけ、あっちにいけと〈指示〉をした。するとプーニーはうにうにと俺の部屋からでていった。

生き返った俺は——わかる？

廊下の奥の人形プーニーは、面白半分といったように、形を崩しては犬になったり、象になったり、あるいは机と椅子になったりと姿を変えていく。

私はいった。

「死の淵《ふち》から戻ってきたあなたはプーニーを操れるようになっていた」

〈そう〉

「何が、どのぐらい、できるの？」

〈ちょっとプーニー濃度が濃すぎるかな。風通しをよくしよう〉

廊下の奥の壁が崩れた。

外から光が射し込む。

風が吹き込んでくる。

逆光を浴びたそれは今は廊下いっぱいに張りめぐらされた巨大な蜘蛛《くも》の巣となっている。

〈そうなんだ。生き返った俺は、そう思った。これはすごいぞ、自分には何ができる？〉

12

何ができるのか。

今、君が見ているように、プーニーをたやすく操ることができる。

俺が念じればプーニーの形は自在に変えられる。

しかし粘土遊びのようなことだけが力の使い道のはずはない。

プーニーを集めて圧力をかければ、たいがいの壁も天井も壊せる。渋滞した道路に巨大な球状のプーニーを転がせば、車は次から次へとぺちゃんこになる。川をせき止めることもできる。

プーニーの特性上、五トンでも二千トンでも集められるからな。

俺が最初にやったことを教える。

俺の町を覆ったプーニー群——重量でいえば十万トンとかそういうレベルだと思うが

――まあ正確な量は知らないが、とにかくとんでもない量のプーニーを、町から撤去した。

深夜に町の全プーニーに指示をだし、隣町の大きなグラウンドのある河川敷の空き地に移ってもらったんだ。

明確な計画はなかった。ただ、〈俺の町からでていけよ、このぶにぶに野郎〉というわけだ。この力を使って町を救う、という気持ちがあった。

もちろん、できる限り被害を減らそうと、線路や、高架橋、電力施設なんかはルートから外した。

一気に町から去っていくプーニー。

胸のすく思いがした。

この作業が終わって一眠りしてから起きると、テレビで〈謎のプーニー大移動〉という報道がされていた。

ちなみに俺には好きな女の子がいた。

幼なじみでもあり、綺麗《きれい》で優しい娘だった。

十二歳ぐらいから片思いをしていた。告白とかそんなことをしたことはない。

死者のテロップに彼女の名がでたとき、俺は脱力して立ち上がることができなかった。

移動したプーニーが倒してしまった電柱が駐車場の車にあたって爆発を起こし、それに巻き込まれたんだ。

もちろん犠牲者は彼女だけじゃない。報道によれば火災も起こって六十人ほどが死んでしまった。

それまで、俺の中には一つの象徴的映像があった。

たくさんのマイクが俺に向けられ、フラッシュがたかれている記者会見。そこで俺が、〈ええ、これが私の力なのです。これで世界中のプーニーをなんとかします〉と記者団に宣言しているというものだ。

俺は地球をプーニーから救うヒーローになってやる。そう思っていたわけだ。だが、この最初の大ミスで、俺は一気に自信を喪失した。

——死刑になるのではないか？

俺は思った。俺がプーニーにだした指示のせいで、六十人が死んだんだ。事前に避難指示を徹底していれば防げた事故だ。衝動的にやった俺が全部悪いし、ごめんなさいで済む話ではない。

もっとも、公的にやろうとすれば、近隣の市町村は、十万トンのプーニー群が移動してくることなんて、絶対に許可しなかっただろうけれども。

結局俺は、罪を追及されることが怖くて保身のため、名乗り出ることができなくなってしまったわけだ。

それからプーニー使いとしての日々が密《ひそ》やかにはじまった。

人知れずだが、世の役に立とうとしてきた。

だが、そのたびに人が死んだ。

線路を塞いでいたプーニー群を移動させたら、今度はそれが道を塞いで、車の事故が起こった。

山を覆ったプーニー群を移動させたら、土砂崩れが起こってふもとの集落が消滅した。

それでも俺は、局所的プーニー災害がどこかで起これば、現場に向かった。

何かできることがあるはずだからだ。

救助車両が通れないのを見れば、道を塞ぐプーニーにどくように指示をだした。

園児のいる幼稚園に、プーニーが押し寄せてきたので、俺がその幼稚園を助けたこともある。

放火犯を見つけてしまい周囲の迷惑になる前にと、プーニーを操って、プーニー化させて殺したこともあった。いるんだよ。災害を更に拡大させることを目的に動く奴が。

誰かを助けても、それは根本的な解決にはならなかったし、姿を見せない裏方の行動だから、感謝もされないし、評価もされない。そもそもが助けられたほうは、誰かに助けられたのだという自覚すらないんだ。自己満足といえば完全に俺の自己満足で、だんだん俺は自分の行動が意味あるものなのかよくわからなくなってきた。

次第に〈何もしないほうがいいのではないか〉と思うようにもなってきた。プーニーがある限り終わりがない。

でも事が起これば、行動しなくては、という気になる。

君が災害アラートをきいたのはたぶん今日の午後だが、俺がここでそれが起こるであろうことを〈感知〉したのは、昨日の夕方だ。

下水道や、地中の小動物の通路などを通ってプーニーは地下を移動していく。俺はこの体質になってから、なんとなくなら地下のプーニーの移動がわかるし、局所災害が発生する直前には、夕立が降る前のような気配を感じる。

俺は今日の朝ここにくるとそれが起こるのを予感した。

そして事前に地図を見て、災害を収束しやすくする段取りをたてた。

駅前や、モールなどの人が多くいそうなところ、そして町からの脱出路にもなる国道や水道系の施設などからプーニーを動かした。

公園、陸上グラウンド、そして高校や中学の校庭なんかに集めたんだ。

しかし操作命令が複雑化していくと、ビリヤードの球のように、だした指令が別のプーニー群と混ざりあうことで、あさっての方向に飛んでいってしまう。都市部のプーニーを制御するのは難しい。

この学校では校庭に集めたプーニーがいつのまにか俺のコントロールを離れて暴走し校舎に向かった。

俺はそれをもとに戻すためにここにきた。

ちょうどそこで、抵抗値の高い子が走ってくるのが見えた。俺は他人の抵抗値を感じることができる。高いやつは、なにかキンキンと超音波みたいなものを全身からだしている。

君のことは知っていた。

去年の冬。東村山《ひがしむらやま》市から所沢《ところざわ》市にかけての局所的プーニー災害地域で君を見かけていた。

実はあのときあの場所にも、俺はいた。

テレビカメラが君たちを取材していた。

後になって放映された番組も見たよ。

確か〈特ダネX　現場最前線〉とかいう番組で、君ともうひとりの男の子が〈特殊訓練を受け人命救助に活躍する中学生〉みたいな感じでまとめられていたな。

当時の俺は所沢のプーニーを操り周辺の墓地に集め、住宅街に火災が広がることを防ぎながら聖地《せいち》霊園の火災を利用してプーニーを焼くようにしていた。

君と俺は同じ目的で生きている。町を救いたい、被害をくいとめたい。

どこかでボタンをかけ違っていなければ、俺は君と同じ仕事に就いていたんじゃないかって思う。

俺は自分のことを誰かに伝えなくちゃってずっと思っていたんだ。

何もかも手遅れで、大量殺人犯だとつきあげられるのも怖いけれど、それでも俺の能力は人類に必要なものだと思うからだ。

君が君の仲間に話してくれ。

君を通して伝われば嬉しい。


彼の話がどこで終わったのかよくおぼえていない。

話が終わるころ、廊下にはもう一片のプーニーもいなかった。

開いた壁から吹き込む風が私の頬を撫でたとき、急激に緊張の糸が切れたからか、足から力が抜け、私はへなへなと廊下に座り込んだ。

ほどなくして、声がかかった。

「相川！」

児島の声だ。

「大丈夫か？」

私が振り返ると防護服とマスクをしたいつもの〈プニ対スタイル〉の児島がいた。

児島は廊下にも天井にも一グラムのプーニーもいないのを見てから、マスクを外した。

「立てる？」

児島が手をだしたのでそれをとって立ち上がった。足が震えている。

「肩とか貸す？」

「いいよ、別に、歩けるから」私はいった。いきなりそういう戦場の負傷兵的なシチュエーションいらないので。

　この私には、ね。

　しかし足下がふらつくので、私は児島に手を支えてもらった。

「何があった？」

「児島やばい」私は児島の手を握って歩きながらいった。「すごいのに遭遇した」

「まずでてから話そう」児島はいった。「桐生とかは全員無事で校庭で待っている。桐生がいうには、相川と自分の間に、いきなりプーニーの壁が現れて分断されたって」

「プーニーを操れる存在がいる」

「プーニーキング？」

「うん」

　確かにプーニーキングではある。

13

　そこから先は大変なことになった。

　まず私は、自分がきいた内容を上司に報告した。

　膨大な報告書を書かされ、精神カウンセリングを受け、ビデオカメラを前にして話した。

話はどんどん大きくなり、消防庁本部や防衛省に連れ出され、そこでまた上司に促されるまま同じ話をした。

「だからそれはプーニー酔いの幻覚ではないのかね？」などと横柄な口調の国会議員（彼が国会議員であることは後から知った）がいった。


児島や桐生君からきいたのだが、私が二中の四階廊下で彼と話をしていたとき、校庭ではまさにショータイムで、プーニーが鹿になったり、雪だるまになったり、さらには〈TALKING〉なるアルファベットを形作ったりしていたという（アルファベットは、私と話し中、という意味ではないかと思う）。

それは先生や二中OB、そこにいた複数の人たちが目撃していた。

そして玄関口から、ベルトコンベアーのように、気絶した生徒たちが運びだされてきたという。

仮に私と彼の邂逅《かいこう》が幻だったとしたら、校庭の現象は説明がつかない。

「集団幻覚ではないのかね？ プーニー災害地域での集団幻覚の例はいくらでも報告されているが」

彼の話の裏をとることは難しくなかった。

謎のプーニー大移動で六十人が死んだ市町村は、すぐに千葉県の町だと特定できた。

所沢で巨大な炎に二トントラックほどの大きさのプーニーが次々に飛び込んでいく様子も確認された。
〈プーニーが避難指示をだした〉とか〈プーニー群が、歩行者の列に突っ込んできたトレーラーをとめた〉などという、これまで都市伝説や怪談のように扱われていた話がどんどん浮上してきた。

彼は存在する。

大量のプーニーを、完璧《かんぺき》とはいわずともコントロールできる人間が存在する。プーニーを喋らせることまでできる。

「仮にそういうものがいるとしてだね。それをどうするかが問題なのだ」横柄な口調の国会議員は別の誰かに向かって発言しながら、立ったままの私に目をとめると「あ、君、もう話はきいたから下がっていいよ」と会議室からの退出を私に命じた。

彼をどうするかが問題なのだ。

我が国は法治国家であり、法律とは万人に公平なものでなくてはならない。

人を殺せば裁かれる。

殺す気があったとかなかったとか、どんな能力をもっているとか、そんなこととは無関係に、まずは裁きの場に立たなくてはならない。法に則《のっと》って手続きが行われ、それから処遇が決定される。

最初の千葉県のプーニー大移動で火災が発生し六十人死んだ。その後も彼がプーニーにだした指示が原因で死んだと見られる人間は多数いる。

まず彼は出頭して警察の取り調べを受け、これまでの全てを供述しなくてはならないし、その後法廷に立たなくてはならない。

出頭しないなら捜査員を導入し逮捕しなくてはならない。そうでなければ遺族だって黙っていない。確かにプーニーを操れるのは特殊な才能だ。だが、有能なら人を殺しても裁かれないという話は通らない。

という意見が一つ。

正反対の意見もある。

こういうものだ。

現在、プーニー災害はあまりにも深刻であり、プーニー操作のできる能力者は、何よりも優遇しなくてはならない。

他国に亡命させてはならないし、人生を悲観して自殺することがあってはならない。

暫定的にでも、彼のこれまでの罪を問わず、超法規的措置により、彼を〈活用〉すべきだ。法廷に立たせれば、何年裁判が続くかもわからず、懲役刑を受けさせている間に国が滅びるかもしれない。

もっといえば、彼が〈逆らった〉らどうするのだ？　何万トンものプーニーを操り、警察車両を攻撃してきたら？　刑務所は彼を拘束できるのか？　死者はもう生き返らないが、後の百万人の死は、今どう対応するかで防ぐことができる。彼は、法の外側の存在として扱うべきだ。

彼の存在はマスメディアに発表された。彼が犯したであろう〈罪〉はあえて伏せられたが、あっという間に、ネット上で指摘があがった。

その処遇についての議論があちこちで行われた。

彼を裁くべきだという意見は少なくなかった。

しかし、最も多いのは、

〈私の畑が収拾がつかない状態です。もしそんなことができるなら助けてください〉

彼に助けを求める声だった。

決定するのは私たち現場にいる人間ではなかった。

国の上層部だった。

やがて彼の名が特定された。

野夏旋《のなつめぐる》。

あちこちで公開された写真を見た。ごく普通の男の子だった。

14

野夏旋が、どこに住んでいるのか、今どこにいるのか、誰も知らなかった。

直接会話をした私だって、生身の彼の姿は見ていない。あそこにいたのは操られたプーニーでしかなかった。

そのため、国がネットで彼に呼びかけを行うところからはじまった。

ビラもあちこちに貼られた。〈至急連絡求む〉と野夏に呼びかけたものだが、顔写真もついており、行方不明者か、指名手配のビラを思わせた。

もちろん私は野夏の連絡先など知らされていないし、彼のほうから私に連絡をしてくることもなかった。

私が十七歳になった秋のことだ。

母校の中学校で彼と話してから一年が過ぎていた。

唐突に、鹿児島への出張を命じられた。私のチームにではなく、私だけ、だった。

きけば、超大型のプーニー掃討作戦が遂行されつつあるという。応援、とのことだった。

その名も、「鹿児島プーニー消滅作戦」である。

「たぶん、君が話した子を使うんだと思うよ」

鳥居隊長はいった。

「え、野夏旋とコンタクトとれたんですか？」

そんな報道はされていない。だが野夏が密かに消防庁幹部や、政府要人と接触していて、政府側が情報を漏らさないでいるという可能性はある。

「たぶん。推測だけどな」鳥居隊長は首を捻《ひね》った。「むしろ相川は知らないのか？　野夏から直接相川に連絡がきたりはしない？」

「きてませんね。鹿児島で何するんですかね。私だけ」

「あくまで噂できいただけだが、プーニーを火口に落とす作戦じゃないかな」

「火口って？」

「桜島《さくらじま》」

鳥居隊長の推測はあたっていた。

飛行機に乗って現地に到着すると、すぐに今回の計画のファイルが配られた。内容は封鎖する国道や、宿泊施設、マスコミへの対応マニュアルなどだった。どこを探しても野夏旋の名はなかったが、〈能力者のプーニー操作により、桜島火口にプーニーを落とす〉とあった。

私は特にする仕事のない人だった。

ジープに乗ったまま、大隅《おおすみ》半島の突端、桜島口の周辺で待機し、運転席の女性自衛隊員とずっとおしゃべりしていた。

「山の名前が桜島だってみんな思ってるけれどね、山の名前は御岳《おんたけ》だから。火口は三つあって」女性隊員は鹿児島出身でいろいろ教えてくれた。

運転席にはモバイルパソコンがあり、道路を移動してくるプーニー群のテレビ中継がずっと流れていた。

プーニーの通路となる予定の国道や高速道路は全て封鎖され、警備されている。

目前には、草木の生えていない荒涼とした火山がそびえ立っている。ものすごく迫力のある山だ。

テレビカメラを構えた報道陣や、一般人がロープを張った道の脇に数人いる。

何台ものヘリコプターが上空を旋回していた。

やがて封鎖された道路の向こう側から、白い塊がずるずると進んできた。

それはアスファルトの道路からはみだすことなく、うねりながら接近してくる。

とてつもなく長い白い大蛇のようにも、終わりなき百鬼夜行のようにも見える。

自衛隊員が無線機で報告をはじめる。

「桜島口です、プーニー群接近中、先端が通過します」

私はマスクをつけた。路上の報道陣もみなマスクを装着している。

道を通り過ぎていくプーニーは、私の背より高い。

なんとなく「腸」を思わせる。こんな大きな腸をもつ生物などいないのだが。

見晴らしのいい道路に、延々と管状のプーニーがずるずると動いていく。

私たちにはプーニーに道を進ませる技術などないから、やはり野夏旋が操っているのだ。彼はどこかのキャンプや自衛隊の車にいるのかもしれない。

「このプーニー移動、野夏くんがやっているんですよね？」私は情報が欲しくて女性自衛隊員にきいた。

「わからない。私たちには何にも知らされないもの」その隊員はいった。「それよりも、これできるなら、もっと早くやってよって」

時間が経てば経つほど増えていくのがプーニーだ。確かにこういう処理が可能なら、すぐにやるべきである。全世界でプーニー出現以来絶滅したとされる生物は、五千種にのぼる。

管轄外の私が九州《きゅうしゅう》に呼び出され、特に仕事もなく座っていることの理由は、野夏旋とコミュニケーションをとった数少ない人間だから、ということしか考えつかない。

万が一、政府と野夏に溝が生じたとき、私を間に立てるつもりなのかもしれない。

「相川さん、野夏の実物には会ってないの？」

「はい。声だけでしたけど、いい人っぽい感じでしたよ」

「いい人」女性自衛隊員はびっくりしたようにいった。

「う〜ん、単なる第一印象ですけど」

自分の罪も含めて話したのだから正直な人だと思う。そうでなければもっといろいろ取り繕うだろうから。

プーニー群は御岳のほうに向かっていく。

初日はどこにも大きな被害をださず、数百万トン規模のプーニーが火口に落ちた。大成功といってよかった。

神がかった〈解決〉に見えた。

この作戦は三日間続いた。

ついで鹿児島市内、そして、今度は火口を霧島山《きりしまやま》に移した同様のプーニー除去作戦が続いた。

どれも大成功だった。

日本のみならず世界中が注目し、大騒ぎになった。

彼は報道陣の前には最後まで姿を現さなかった。

15

ほどなくして、次元観測器が完成し、〈未知なるもの〉がクラゲ状のもので、地球の上空に貼り付き、中心部に核があること、そして核の付近に人間がいることが判明した。

野夏旋がはじめて国民の前にその姿を現したのはそれから一年後、私が十八歳のときだ。

私はテレビで初めて彼の実際の姿を見た。

彼は山梨県の甲府《こうふ》の街道を、２５０ｃｃのオフロードバイクに乗って現れた。

山梨県の富士《ふじ》山麓《さんろく》樹海プーニー掃討作戦のキャンプ地の前だった。

「野夏さんですか～」

カメラが彼を囲んで、記者の質問が矢継ぎ早に飛んだ。

彼はぎょっとして不安そうな顔をしてからどの質問にも答えずにいった。

「すみません、どいてください」

彼はそういうと、土がついて薄汚れたオフロードバイクで消防庁のテントのほうに入っていった。

桜島作戦から一年の間に、彼を中心としたプーニー除去計画は三十回以上実施されていた。

東京や大阪の地下プーニーを殲滅《せんめつ》したものから、山野の環境保全を目的としたもの、農地を救ったもの。数百万トンのプーニーが彼の活躍で焼却された。

初回の桜島作戦でこそ私は呼び出されたものの、その後はもう呼ばれなかった。野夏旋を使用した作戦において私は不要だと判断されたのだろう。もちろん彼から個人的に連絡がきたりもしなかった。

甲府での登場以後、ちらちらと彼は記者会見で姿を現すようになった。

帽子を目深に被り、サングラスをしての受け答えは静かだった。

これまで姿を現さなかった理由を問われると「顔や姿を知られるデメリットのほうが多いから」と答えた。

英雄視されていることには、「国民全員がなんらかの形でプーニー駆除をしており、ぼくもその一員というだけ」と答えた。

彼はいつも当たり前のことをいった。

「プーニー災害で苦しんでいる地域を救いたいと思っています」「できること以上のことはできませんが、できることは全部やろうと思います」

ネット上では、火がついたように、彼を批判する人が現れ続けた。

児島の話をする。

私が二十歳になった年、児島が結婚した。

相手は一般人の女性だった。

結婚式にいった。鳥居さんをはじめとするかつてのチームメンバーも式にでた。

児島が結婚した人は、一歳年上で、かつて児島がプーニー災害の家屋から救出したのが出会いだった。女のほうが児島に惚《ほ》れてしまったらしく、消防庁に電話して、まっすぐにアプローチしたのだという。新婦は顔や雰囲気がなんとなく（本当になんとなく）だけれど、よっちゃんに似ていた。

私はスーツを着て会場に向かい、受付でご祝儀を渡し、いつも顔を合わせている同期や、懐かしい二中の学友とおしゃべりしながら伊勢《いせ》エビを食べた。

二次会では酔ったせいもあって、ちょっと新婦側の友人に、失礼なことをいってしまい（あまり覚えていないので詳細は書かない。たいしたことではないのだが）気まずくなって、退散した。

暗い夜道を歩いていて、ふいに、「ああ児島は結婚したんだな」と思うと、少し涙がでた。大きな成就を目にしたような、たぶん嬉し泣きの一種だと思うが自分でもよくわからない。

たぶん高校に入ってからだと思うが、私たちは例の総合運動公園を走らなくなった。

私は体がムズムズしたときなど（ジョギングの習慣のある人にはわかってもらえるだろうが、体が走りたがるのである）たまに早朝の公園にいったが、もう児島の姿はなかった。そんなときは〈まあ、黙々と走るのも乙ってときあるけどな〉という児島の言葉を思い出しながら一人で走った。

そのうち私たちに辞令がでて同じチームでもなくなり、私も児島も地元を離れ、それぞれが町田《まちだ》と川崎《かわさき》に配属になった。町田も川崎も隣りあっていて近いのだけれど、一年に一度か二度、何かの会合で会うだけになった。私たちは少し出世して、それぞれの班の班長になった。

器用な人は、誰かとずっと交流したいと思えば、ごく自然に交流の段取りを日常の予定に組み込んでいくのだろう。でも私はそれができないタイプだった。いつも受け身で、よほど仲が良い人でも自分から誘うことができない。メールだって用事もないのに何を書いたらいいのかわからない。

結婚とは如何《いか》なるものなのだろう。私は児島と結婚したいなんて一度も思ったことはないし、自分が主婦だの妻だの母だのなんだのしている姿を想像できないのだが、もしも誰かと結婚するなら、児島が良かった。


児島の結婚から四ヶ月ほどした十一月のこと。電車に乗っているときだった。

私はスマホでニュース番組を見ていた。ちょうど銚子《ちょうし》に建築予定の次元転送砲の名前が公募で「晴天」に決まったというニュースをやっていた。

画面がメールボックスに切り替わる。開くと関東《かんとう》プーニー災害対策本部からだった。

〈山形で、野夏旋青年が狙撃《そげき》された〉とある。

私はごくりとつばを飲んだ。

〈至急、現場に向かい指示を待つよう〉

現在、町田市勤務の私が、山形の現場に向かう？

異例である。これはただ事ではない。

慌てて次の駅でおりる。

タブレットで検索すると、山形行きの新幹線は全部運休になっていた。

上司に電話をすると、ヘリで送るという。

何が起こったのか。

その時点では不明だったことも多いのだが、後になってわかったこともつけ加えると、こういうことだった。

既に五十三回目になる、野夏旋のプーニー除去作戦は、酒田《さかた》市と周辺農地、周辺山野のプーニーを酒田市の火力発電所で焼却する、というものだった。

プーニーを燃やすことにより、いくらかの電力を得ることができるようになっているという。これは初の試みだった。

野夏旋は、そのときロープで封鎖されたキャンプ内のジープの上に立っていた。

周囲には報道陣を含む千人以上の見物人が集まっていた。

野夏旋が現れると、声援があがったという。

唐突に銃声が轟《とどろ》き、彼はジープに倒れた。

ざわめきと共に、彼と一緒にいた町長や、警察官が彼にかけよった。

目撃者の話によると、空気が淀《よど》むような、得体のしれない〈間〉が数秒あったという。

何かがはじけた。野夏旋のいるジープを護るようにプーニーの壁が覆った。

道路を移動していたプーニー群が雪崩のように、野夏旋のいる場所を中心点として押し寄せてきて、その場にいた千人以上を呑み込み、プーニーのドームができた。

野夏旋がなぜ撃たれたのか。

いわゆる野夏旋陰謀論はネットを中心に掲示板や質問板、個人ブログなどで執拗《しつよう》に繰り返され広まっていた。膨大な数の人間がそれを丸ごと信じていたのではないかと思う。曰く「野夏旋の最初のプーニー移動で事故死したというガールフレンドは、彼氏とのお泊まりデートの最中だった。事故死ではなく、彼が意志をもって嫉妬で殺したのだ」というものから、「野夏は自分で局所プーニー災害を発生させ、適度に殺人（気にくわないやつを殺す）を楽しんだ後、頃合いをみて登場し、鎮めている。彼の活躍のいくつかは、明らかに自作自演である。既に間接的に数万人を殺している虐殺者だ」更には「出発点で六十人殺した奴が、なぜ裁かれないで英雄扱いなんだ？」という疑問も繰り返され続けた。

それらに対する理知的な反論も多いのだが、なぜだか一部の人々は、野夏旋は、英雄のふりをした悪党だという考えから離れられない、もしくは離れたくないようだった。

私が到着したとき、そこはもう局所的プーニー災害地域と同じ真っ白な状態だった。プーニーは民家の二階まで達するほど厚く積もっていた。

私はすぐにテントが並ぶキャンプに入った。小学校の校庭を使っていた。

校舎裏にシートをかけられた遺体が百体ほど並べられていた。

いろんな人間が歩きまわっていた。防護服の民間人、迷彩服の自衛隊、ネームプレートをさげた市庁舎の公務員とおぼしき人。被災者。医療関係者と思われる人。

誰に挨拶をするんだ？　と責任者の顔を探してうろうろしていると、作業服を着た中年の男が拡声器で呼びかけた。

「関東プーニー災害対策本部の後藤《ごとう》です。訓練を受けているA耐性の人、いますか。お願いします」

プーニー災害対策組織というのは、実は一本化されていない。消防庁の下にあるものだけではなく、自衛隊も警察も今ではその内部に専門のチームをもっているし、それぞれの自治体にも青年団のような非常勤組織がある。民間の〈清掃業者〉もある。公的機関は災害があると連携するので、別組織であっても出動要請がくる。

私は手をあげた。

「町田市プニ対から派遣されてきた相川です。A耐性です」

「ああ、４００超えの」後藤は頷いた。「到着してましたか。噂はきいてます」もう情報はいっているらしい。

下された任務は〈怪我をした野夏旋の救出〉だった。ドローンがドームの中にいるのを確認しているという。

「至急です至急」彼はいった。

防護服をつけ、マスクをし、ホルダーに入った無線機をもち、私はプーニーの海の中にでていった。

あっという間に腰まで埋まる。

雪と違って生きているので、もぞもぞうにょうにょと防護服ごしに感覚が伝わってくる。

前方数百メートル先に、体育館ほどの大きさのプーニーのドームが見える。

なかなか辿《たど》りつかない。

少しすると、吹雪の音が聞こえてくる。

幻聴だ。

私は進む。

プーニーに浸《つ》かった下半身に何かがぶつかる。

こういうところのプーニーには粘度の差がある。薄いところはぬるぬるとした液状で、それがぬかるみになり、凝固したところはゴムのようになる。

体にぶつかったものは、手だ。

見えないのだが、感覚でわかる。

人間の手、五本の指。

乳白色の池のなか、それが私の太股《ふともも》の裏を撫でる。それから尻《しり》と、腰。

この痴漢。私は手を伸ばし、払おうとする。

私が白いぬかるみの中を探っていると、いきなり私の手首がつかまれ、私はプーニーの中に引き込まれる。

何百もの人間の死体が漂い、互いにぶつかりあい、溶けあっている海のようなイメージに満たされる。

あたりが真っ白になる。

荒い息をつきながら、私は再び真っ白な地表にでてくる。

涙が滲《にじ》む。

これは、なんなの？

有機物の、スープ？

ずっと昔、科学の本で、

〈かつて地球は有機物のスープであり、生命はそこで化学発生した（もしくは宇宙から微生物が飛来してきた）〉

と読んだことを思い出す。

そしてその有機物のスープは、生物界なるものに発展した。

だが数十億年の時を経て、あるときどこかで何かが死んだ。

重大な、核心的な、心臓的なものが。

私たちはそのことに気がつかない。私たちは枝葉末節であって、核心なんか知らないのだ。

しかしその瞬間から、生物界はゆっくりと溶解をはじめ、根源の状態へと戻っていく。

今起こっているのはそういうことではないのか。

既にもう生物界は死んでいて、今起こっていることの全ては、死体が腐る、と同じような逆らいようのないものではないのか。


気がついたとき、私はドームの中にいた。

マスクはどこかになくなっていた。

そこは小さな窓から光が射し込む空間で、壁の端に、野夏旋がいた。

彼が導いてくれたのかもしれない。

私は歩けなくて、四つん這いで野夏旋のところに這い寄った。

「野夏さん」

私はいった。

「お久しぶりです。四年ほど前、中学校で話した相川です。おぼえてますか」

野夏は答えなかった。

よく見ると背中と足がプーニーに同化しかかっていた。

目も瞑っている。

腹に黒い傷があり、そこも半透明の粘膜で覆われている。

「野夏さん？　生きていますか？」

「ちょっと待って」

消え入りそうな声がきこえたので、私は待った。

静かだった。

しばらくしてまた声がした。

「何」

今度は、はっきりとしていた。

「大丈夫ですか？　キャンプに医者が待機してますんで搬送しますが」

「駄目」小さな声だ。「俺は今ぎりぎりで崩壊しかかっているコントロールを支えている」

いきなり手綱を放せば、数百万トンレベルのプーニーの塊は、勝手に動きまわり、町を蹂躙《じゅうりん》し、車やガスボンベの爆発その他で必ずどこかで火がつく。炎の化け物になってしまうとまずい。酒田から新潟方面におりていく可能性もでてくる。

野夏が関与したものではないが、同様の大災害で、炎のついたプーニー群が暴れまわり、去年大阪の三分の二が焼けた。黒煙とオレンジ色の炎をあげたビルより大きな塊が道路をのたうちまわりながら進み、名神《めいしん》高速に並んだ戦車隊が、一斉に砲撃をして粉みじんにした映像をおぼえている。

「あなたは意識を失えない？」

「失えない」野夏はいう。

「でも安全な場所に」

「キャンプがここより安全だという保証はない」

確かにそうだ。狙撃者もその仲間もまだ捕まっていない。キャンプに刺客がいるかもしれないし、ドームからでた瞬間にまた撃たれないとも限らない。

では、私はどうすればいいんだろう。

「俺はここにいる。急いで戻って伝えてくれ。できるだけ時間を稼ぐから、酒田市内の人、プーニーの塊のそばの人は逃げるように指示をだして」

「できるだけってのはどのぐらい？」

私はきいた。

野夏旋は疲れたようにいった。

「長くはない」

白い壁が野夏旋を包んだ。野夏旋は、プーニーの壁に呑まれていった。

私と話すことはもうないのだろう。

プーニーのドームがどろりと崩れていく。

私は真っ白な海の上にいた。

足下に何か硬いものがあり、どうにか沈まずに立っている。

無線機をだして、やりとりを報告した。

野夏旋は、キャンプへの搬送を拒否、もうすぐコントロールを失うとのこと。

いうことはいったが、たぶん間に合わない。

あちこちでいきなり真っ白な小山が好き放題に動き出すのだ——何人死ぬんだろう？

千人？　五千人？　一万人？

この白い海だって移動をはじめる。

十三歳から見てきたたくさんの局所的プーニー災害地域——白くて一見雪景色だけど、もちろん地獄絵図だ。

大きな声で白い海に向かって叫んだ。

「私にできると思う？」

返事はなかった。

なかったのだが、誰かが、できるよ、といったような気がした。

耐性５００だった青年が、プーニーを食べてそこから復活し、操作能力を手に入れた。それならば耐性４７０の私だって——と考えるのは早計なのだろうか。動物実験では抵抗値の高い個体はそうでない個体よりプーニー化しないことが知られているが、プーニー摂取で操作能力を持つ動物ができたことはない。

膨大な数の人間がプーニーを食して死んだが、操作能力を得た者は公式には野夏ただひとり。

私はプーニーを摘《つ》まみとった。じっと見ていると多すぎる気がした。あんまり多いのもなんだから半分に、更にその半分にした。

野夏と私は〈未知なるもの〉が同じように青い星に見えている。彼はあちこちの現場で数多くのA耐性人材を見てきただろうが、その中で〈相川聖子〉を告白の相手に選んだ。

それだけが微《かす》かな論拠。

でも、なぜかできるような気がした。

口の中に放り込んだ。

喉《のど》を通る。

変な味。

一説には〈慈愛の味〉というが、全然違うじゃん。

おえっ。

すぐに目《め》眩《まい》がした。

結局ぎりぎりのところでは、運とか偶然とか、そういうことになるんだよな。

死ぬかな。

だとしても、悪くなかったよ。

私は思った。

プニ対で働きはじめて、学校の閉塞《へいそく》とは別の風を浴び続けてこれたしさ。

十三歳からけっこうな金を稼いで、いろいろ欲しいものだって買えたしさ。

親友、児島の結婚する姿だって見れたしさ。

全然悪くない。

私ってば、けっこう恵まれているんだ。

よっちゃんと、父さんは死んじゃったけど、弟と母親はまだ元気だし。

全身が痒《かゆ》くなる。

あたりが暗くなっていく。

賭《か》けに負けたら犬死にだな。

ああ、やっぱり、やっぱり、死にたくない。

第三章　犬橇の魔法使い

1

晩秋の風が吹いていた。

鈴上誠一は、中央広場駅で電車をおりると、マロンさんの洋菓子店に入った。

「おや誠一君。なんかものすごく深刻な顔をしているけど」

「マロンさん、珈琲《コーヒー》とモンブランを」

「旬だね。いい栗が入っているよ。っていうか、公園で拾ったやつだけど」

部屋は暖かい。誠一はストーブの前に座った。客は自分一人のようだ。

「話を聞いて欲しくてきたんだ」

「いいとも」

「実はこのあいだ家に妙な男がきた。その男は、地球からきたというんだ」

この際だから、全部話してしまうつもりだった。

誠一は順番に話した。ポストに手紙が入っていたこと。そして地球から次元転送されてきた中月のこと。中月の話した、地上のプーニーのこと。自分と核のこと。しかし、ここでそれを話していると、どうしても、何か映画の筋を話しているような、居心地の悪さがある。自分だって、逆の立場ならば、苦笑しながら、まあね、人の意見はそれぞれだからなどと受け流してしまうかもしれない。

　マロンさんは黙ってきいていた。

「彼はなんというか普通の人ではなかった。魔物と同じ気配がした」

「今その中月さんって人は？」

「それは」

　誠一は黙った。

　射殺した、とはいえなかった。

「どこかにいってしまった」

　嘘である。

「それより、彼のいった話はどう思う？　この世界はぼくの夢のようなものだっていう。ぼくは彼がいったことが全て本当だとは思わない。でも彼の常識の物差しみたいなものは、ずっと昔の自分の物差しと同じだと思う。つまり、なんとなく、全てがたわごとなわけではなく、彼のいっていることも幾分かは正しい、とそんな風に感じる」

「難しいな」マロンさんはいうと、椅子に腰掛けて珈琲を飲んだ。

「まず最初に、いくつか分けて話したい。ぼくは存在している。ぼくに関しては誠一君の夢なんかじゃない。誠一君がここにきたときだけ出現するわけじゃないし、誠一君がいないときも、ちゃんと存在している。これは信じてもらいたいね」

鈴上誠一は頷《うなず》いた。

もちろん、誠一もそう思うのだ。この人は確かにこの人自身の時間を生きていて、独立した意識と知性をもっている人にしか見えない。

「次に、ぼくはおおまつり郡一帯以外のことを知らない。無学で無教養だから、というか、蕎麦《そば》屋のおじさんだって、魚屋のおじさんだって、あまり深いことは知らないんじゃないの。ぼくたちにあるのは、ただ、今だけだ。歴史ではない。この世界は、広く、海の向こうも、山の向こうも存在し、魔女や、もっと大きなたくさんの魔法が何重にも絡み合って成立しているとぼくは思っている。知らないことだらけだけど〈難しすぎてわからないけど、まあいろいろあるんだろうね〉ぐらいで、片付けてしまっていて、ほとんど考えないで生きている」

鈴上誠一は、ため息をついた。

マロンさんはいう。

「ただ、その人のいっていることは、全体的に嘘ではないと思う。この世界に密接な関係がある別の大地が存在し、そこが危機に瀕《ひん》しているというのは、ありえないことではないし、結局、ぼくたちはそうした下の大地の想念の上澄みのようなところに生じたものじゃないかって感覚がある。誠一君がそこからきたんだろうってのも、たぶんそうなんだろうなって思う。影と実体の関係ならぼくらは地上の世界の影だろう。たぶん」

「誰なら詳しいかな。確かなことが知りたい」

「わからない」マロンさんはいった。

誠一はふと思う。

仮に確かなことを知る人物がいたところで、その人のいうことが正解だと自分にはわからないのでは？

2

鯨海岸駅のホームからは、港町とその先の海が見渡せる。

駅舎をでると海へと向かう広い直線の坂道があった。

坂の両脇には海産物を売る店が並んでいる。

マロンさんに話をしてから十日後、誠一はその道を歩いていた。

目的はビラ配りである。

おおまつり郡魔物対策会議・開催！

襲い来る魔物たちの対策を練る会議を開こうと思います。興味のある方はふるってご参加ください。

主催・鈴上誠一　日時・十二月十日　場所・中央広場公民館

このビラは中央広場駅の森本銀行の裏にある印刷屋で作ってもらった。

もう既に、中央広場のなじみの商店には配っている。どこも壁に貼ることを許してくれたし、銀行などでは入り口脇のスペースに持ち帰り自由で置かせてもらった。

誠一は駅前から海に続く店を一軒ずつまわっていった。

中月という男の言葉を事実としてとれば、間違いなく、地上側は「次」の手を打ってくるにちがいない。それが今回のような〈交渉〉とは限らない。

めぼしい店の店主にビラを渡すと、誠一は砂浜まで歩いた。

浜には人気《ひとけ》がなかった。昆布が打ち上げられている。

誠一は水平線に目を細めた。冬の海だが、雲間から差した光が部分的に海の色を明るい水色に変えている。浜辺に打ち寄せる波は透明で、青いヒトデが見える。

と、その時であった。

水平線の向こうから何かが飛来してきた。

最初それは黒い影であったが、やがて、空を飛ぶ犬橇《いぬぞり》であると知った。

毛の長い白い犬が五匹、橇を引いている。

橇にはごく普通の黄色いダウンジャケットを着て毛糸の帽子を被《かぶ》った若い男が乗って

いた。

空飛ぶ犬橇は浜辺に着陸した。

男は橇からおりると、犬橇を浜の入り口にある杭につなぎ、一軒の店に入っていった。

「サザエ、アワビ、牡蠣《かき》、網焼き」の幟《のぼり》のたつ店だった。

誠一は男を追いかけるように店に入った。

店の中は閑散としていた。

窓の近くで店主らしきエプロン姿の男性と、さきほどの男が立ち話をしている。

海産物を買いにきたらしい。

それから犬橇の若者は、牡蠣を載せた焼きおにぎりを食べると、紙幣と引き替えに、店主から鮑《あわび》の入った袋を受け取り、店の外にでた。

誠一は若者が店をでるのを追いかけていった。

「すみません」

若者が誠一を見る。

「これ、あの、ぼくが作ったやつです」

誠一はビラを渡した。

若者はビラに目を落とした。それから誠一をまじまじと見るといった。

「あなたが鈴上さん？」

「はい」

誠一はいった。ビラに主催者は鈴上誠一と書いている。

「あなたは、魔法使いです……よね？」

　誠一はきいた。

　飛行力のある犬橇だ。そんなものを操れるのは常人ではない。魔物の襲来について、魔法使いのような連中は、どのような解釈をもっているのか知りたかった。

「ああ、まあ、魔法使いといいますか。ぼくはぼくです」男はいった。「ぼくはずっと鈴上誠一さんに会いたかった。この世界のどこかにいると思っていたけれどお会いできて嬉《うれ》しい」

「はあ。あの、私を知っている？」

「ええ、もちろん。ぼくの名前は野夏旋といいます」

「はい……どうも」

「この想念の異界に地上からきた者です」野夏旋はいった。

「え？」

　二人は、その日はまず砂浜でしばらく立ち話をした。それからより深く話をしたいということで、日を改めて会う約束をした。

　地上からきた男に出会うのは、中月活連に続き二人目である。しかし、この野夏旋と、中月活連の二名は、全く異なっていた。

　中月活連が容貌《ようぼう》からして不自然であり、魔物と同様の気配を放ち、この世界を否定し、不穏な要求を仄《ほの》めかしてきたのに対し、野夏旋は穏やかで自然であった。容貌にしろ雰囲気にしろ、誠一の知るおおまつり郡の他の住人と変わったところはなく溶け込んでいた。地上から来たという点も、印象が良いせいか中月のときとは違い、異国で同郷の旅人にあったような気分になった。

　数日後に中央広場駅で待ち合わせた。

　ベンチで待っていると空から犬橇が広場に舞い降りる。

　誠一が片手をあげて歩み寄ると、「どうもこんにちは」と野夏旋は橇からおりた。

「寒いね」

「寒いですね」

　空を飛んできたのだからなおさらだろうと思う。

「店にいきますか」

「はい、そうしましょう」

　マロンさんの洋菓子店に入る。

「マロンさん。魔法使いを連れてきたよ」

「いらっしゃい」マロンさんはいう。

　二人はテーブルに向かいあって座った。

「それではこのあいだの話の続きです」

まず誠一は、地球からきた手紙と中月活連の話をした。

野夏旋は興味深く誠一の話をきいていた。

「これらは事実なんでしょうか」

誠一がきくと野夏旋は頷いた。

「事実です。地球はその通り、一・一九以来プーニーに侵食され、人類及び全生物が衰退しつつあります。深刻ですが、ぼくが去ったときにはまだ日本はありましたし、デパートも営業しているし、電車も動いていて飛行機も飛んでいました。鈴上誠一の名は世界中で知らぬものはいません。核のすぐそばにいて、〈未知なるもの〉を消滅させる鍵《かぎ》だといわれています。ただ、ぼくが非常に驚いたのは、中月さん、というのは、政府が送りこんだ交渉者なんですよね？」

「はい。そのように本人はいっていましたがご存じではない？」

「ぼくが地上を去った頃は、〈未知なるもの〉への最新のアプローチは、〈鈴上誠一に手紙を送る〉というものでした。日本ではまだ人間を送り込むとか、そんな話はありませんでした。もしかしたらスウェーデンか何かで実験に成功していたような気もしますが実用段階には達していなかったですね。銚子に次元転送砲を建築中という話があったのもおぼえていますが、それも建築が始まったばかりで」

「野夏さんは、いったいいつこっちにきたんですか？」

「ぼくはこちらは今年で三年半ぐらいです。もちろん三年半というのは、こちらで流れた時間のことで、地上ではもっと流れているんじゃないかなと思います」

「時間か」時間の流れが違うと手紙にあったが。

「こっちで一日過ぎると、地上でどのぐらい経過しているものなんですか？」

「一定した比率はないそうです。想念の異界の二十四時間は、地上からの観測によれば、三十時間のときもあれば、二百時間のときもあるそうで」

一日過ぎる間に地上で十日近くが過ぎてしまうときもあれば、さほど変わらないときもある。しかし、こちらで普通に日々を過ごしていると、別に時間が遅くなっている感覚はない。

「体感できませんね」

「中にいると、そうですね」

「野夏さんは、どうやってこちらに？　中月氏がその、次元転送砲とやらできたなら、方法が違う？」

誠一はきいた。

「ええ」野夏旋はいった。「そもそもぼくは次元転送砲が完成した時代の人ではないので。なんらかの任務をもってきた人とは違います。ぼくはなんというか、運命的に単独でこちらに昇天した存在です」

「そんなのありえるんですか」

「ぼくは実は地上では死んだんですよ。腹を撃たれたんで」

「じゃあ、死んだ後ここにきた」

「はい」

「誰に撃たれたんです？」

「まあ、ぼくを嫌いな人たちに。名前は知りません」

自分を殺した人間のことは今の関心事ではないという。やはり地上はずいぶんな混乱にあるらしいと誠一は思った。

「それって死んだ人間が全員ここにくるわけではないですよね？」

「おそらく一握り、いや、ひとつまみのさらにひとつまみぐらいでしょう」

「自然にやってくる人は、何か特別なんですか？」

「相性、だと思います。ぼくは地上でプーニーとすごく相性がよかった。プーニーに対する耐性は〈未知なるもの〉の相性と同じで、特に相性のいい人が、死後、ここまで自然にあがってくるのだと思います。あるいは〈未知なるもの〉が地上を見て吸い上げているのでしょう。地上にいたときも夢でこの世界のことを知っていました」

　そこで野夏旋は黙った。

　マロンさんが珈琲を運んでくる。二人は珈琲を飲んだ。

「選ばれた人間が死後にくる楽園なのだとすれば」誠一は呟《つぶや》いた。「まさに天国が出現したんだ。そして、地上が滅びてもここが残る」

「そうでしょうか」野夏旋は暗鬱《あんうつ》な表情でいった。「ぼくはむしろ、自分は〈未知なるもの〉に食べられたのではないかと思ってます。想念の栄養として」

宇宙から巨大なモンスターがやってきた。あるものは攻撃されはじかれる。あるものは吐き出される。だが、特別に相性がいいものは、ぱくりと胃袋に送られる。

「え、食べられたって、そういう解釈なんですか？」鈴上誠一は明るく笑った。しかしその笑い声はどこか乾いて響いた。「消化されている最中？」

野夏旋の顔は相変わらず暗かった。

「はい。しかし否定できないでしょう。私たちは宇宙クラゲの〈中〉にいるんですから。有機物は有機物を摂取して自己維持を行うのであれば、想念世界は想念を摂取して自己維持を行うと考えるのが自然です。人間の思念がこの生物の必要としている栄養素だということはありえる」

う～ん、と誠一は唸《うな》った。

「仮に食べられたとしてもね。私ね、思うんですが、地球だって、ほら、死ねば土に還《かえ》るし、結局はいつか分解されるわけですから。同じじっちゃ、同じなんじゃ」

「なるほど」野夏旋は頷いた。

「そこで悩んでいてもしかたない。暗い解釈に悩むより、魔法使いなんだから人生楽しまないとソンですよ？」

「うん。そこはまあ、空を飛び回っています」野夏旋は疲れた笑みを浮かべた。

「無知ですみません。やっぱりおおまつり郡以外の世界ってあるんですか？」

「あります。私は二千キロ近く西の町で飛行術を学んでから、ここ、中央めざして、旅をして辿《たど》り着きました。海を飛びながら島渡りの日々でした。体感として、この世界は地球以上に広大です。想念の世界だから、現実の距離って意味ないのかもしれないですが、旅の途中でも小さな町や村が点在していました。かといって国家の概念があるのではなく、たぶん歴史の土台があるわけでもない。常識で考えるとありえないものがたくさんある。幻のようでいて、深度がある。つかみ所のない深遠な世界だという感想です」

「すごいなあ」

しばらく旅の話をきいた。誠一はきいているうちに、やはり野夏旋は自分の仲間だという気がしてきた。

「地上なんてさ、嫌なところだったよね？」

誠一は確かめるようにいった。

「ええ」

「こっちのほうがいいよね？」

「はい。それは認めざるをえない。珈琲一杯でも、遥《はる》かにうまい」野夏旋はコーヒーカップを口にやった。「まるで珈琲という言葉にぼくの心がイメージするものが結晶化したような味がする」

「面白いことというね。このあいだの変な人との交渉は決裂したから、地上から敵がくるかもしれないと思う。これについてはどう思いますか」

誠一はテーブルの端に置いた、自分が作ったビラを、顎《あご》でしゃくっていった。

「これはその対策の会なんですね。くるでしょう。次元転送砲が完成したなら」

「脅威ですよね？　そうでもないのかな？」

「人類はついこのあいだまではできなかったことを加速度的にできるようにしていきますから、仮に敵にまわるのであるなら、油断はできないですね」

野夏旋はそこで話を変えた。

「鈴上さん。空を飛んでみますか？」

3

中央広場駅の裏から犬橇は舞い上がった。

眼下にはおおまつり鉄道の線路が南北に延びているのが見える。

最果ての丘を見ると太陽に照らされて輝いていた。

岬、丘、海。灯台、森。整備された大きな公園と、まばらで美しい住宅地。

誠一は野夏旋の隣で歓声をあげた。

風と光が強い。

「サンタクロースの風景だ」

「はは」野夏は薄く笑った。「子供の頃は憧《あこが》れましたね。サンタはなんて楽しそうなんだろうって。自分がそういう存在になりたいと思っていた。真冬に雪の中の市街地を飛ぶと本当にそんな気分ですよ」

「野夏さんはどこに住んでいるんですか？」

「二つあります。一つは大森林の奥にある岩山の頂上の城。もうひとつは離島の隠れ家です」

　それはまた、魔法使いらしい。

「たぶん潜在意識で人が怖いんです。おまえを裁いてやるぞ、おまえを死刑にしてやる、おまえを殺してやる。そういう意識をずっと向けられていて、逃げたり隠れたりしながら最後に狙撃《そげき》された人生だったので」

「安心してください。そんな人はここにはいない」

「そうですね。それは、わかってはいるのですが」

編隊を組んで飛行する鳥たちの上を飛ぶ。

「そんな奴らは地上で十分だ」誠一は苦い気持ちでいった。

犬橇は鶏山を通り越した。鶏山の先の大地に誠一はじっと目を凝らした。

名も無き岩場、森、湿地、丘、廃屋、蛇行する輝く川。手つかずの大自然だ。

おおまつり郡の外側の世界は確かにあるのだ。どこまでも広がっている。

「美しい」

誠一はいった。

「もっともっとたくさんの人たちの、たぶん地上で今生きている人たちの想念も全てが反映されているのでしょう。確かにこの世界はいろんな意味で宝です」

犬橇はどんどん高度をあげる。

冷気が頬を撫《な》でる。

「ぼくは核を破壊しない」

誠一は宣言した。

「そして、魔物と戦い、この世界を守る」

あなたはどう動きますか？　誠一は青年の横顔に問いかけたが、野夏旋は犬橇の操作に気をとられているのか何もいわなかった。

第四章　突入者

1

相川聖子が、野夏旋の後を引き継いだ山形の災害から四年が経過した。

その四年もまた、〈未知なるもの〉の出現以来、生態系の消滅と、社会の崩壊による混乱が続いた。

日本はプーニー災害で打撃を受けた地方農家を支援し、世界的飢饉《ききん》のはじまりにおいて食料自給率をあげるために、就農支援政策を打ち出した。また各地に、農地や、居住地をドームで囲うドーム都市が登場した。ドーム都市内の家賃は高騰した。

中国では大規模な内戦が発生し、アフリカではさらに戦争が広がった。

インドは南北に分裂した。マダガスカル島はプーニーに覆われ無人の島となり、キツネザルをはじめとする希少な動植物相が絶滅した。

全世界に、プーニーを操る能力をもったプーニーコンダクターが複数登場した（プーニー操縦能力者には、プーニーコンダクターという呼び名が定着していった）。

民間の清掃業者以外のプーニー対策組織は、国が新設した〈プーニー災害対策所〉という機関に統合されることになった。

そして、この四年で飛躍的に進んだことがある。

それは次元を超える技術である。世界中で次元転送砲が開発され、日本でも銚子に次元転送砲〈晴天〉が完成した。

これにより〈想念の異界〉へまずは機械、そして動物、最後に人々（主に兵士）が突入を開始した。彼らは〈突入者〉と呼ばれた。

2

九月の第三週。

七歳の大鹿《おおしか》理剣《りけん》は、一年三組の教室で算数の授業を受けていた。半袖《はんそで》シャツだった。九月に入ってからも最高気温が三十度を下回る日がないという蒸し暑い日々が続いていた。

唐突に、校内スピーカーから、サイレンの音がして、〈局所的プーニー災害が発生しました。点呼の上、全校生徒はただちに体育館に避難してください〉と流れた。

この放送は三回繰り返された。

「はい、みなさん。落ち着いて行動しましょうね」担任の女教師がチョークをおいた。

「お、か、し、です。いいですね」

生徒の一人が窓際にかけよって「あ！　燃えている！」と叫び、つられて何人かが窓際に駆け寄った。

三階の窓から、遠い住宅街に煙があがっているのが見えた。ちらっとオレンジ色の炎も見えた。

地上にプーニーが出現して十一年目である。プーニー災害を知らない子供は少ない。理剣も幼稚園にて、横断歩道の渡り方を教わるのと同じ時期に、〈白いぷにぷにしたものをみつけても絶対さわってはだめ！　大人に知らせよう〉と教わっている。

　プーニー災害対策マニュアルは、今やどこの学校にもあった。理剣の小学校は、万が一の火災への用心で、全校生徒は体育館に集まり、保護者の迎えを待つことになった。


全校生徒の集まった体育館は、蒸し暑く騒がしかった。

理剣と同級生たちは、集団で固まって座っていたが、担任の女教師はどこかにいなくなり、指示のないまま生徒たちは放置された。

喧嘩《けんか》している上級生、泣いている子もいる。

同じクラスであり、同じマンションの住人でもある宮田真優《みやたまゆ》が理剣にいった。

「ねえ、帰ったほうがよくない？」

真優とは学校の行き帰りも一緒にしている。

「え」理剣は呟《つぶや》いた。「先生にきいてみないと」

理剣は担任を捜した。

体育館はざわついている。暇そうにバスケットボールを投げ合っている六年生。迎えにきた両親や、年上の兄弟に連れられて帰っていく生徒も多い。担架で運ばれてきた生徒。倒れて寝かされている先生。スマートフォンを耳にあてながら、誰かと通話しつつ、入り口付近で出入りを繰り返している男の先生。

大人はみな忙しそうでとりつくしまもない。

理剣と真優は立ち上がった。

「あのお」目に留まった担任ではない教師の一人に近寄り声をかけたが、携帯で通話中であり、待っていて、と手で制され、後は放置であった。

「あたし帰ろうっと。お母さんたち今日仕事で迎えにこないと思うもん」

真優が出口に向かった。

「あ、じゃあぼくも」理剣も釣られた。

〈でも、もしも大人たちが引き留めてきたら、それに従おう〉と思ったが、理剣たちに注意を払うものはおらず誰も引き留めなかった。

体育館の外にでると喧噪《けんそう》は消え、日差しが強いだけの、いつもの平日に思えた。

「暑い！　あ、帰ったらあれしよう」

「あれってなに」

任天堂の新型ゲーム機を買ってもらっていて、家に帰ったらそれをやるのだと真優はいった。だから早く帰りたいのである。

「いいな。ぼくもやりたい」

「うちにやりにきていいよ」

「ねえ、帰り道プーニーでたらどうする」理剣はきいた。

「触ったり近寄ったりしなければいいよ」真優はいった。「襲ってきたりはしないんだって。あんまり」

最後につけ加えた「あんまり」が恐ろしくも印象的であった。

プーニーは今や日本中にあるものだったが、板橋《いたばし》区のプーニーは、区民が見つけ次第駆除していたので、理剣の日常行動範囲で見ることはほとんどなかった。

真優は空を見上げた。

「見ちゃいけないあれ、って何に見える？」

「青い星に見える」理剣は見えるままに答えた。「でも見たら、目が潰《つぶ》れるとか、頭が変になるんだよ。あれがなくなれば、プーニーもなくなるんだって」

家までは一キロ前後である。

ドン、とか、バン、といった大きな音がした。爆発音であったが、少し遠かった。

肉屋のそばで自転車に乗ったおばさんが「大丈夫？」と声をかけてきた。「大丈夫です。家に帰るんです」と真優がいう。

「気をつけてね、警報がでているの知っているでしょう？」

「はい、知っています」

学校を抜け出したという後ろめたさなど微塵《みじん》もない顔で真優はいった。

「もう少しで家です」

「気をつけてね」

おばさんは去っていく。

プーニー災害は対応の判断が難しい。警報はでたがすぐに収束して何も起こらなかったということはよくある。誤報に近い警報もある。何もなく平穏だった場所が、十分後にはプーニーで埋まっているということもある。全体にまんべんなく発生するわけではないし、移動もするので、どこが安全なのか正確なことは誰もわからない。

おばさんが通過した後、角を曲がると、巨大な白い塊が、道をいっぱいに塞《ふさ》いで蠢《うごめ》いていた。

「あそこ！」真優が叫んだ。

初めて見るプーニーだった。街の風景から異様に浮いており、ちょうど風景画にべとりと白い絵の具を落としてしまったような違和感があった。

まだ数十メートルの距離があり、道の向こうのプーニーもこちらにくる気配はなかった。

「この道はダメだ！」

迂回《うかい》することにした。

片側二車線の国道にでたところで、理剣はあっと叫んだ。

数百メートル先の道路に巨大な壁ができていた。

聳《そび》え立つプーニーである。高さは数十メートルはある。頂上部が燃えている。

まるで入道雲あたりをデザインにとりいれた怪獣だった。

行く手に怪獣とは想定外だった。理剣は（そして真優も）せいぜいが通学路にちょっとばかり危険な白い場所が発生した程度に思っていた。街全部が消滅しかねない災害に見舞われているとは思っていなかった。

足が震えた。

——あれが押し寄せてきたら死ぬ。

ちょろちょろと逃げる場所などない。

もちろん、自分たちはおろか、学校の体育館にいる子たちも全滅だろう。

真優もさすがに肝を冷やしたようで、握った手から震えが伝わった。

サイレンを鳴らした消防車が、二人の横を通り過ぎ、その後ろからやってきたプーニー災害対策所の特殊粘菌作業車がとまった。

特殊粘菌作業車は、トミカの商品ラインナップにあった。実物を見るのは初めてだった。

特殊粘菌作業車の前部ドアが開き、一人の女がおりた。

プニ対のオレンジの制服を着ていて青いサングラスをかけている。

「君たち、見ての通り、危険だから車に乗って〜。避難するよ〜」

女は理剣と真優に声をかけた。

駆け寄ってきた理剣を見るといった。

「おう！　わ。これは逸材！」

逸材、という言葉は知らなかった。だが、プニ対の女が自分の何かを察知したということはわかった。その何かとは、おそらく時々親が自分に対して話している非凡なるもののことのような気がしたが、まだ言葉にすることはできなかった。

理剣と真優は車に乗った。

車両の中には同じようにオレンジの制服を着てマスクをつけた運転手と、同じくマスクをつけたもう一人の隊員がいた。素早く二人にも子供用マスクが手渡される。

「さっきの女の人は、マスクをつけていなかったけれどいいの？」

運転手はのんびりとした声で「あ、隊長のこと？　隊長なら大丈夫」といった。

それから経過した時間は五分ほどだったろうか。理剣は車両の中に見とれていた。デジタル表示の空気中のプーニー濃度計測器。濃度数値は11。町の地図と火災やプーニーの進路を示した特殊なナビディスプレイが助手席のほうについている。無線で隊員が誰かと話している。

「はい、仲町《なかちょう》交差点です。こちらあと数分で収束します」

生まれて初めて乗った本物の特殊粘菌作業車両であった。

がちゃりとドアが開き、さきほどの女隊長が入ってきた。やはりマスクはつけていない。

「太《た》郎《ろう》ちゃん、だいたいどけたんで、直進して」

女隊長が指示をだした。

「は～い」太郎ちゃんと呼ばれた運転手が間延びした声で答える。

直進？　だってあっちにはどでかいプーニー怪獣が……、外に目を向けると、道路を塞いでいたはずの千トンレベルのプーニーが消えていた。

どかした？　この数分で？　どこに？　どうやって？

どこに？　は、近くの陸上競技場だと後で知った。どうやって？　は、プーニーコンダクターが圧縮して移動させたのである。

車はどんどん進んでいく。

「ねえ、ぼくたち、ちょっと二件ほど寄り道あるんだけどいいかな」

もちろんいいに決まっている。

その後、車両は二人の小学生を乗せて、いくつかの現場をまわった。

車両が止まると太郎ちゃんなる男性運転手以外は降車し、十分ほどで戻ってくる。

太郎ちゃんは待っている間に理剣の小学校に電話をかける。

「はい、今現場です。小学校の男子一名、女子一名、救助して車に乗せています」

車は小学校の校庭に戻ってくると、駆け寄ってきた教師に二人を引き渡した。

「じゃあね」

女隊長は別れ際に理剣にいった。

「ま、君とは、未来にまた会うかもね？」

真優が不思議そうに理剣を見た。

なぜ、女隊長が理剣にそういったのか、わからなかったからだ。


後日、このときの災害は、たまたま都庁付近にいた有名なプーニーコンダクター、通称セーコさんが出動し、そのために異例のスピードで収束したことがわかった。死者は二十二名であり、同規模の災害の二十分の一の被害だと報じられた。

セーコさんは、野夏旋狙《そ》撃《げき》事件の反省からか、メディアには一切登場せず、公の場にも現れない。フルネームも公表しない覆面コンダクターだった。そのため正体に関するいろんな憶測が時に人々の話題にのぼった。

理剣は後に、あのときの女隊長がセーコさんなのだろうと確信する。

自分の抵抗値が「520」であるということを知ったのはそれから三年後、小学四年生のときである。

理剣の知るところではなかったが、理剣が遭遇したセーコさんこと相川聖子も、あるいはかの日本初のプーニーコンダクター野夏旋をも超える数値であった。

小学校入学時に血液検査が義務化されており、両親は理剣が六歳のときにはこの異常な数値を知っていた。

「あなたは特別な子供で、間違った世の中を正す存在になるのかもね」

母の凛子《りんこ》はいった。

「どうやって正すの？」

「それはよく考えないと、いけないけれど。みんなおかしくなっているのよ、政府も、国も、人間も」

父は家にほとんどいなかった。愛人を作って外で暮らしているのよと凛子は理剣にいったが、アイジンが何か理剣は知らなかったし、いないことに慣れていたので、寂しさは感じなかった。

両親が家にいるときはたいがい夫婦喧嘩で暴言の応酬があったし、その場にいれば六歳でも容赦なく巻き込まれた。父がいなくて平和ならそれに越したことはなかった。

家には、〈空帝《くうてい》の裁き〉がだしている本の日本語版が三冊あった。『目覚め』と『第七世界の予言』と『最後の希望』だ。

母、凛子の所有物であった。

〈空帝の裁き〉というのはアメリカに本部がある新興の教団だった。もっとも彼らは〈自分たちは宗教団体ではない、科学的な見地に基づく倫理集団である〉と主張していた。彼らの主張を要約すれば〈人間の愚行が、空に滅びの帝《みかど》を出現させることになった。この世から悪（環境汚染や、戦争、権力の横暴を見て見ぬふりをすること、クジラ、イルカ殺し〉がなくなれば空の存在も消え、世界のプーニーも消える〉というものだった。〈空帝の裁き〉の教祖ウラルク・カーターはプーニーコンダクターだった。中米のプーニー駆除で大いに功績をあげる一方、政府への威嚇や、プーニーでのテロも行っていた。ウラルク・カーターの起こしたテロでは総計で一万人が死んだといわれる。

理剣が幼稚園を卒園する少し前に、カーターの暮らすコミュニティはアメリカ軍と戦闘になり、彼は死んでいた。

3

十歳の頃に出会い、その後ずっと大きな関心事であり続けたのは、〈突入者〉であった。

子供たちが、昆虫や、恐竜や、天文学や、あるいはサッカーや、エレキギターに〈目覚める〉ように、理剣は〈突入者〉を発見し心酔し、のめりこんだのだ。

それは家にあった『突入者・異界からの手紙』という本からはじまった。

突入者は、次元転換され、〈未知なるもの〉の内部に広がる〈想念の異界〉という、地球上とは時間の流れの違う全くの未知の世界に転送される。

転送されたものは二度と戻ってこない。ただ、ディステリグという特殊な次元通信機器により、〈未知なるもの〉の内部の様子を地上に知らせることができる。地上からの通信は受け取れない。

ロシアの突入者、イゴール・セミョーノフは、想念の異界を〈初夏の高原、それが際限なく続く世界〉と報告した。〈ただ、私はひどく小さな体になった上に、両足を消失してしまい、身動きができない〉とも。スウェーデンの突入者、カイ・オリーンは、〈永遠のバス旅をしている。地球によく似た極度に美しい世界で、地球と同じ文化で言葉（スウェーデン語）も通じる。町から次の町へと移動を繰り返している。同じ町は一つとしてなく移動するたびに新しいものを見る。ただしバス旅から抜け出ることはできない。抜けようとしてもいつのまにかバスの座席で眼が覚める〉と報告した。アメリカでは特殊部隊の軍人四名が突入した。部隊長ハリー・バイロンは〈向こうには人間の暮らす町があるが、我々は悪魔のような姿に変化しており、彼ら住人の攻撃を受ける。我々は彼らの攻撃を受けると死ぬが、彼らは我々の攻撃を受けても一定時間で完全回復してしまう〉と報告した。

理剣は全世界の突入者の記事をスクラップして集めた。鉄道や、歴史にマニアがいるのと同じで、いわゆる突入者オタクである。

突入者たちの体は、無力化、弱体化、魔物化、変更なしのいずれかで再構築され、それぞれの見る風景も体験も異なっていた。それが想念の異界の広さを窺《うかが》わせた。

中学校にあがってほどなくした頃、理剣は宇《う》垣《がき》竜矢《りゅうや》という同級生と一緒に歩いていた。

宇垣とは、仲が良くも悪くもなかった。実のところ、理剣は宇垣竜矢が苦手だった。

　宇垣はいつもむっつりとしており、言動が危なかった。女子生徒が通過すれば、容姿をあげつらった悪口や、女性器を示す言葉をぼそりと呟く。下校時に前を歩く小学生のランドセルをいきなり引っ張り、地面に倒して怒鳴りつけるのを見たことがある。一度首を絞められたことがあった。その前に対立があったおぼえもない。なんの前触れもなく、休み時間にいきなり背後から絞めてきたのである。息ができず死にそうになった。一瞬だけ宇垣が力を緩めたので両手を宇垣の腕にかけ、全力でふり解《ほど》いた。咳《せ》き込み、首をおさえ、ようやく潰れた声で文句をいったが、宇垣はにやにや笑うばかりであった。

　なぜ一緒に歩いていたのかというと、たまたま買物に向かう途中で、宇垣と出会い、彼がついてきたからであった。

「なんか、学校にプニ対の人がきて、おまえを呼んでたけど、あれなんだったの」

　理剣の失敗は、宇垣に、喋《しゃべ》りすぎてしまったことだ。

「スカウト的なものだよ」

「は？」

　抵抗値が５００を超えていること、将来は、プーニー災害対策所の職員になる可能性もあること。

「へえ」宇垣はいった。「プーニー関連とか、俺死んでもいやだけど」

「そっか」理剣はいった。「実は俺が憧《あこが》れるのは、プニ対より、想念の異界にいく人たち」

突入者オタクは少年たちには多く、この話題に反応する者とは一気に親密度が増す。

「好きな突入者多いんだよね。カイ・オリーンとか」

宇垣は食いついてこなかった。ただ、明らかに不機嫌になった。

「おまえには全部無理だ。おまえはプーニーオムツマンだ」

抵抗値の高さは嫉妬《しっと》を呼ぶことを、まだ理剣は理解していなかった。

今や就職においても、B耐性以下はマイナスの評価がつくと噂される。仕事の最中に急死されると困るからだ。パイロットやバスの運転手などにはもちろん採用されないし、〈未知なるもの〉の出現以前に採用された人の中で、抵抗値の低い人はどんどん解雇されて、社会問題にもなっている。

抵抗値格差である。高い人間は最初から高く、低い人間は最初から低い。努力の余地もなく不公平である。

翌日から、宇垣はクラス中に理剣の悪口を広めるようになった。あいつは自分の抵抗値が高いからって調子に乗っている。むかつくプーニーオムツマンだ。みんなで無視しようぜ。

だが宇垣竜矢の扇動で理剣がクラスメートに蔑視《べっし》されることはなかった。

宇垣竜矢には人望が全くなかったのだ。

むしろこの扇動で孤立しはじめたのは宇垣のほうであった。

一週間ほどした頃である。理剣が学校からの帰宅路を歩いていると、前から宇垣が現れ「ちょっと話があるんだけどいい」といった。

強気についていくと、人気《ひとけ》のない公園の奥の林であった。

そこには〈先輩〉が二人いた。

宇垣竜矢には、無職で十六歳のトムという兄がいた（漢字は徒無である。ちなみに宇垣家は両親とも日本人である）。

茶髪で細身のトムは理剣を睨《にら》みつけた。どこかホストめいていて香水の匂いがした。

「先輩に挨拶《あいさつ》は！」

「こんちはっす」理剣は急速に萎縮《いしゅく》しながらいった。

隣にトムの友人がいる。太った大きな男だった。後に名がわかるが、無職で十七歳の田《た》原和歩《はらかずほ》という少年である。

「おまえ、抵抗値５００あるんだって？」

「はい」

宇垣の兄貴、トムはぺしり、と理剣の頬を張った。

ぎゃはは、と隣の大きな友人が笑った。

「じゃさ、じゃさ、喰《く》ってみろよ」

「俺ら用意したの。プニプニフード」

理剣は暴行を受けた後に、体をとり押さえられた。

田原和歩は、プーニーをいれたタッパーをだした。

「お食事で〜す」

「やめさせて」理剣は、竜矢に懇願した。

竜矢は苦笑して「全部おまえが悪いんだから仕方ないだろ」と小さく呟いた。

「俺たち悪くな〜い、こいつが喰って見せるっていうから手伝っているんですう」おどけたようにトムはいった。

「でもこいつ５００以上あってここで人生終わりってなんとも哀しいな？」

宇垣の兄貴、トムはタッパーから割り箸《ばし》でプーニーをつまみあげた。

「喰え、おら、喰え！　リュウ、口を開けさせろ」


マンションの玄関にて、帰宅した息子を出迎えた凜子は蒼白《そうはく》になった。

息子の顔は腫《は》れ上がり、体のあちこちから内出血していた。息も絶え絶えで、さらに妙に顔色が白かった。

誰から何をされたのか。凜子は理剣からきいた。

凜子は救急車を呼んだ。だが、電話を受けた隊員は、プーニーを食べたのなら、もう為《な》す術《すべ》はほとんどない。気休めだが、大量の水を飲んで下剤も飲むといい。どこの病院でもベッドはプーニー化の患者には提供されない決まりになっており、運び込む場所がない。よって、搬送できない、という。むしろ、最期の時間は家で過ごしたほうがよいのではないかと提案された。

凜子は理剣の部屋に入り、その手を握った。

「ぼく、死にたくない」

母は黙って頷《うなず》き、涙を流した。

このとき、宇垣竜矢、その兄トム、その友人田原和歩ら加害者たちが（そして理剣も）想定しなかったことがある。

それは、理剣の母、凜子が拳銃《けんじゅう》と十二発の弾を所持していたことである。

4

息子を死の淵《ふち》に追いやったものたちへ向けた凜子の激情は凄《すさ》まじいものがあった。

凜子は理剣の父と巡り合うよりいくらか前に〈空帝の裁き〉の日本支部の活動家と交際していたことがあり、拳銃は彼を通じて購入していた。当時、今後日本では未曾《みぞう》有の内乱がはじまり、劇的に治安が悪化するという予言というか予測が、教団だけでなく、世間のあちこちで語られており、確かにそうしたこともありえると、来るべき時の護身のために入手したのである。

活動家とつきあっていたといっても凜子は青春時代にプラカードを掲げてデモ行進する程度の活動歴しかなく、前科もない女だった。

〈空帝の裁き〉の教えの全てを信じていたわけではない。今となっては無垢《むく》な二十代前半の一時の熱狂だったと自分でも思うし、偏った理想論でしかないとも思う。ウラルク・カーター狙撃の海外ニュースを聞いた三十一歳の時には、かなりどうでもよくなっており、既に息子の卒園式のほうが遥《はる》かに重要事項であった。

拳銃は、クローゼットの奥の木箱にしまっており、最近ではそれをもっていること自体が馬鹿げた無用のリスクではないかと感じていた。殺人事件は多いが、未曾有の内乱は未《いま》だ気配もないし、時折、外に女を作って戻ってこない夫を撃ち殺すのに使ってしまいたくなり、それが怖かった。そもそもが凜子の夫は結婚当初から、家庭を築く気構えなど皆無の男であった。妊娠したので渋々籍をいれただけだと常日頃からいっていた。だから俺を頼るな、束縛するな、と。夫の署名欄を残して書き込んだ離婚届は箪笥《たんす》の引き出しにしまっていた。

理剣が呻《うめ》いたり、うわごとをいったりしている間に、凜子は木箱からオートマチックの拳銃をだした。弾を込めた。

銃を握ると心から雑念が消えた。

深夜だった。

かちこちと、時計の秒針が動く音が大きい。

凛子の殺意は一秒ごとに研ぎすまされていった。

同級生名簿の電話番号とグーグルマップで、宇垣竜矢の家を調べた。

それから凛子は銃を枕元に置いたまま、布団に包《くる》まった。――悪を見過ごすことはこれもまた罪である――久方ぶりに死せる教祖、ウラルク・カーターの声がきこえた。

五時半に起きた。

理剣の部屋に様子を見にいくと、静かに寝息をたてていた。肌の色は真っ白だった。

身支度をすると銃をバッグにいれて、マンションを出発した。

朝焼けに染まった雲の向こうには〈未知なるもの〉があった。

凛子の目にそれは亀裂に見えた。

亀裂から光が射している。

大地に目を戻せば空き地の雑草が露に濡《ぬ》れている。駐車場脇には金属製のプーニーボックスが置かれ、その前には〈プーニーを指定回収場所以外に廃棄すると罰金十万円です〉の立て札がある。隣には町内掲示板があり、文化祭や、町内将棋大会、迷い犬探しています、のポスターが貼られている。

どこかで大それたことをする自分を止めてほしいと思う気持ちもあったのかもしれな

い。

夫のスマートフォンに電話をかけた。

理剣が同級生と地元の不良少年に集団暴行を受けたあとプーニーを食べさせられた。

同級生を殺しにいく。そう報告するつもりだったが、電話はつながらず留守電になった。

夫とはもう二ヶ月も話していない。

ため息をついてスマートフォンをしまった。ラインなど通話以外の伝達手段は念頭になかった。

凜子は寂れた整備工場の隣にある宇垣の家に到着すると、呼び鈴を鳴らした。

ちょうど七時半だった。

でてきたのは宇垣竜矢の父で、五十代半ばの曇った顔の男だった。灰色のスウェット姿だった。

「はい?」

「あ、朝早くすみません。向こうのコンビニの近くに住んでいるものなんですが、宇垣リュウヤ君とトム君に、うちの犬がお世話になって」

「犬?」

「昨日、お二人が私の家まで迷子の犬を届けてくれたんです。スーパーに迷子犬の貼り紙をだしていたレトリバーのピョン!」凜子は満面の笑みでいった。「お礼がいいたくて」

　男の訝《いぶか》しげな表情が崩れ、笑みが浮かんだ。

「い、ぬ！　そう。あ、じゃあ呼びます。おい！　トム、リュウヤ！」

　男は家の奥に呼びかけた。廊下の奥からきょとんとした顔の二人の少年がでてくる。一人は学生服。もう一人は長髪の男で眉毛《まゆげ》を剃《そ》っている。こちらはジャージ姿だ。部屋着なのだろうと思う。眠そうな顔をしている。

　猛烈な速度で後ろ手に隠しもった銃を前にだすと、引き金をひいた。

　最初の銃弾は宇垣の父の胸にあたり、崩れるように倒れた。

　本命の二人の標的は金縛りにあったように動かなかった。

　狭い廊下である。逃がさない。凜子はすぐさま二人の少年に銃口を向けて引き金を引いた。

　七回引いた。何発当たったのかは知らない。

　硝煙のたちこめる廊下には三人が倒れている。

　凜子はうめき声をあげている宇垣の父をまたぐと、土足で家に入った。

　竜矢は胸を押さえて、目を見開いている。

　トムは呻いている。

　母親らしき女がドアを開いて廊下に顔をだし、短い悲鳴をあげ、すぐにばたりとドアを閉めて引っ込んだ。

もちろんすぐに警察に電話をかけるだろう――。だが放置することにした。後のことはどうでもよかった。逃亡計画もなかった。

「い、犬は」

掠《かす》れ声で父親がいった。

凛子は父親を無視した。

「理剣を殺してくれたな？」

トムの頭を踏みつける。トムは胸を押さえて蹲《うずくま》っていた。

厳密にいえば理剣はまだ死んでいなかった。人としての命はあと六日前後だろう。

「ああ、うあああ、ああ」

「プーニー喰わせただろ？」

「うがあ、あ、が、ふざけただけだろうがよ！」

「友達はどこにいるんだ？」

「いてえよ、いてえよ」

「友達はどこにいるんだよ！」

「ごめんなさい、いません、いりません」トムはいう。何をきかれているのかもわかっていないのだろう。

「うちの子に白いものを無理やり食べさせたときに一緒にいた、おまえの友達はどこにいるってきいてるんだよ！　友達！　おまえの仲間！」

「え？　あ？　カズホ。カズホがやったんだよ、カズホがやったの！　カズホが喰えるかきいたら、俺食えるぜっていって、あいつが勝手に自分で喰ったんだよ。俺関係ねえ」

「カズホってやつのちゃんとした名前、住所、電話番号」

「すみませんでした。もう勘弁して、助けてえ、助けてえ、いてえ、あとであとで。救急車」後で話すから救急車を呼んでくれということか。

後は呻くばかりであった。

状況次第では、トムを脅して、犯行に加わった最後の男の住所を聞き出すつもりだったが、これでは埒《らち》があかない。きょうび、友人の住所や電話番号を暗記している人は少ないだろうし、スマホをいじらせるにはもう彼は重傷を負いすぎている。

遠くにサイレンの音が聞こえた気がした。

凜子は外にでるとバッグに拳銃をしまい、駅前に向かった。

珈琲《コーヒー》店で珈琲をのみながらシロップのかかったパンケーキを食べる。

それから自宅に戻った。

5

理剣が朦朧《もうろう》とした意識で目を開くとベッド脇に母が座っていた。

母は疲れた顔をしていた。微《かす》かに火薬の匂いがした。

「お母さん」

母は理剣の手を握った。

「仇《かたき》はうったよ」

母はいった。

え？

だが、それがどういう意味であるか理剣が知るのは、もう少し後のことだ。

「生きて戻ってきなさいよ、何も心配することなんかない。私はバカだけど正しいことをしたと信じている」

母の姿が霞《かす》む。

体が溶けていく気がする。

抗《あらが》えない。意識が消える。


理剣は森の中にいた。

滑らかで幹の太い樹がたくさん生えている。

夜だったが、空気は生暖かった。

ここはどこか南のほうだ。

夢なのだと微かに思うが、妙に生々しい。

森を抜けると、とうもろこし畑が広がっていた。

畑の前の空き地に幹回りが三メートルはある巨木が生えていた。そこにはハンドメイドと思われるブランコがぶら下がっており、オーバーオール姿の一人の男が紙巻き煙草をくわえて煙を吐いていた。

男は初老のアングロサクソン系で、理剣はその顔に見おぼえがあった。母の本の著者近影で見かけたこともあるし、テレビのニュースでも見たことがある。死せる教祖、ウラルク・カーターだった。

――迷い込んできたのか？

ウラルク・カーター、もしくは彼に似た男は理剣を見ると不思議そうにいった。

理剣は頷いた。

――ここは一体、どこなんですか。

――ここは私の農場だ。

――農場。

確かにとうもろこし畑が広がっている。

――かつて私は小作農だった。だが今では違う。ここでは大地主だ。野菜も果物も、あらゆる作物がここで育つ。北のものも南のものも。魔法の農場だ。

――ウラルク・カーターさん、ですか？

確かめようときくと、男の表情がぴくりと動いた。

――君は誰だ？　私は君に見おぼえがない。

――ぼくもあなたのことをよくは知らないんですけど、母が本をもっていて。写真で知っていて。

それとテレビのニュースで。

男は息をつくと、髭《ひげ》をなでた。

――なるほど、君は古い世界からきたのだろう。夜になると、ここにはいろいろなものがやってくる。幽霊もくるし、動物もくるし、妖精《ようせい》もくる。私に恨みのあるものや、中には私の知り合いだというものもくるが、どのみち彼らは私には何もできやしない。そして朝になると消えてしまう。私はおそらく君の母親を知らない。知っていてもおぼえていないだろう。すまない。

――ここは想念の異界ですか？

――知らないな。ここは農場だ。私の敷地だ。古い世界でのことは忘れた。いずれ滅びるだろう。

――かつてあなたはテロリストだった。数千人があなたの行為で死んだ。

理剣はぼんやりといった。

――かもしれない。すまないが、あんまりおぼえていない。もしも昔暮らした大地で私が起こした行動によって、誰かが死んだのだとすれば、あるいは誰かが苦しんだのだとすれば、そして、そのことで君が何かをいうためにここに現れたのだとすれば、申し訳なかった、と謝罪するよ。人生には一度掲げると下ろせない旗や、ブレーキのない車が存在する。

面倒くさそうにウラルクはいった。

空をオレンジ色に輝くものが横切っていく。あれはなんだろう。飛行機ではない。隕《いん》石《せき》にしては遅い。だが、理剣はウラルク・カーターに空の光については質問しなかった。今は関係ないことだ。

しかしなぜだろう。かつて母が心酔したこの男に、この男のいるこの居心地のよさそうな世界に、猛烈な反発心が湧いてくる。

——君は朝になると消える類《たぐ》いのものだ。私は君のことも知らない。君の疑問にも答えられない。私は百科事典ではないし、青少年の悩み相談員でもないんだ。さあ、もういいかな？　じきに夜が明け、私は仕事をしないといけない。

朝になると消える？

あたりが明るくなっていく。理剣は自分の体を見た。半透明になっていた。あたりを見回すと、さきほどの男はもうどこかにいなくなっていた。どのみちここは夢の世界ではないのか。ウラルク・カーターが日本語を喋るはずはない。いや、彼が喋ったのは日本語だっただろうか。よくわからない。

ベッドで身を起こした。

頭痛が激しい。体内の臓器がでたらめに動いているような気がする。だが次第に意識がはっきりしてくる。

区の保健課から電話があった。会話の主が理剣だと知ると、一瞬息を呑《の》んだあと「プーニー摂取があったと聞いていますが、ご容体は」ときいてくる。自分の死後処理について遺族へかけてきたつもりだったのかもしれない。

「ええはい、大丈夫みたいです」理剣は答える。「すぐ吐き戻したのと、ぼくは抵抗値がだいぶ高いので」

次は児童福祉課から電話がくる。話していると、ドアが開いた。

しばらくぶりに見る父であった。

「父さん」

電話を切ってからいった。

「ああ。助かったのか。助かってよかったな」父は不機嫌そうにいった。

「母さんは」

父は少し黙っていた。

それからいった。

「大変なことになっているよ。もうこのマンションにはいられなくなる」

あのバカが。父は吐き捨てるようにいった。

「何があったの？」

「いずれわかるよ」

母が何をしたのか、予感はあった。得体のしれない不安が押し寄せてくる。

「一応な。いっておくけど、離婚したんだ。三日前に離婚届を受け取って」

父はなぜか照れたような笑いを浮かべた。「だからもう、その、俺には、他人だからさ。ただ、おまえは可哀想だな、うん。おまえも母さんみたいに迷惑なことばっかりやるんじゃないぞ」

理剣は再び吐き気をおぼえて、項垂《うなだ》れた。

「関係ないからな〜俺は、関係ないからな〜、もう他人だからな〜、バカには何をいっても無駄」父はしつこいほど繰り返した。「じゃあ、そろそろいくから」といって父は部屋を去っていった。

凜子の撃った三人は、全員病院で死亡が確認された。

凜子は郵便局にいき夫に離婚届を送付したあと、食材を買いにスーパーに向かったところで逮捕され、勾留《こうりゅう》された。

理剣の前にたくさんの人がやってきた。週刊誌の記者。警察関係。区の児童福祉課。担任教師。母方の祖父。おじさん、おばさん。

結局、母方の祖父が未成年後見人となることになった。

母親が同級生を殺してしまった子供である理剣はもうこれまでと同じ中学校に通うことはできなかった。大鹿姓は父方のもので、離婚が成立してからは、母方の姓である篠《しの》塚《づか》を名乗ることになった。

埼玉にある祖父の家に移り、その学区に篠塚理剣としてひっそりと転入した。

新しい学友たちには事件のことは一切話さなかった。一度、噂好きのおばさんに呼び止められて家族のことをきかれたが、プーニーで急死しました、と答えた。プーニー死は、今や交通事故よりもありふれていたからなんら不自然なものではなかった。

判決がでたのは翌年である。

弁護側は、「息子が殺されかけて逆上したこと」に加え「プーニー酔いで一時的に精神がやられ心神喪失状態にあった」として無罪を主張した。

最高裁までいったが、最終的に死刑判決が言い渡された。


十五歳の冬の夕暮れ時である。

理剣は枯れ木立のなかにある誰もいないベンチに座っていた。

ぼんやりしていた。

ふと顔をあげると、視界の端に何か白いものがたっていた。

なんだろう。

おばけ、という形容が瞬間浮かんだ。白くてもやもやした、絵本的なおばけの典型。

顔を巡らせて見ると、それは壊れかけた遊具に貼りついたプーニーの塊だった。

こんなところに。理剣はため息をついた。

じっと見ていると、それは遊具からおり、ぶにぶにと理剣のほうに向かってきた。

それから丸まり、転がって離れていく。ぽんぽんと弾み、木にぶつかり、地面に落ちる。

理剣は呆然《ぼうぜん》とした。

吐く息は白い。

理剣は毛糸の手袋をした自分の手を見た。

離れたところにあるプーニーボールを見ながら、ぎゅっと力をこめ、握る。

五メートルほど離れた落ち葉の上のプーニーボールが、ぎゅっと縮んだ。

なるほど。

理剣は拳《こぶし》を握り締めた。どこまでも、どこまでも。最初はバスケットボールより大きかったそれは、ゴルフボール大にまで縮んだ。

なるほど、そういうことか。

自身が身につけた能力を知った日であった。

年が明け、中学三年生の三学期がはじまる。

一月の最終日、理剣は「死ぬ気はない。いろいろ自分を試したい、捜さないでくれ」との書き置きを篠塚宅の食卓に残して、リュックを背負って失踪《しっそう》した。


失踪から一年後。

冬のプーニー被災地域に理剣はいた。

プーニーコンダクターが大規模除去を開始するまでそういった地域は放置される。

住民の九割が避難してしまった立ち入り禁止の大地だ。

ボランティアで被災地を訪れているわけではないし、プーニー災害対策所で雇われているわけでもない。ただ、個人でそこに侵入していたのだ。

一年間ずっと旅をしていた。街を歩く高校生を見かけるたびに、後ろめたさと不安をおぼえた。だが、真っ白なプーニー被災地域に入ると心が落ち着いた。

人が集う文明社会がある一つの現実であるなら、プーニー被災地域もある一つの現実であった。

被災地域にはなんでもあった。

放置された家に入れば食材があった。電気は止まっていても、プロパンガスなら使うことができた。

羽毛布団もあったし、何よりそこには静寂があった。むろん、退屈しのぎにもことかかない。

プーニーを侵入させ、ATMを壊してみた。一万円札がざばざばとでてきた。

理剣は札束をバッグにいれながら笑った。

被災地域をうろついていると窃盗団に襲われた。五人組だった。全員防護マスクを着用している。

「悪いな。プーニー喰わされて死ぬか、全部置いていくか選べ」

窃盗団はナイフをだして理剣を脅した。

「ところでおまえ、なんでマスクをつけていないんだ？」

波のようにプーニーが雪崩《なだ》れ込むと、盾となるよう理剣を覆った。次の瞬間には窃盗団は一人残らず地面から生えてきたプーニーの腕に捕らえられていた。

理剣は黙って彼らのバッグを押収した。バッグの中にはレジや金庫荒らしで奪ったであろう数百万円が入っていた。

若干だが、人助けもした。

プーニー被災現場で泣いている子供、繋《つな》がれたままのペット。彼らを救い出すのは容易なことだった。

あるとき、十二月の岡山の被災地域にいた。プーニーに覆われた家の屋根から声をかけられた。

「何してんの？」

少女だった。皮膚全体が白い。プーニー化が始まって三日というところか。屋根の上に腰掛けている。年齢はわからないが、中学生ぐらいだ。

「散歩。ご家族は？」理剣はきいた。

「避難しちゃって、私、独りぼっち」少女はいった。

「そりゃ、まあ、じゃあ一人でお暇だね？」

理剣のいいかたが面白かったのか少女は笑った。屋根からおりてくる。

「おにーさんは、なんでこんなところ歩いているのよ。マスクも防護服もなしで！」

「東京から旅行です」

「なんかそのいいかた、ムカつくんですけど」

また少女は笑った。

「一緒にご飯でも食べる？」

「食べる、食べる。何にする？」

理剣は五日間、少女が消滅するまでそばにいた。食料をとってきては少女と一緒に食べた。バーベキューがおおかった。少女は理剣がプーニーを操作できるのを見ると、ため息をついた。

「なんだっけ、セーコさん、みたいだね。プニ対に入らないんだ？」

「仮に入っていたとしたら、ここで君と喋ってはいなかっただろう。ぼくは気ままにぶらぶらしたいんだよ」

「そっか」白い少女はいった。「でも入ってよ。その力もったいないよ」

理剣はプーニーで住宅の二階から、坂の下の学校まで滑りおりる滑り台を作った。

少女は橇《そり》をだすと、歓声をあげて滑った。「寒くない？」

理剣はもう一度滑るという少女をプーニーのリフトでもちあげながらいった。

「こうなってくると、私はもう寒くない」

少女はいった。

それから少女は真っ白な高台に理剣を案内した。百人近い半プーニー化した人たちが座っておしゃべりをしていた。

どこか小さな樹氷のように見えた。

「空を見ながらね。待っているんだよ、みんなでおしゃべりしながら順番にそのときがくるのを」

真っ白なおばあさんがいった。

「私の家にあるもんだったら好きにもっていっていいよ」

数日後、少女も百人の人々も形を崩し、街は本当に無人になった。

時折、プーニー被災地域で、鳥やバッタ、あるいは野猿など、プーニー化していない生物を見ることがある。

ごく稀《まれ》にいるのだ。おそらく抵抗値が高い個体が、内部変化を起こし、環境に適応したのだと思う。

今、世界は滅びの谷を転げ落ちている。でも、それが終わったあと楽園が訪れる可能性を理剣は思う。

誰もいない。法律もない。大地は全部食物だ。いくら食べてもいい。食べなくてもいい。捕食されない。争いもない。

プーニーを操作して好きなように家をつくれる。百階建ての家も、大宮殿も。自由だ。思い描いたままの完全な自由だ。

そして腹が減ったら、家も地面も全部食べられる。チーズでできた惑星におりた鼠のようなものだ。

いや、そんなものは楽園ではない。何か、現世とは全く別種の地獄的なものだ。

理剣は白い地表を踏みながら想像する。全てはいつかプーニーになる。それから一千万年後。長い微睡《まどろ》みの時間が訪れる。人々は時折、プーニーの海の中から再生し、裸で白い地上を歩き回り、やがてとぷん、とプーニーの海へと帰っていく。空の上には〈永遠の夢〉がいつまでも輝き続ける。

6

〈私の名は、中月活連。第六次突入隊。鈴上誠一氏に出会った。コミュニケーション可

能である〉

その報《しら》せは、想念の異界から、突入者のつけたディステリグを通して送信され、日本の研究所が受信した。全世界が沸いた。

第六次の日本からの突入者が、ついに核破壊の鍵《かぎ》を握る人物と接触した。大きな進歩である。

核付近に浮かんでいる鈴上誠一が、地球のためにひと働きしてくれさえすれば、地球が救われるといわれている。

想念の異界に突入した日本の第六次突入隊十八名は、ただ一人、中月活連を残して全滅したらしい。

〈突入隊のなかで最も弱体化が進んだのは私だった。異界に散らばる守護者たちとの戦闘により仲間が一人死に、また一人死んだが、皮肉にも、私は無力すぎたが故に守護者たちの目を引かなかった。また私は魔物化することなく、住民たちに交ざることができた〉

〈最後に私が到着したのは、核心部と呼ばれる、核周辺地だ。絵本的な不思議な世界だった。電車が走り、緑の丘が連なり、森があり、海がある。中心部なのに、郊外、もしくは地方的景観なのが興味深い。鈴上氏は、そこで日常を過ごしている。鈴上氏の想念が影響を与えている世界だと思うが、はっきりとはしない。元の世界のことはあまりおぼえていないようだ。彼は話す限り、普通人だ〉

というディステリグからの通信文が全世界に公開された。

続けて、

〈これより核破壊の依頼と交渉と説得を開始する。考えつく限りのあらゆる条件を提示し、また誠実に接するつもりだ。自分が何者なのか、地球で何が起こっているのか全て話す。もちろん、核破壊後の生還の望みの薄さといった全てを開示することはできないが、不誠実は不信を呼び、不信は交渉の決裂に繋がる〉

理剣はそのニュースを高知県の電車の中、スマートフォンで見た。車窓の向こうでは、田畑と瓦《かわら》屋根の家が流れていく。

無人駅でおりると理剣は上空の青い星を見上げた。

ヒーローが今あそこにいる。

ヒーローは武器をもたず、ただ言葉だけで、地球を救おうとしている。

ほんの一瞬、ウラルク・カーターとその農場が思考に浮かんだが、それはすぐにかき消えた。

誰もが待った。

上空にある不穏の消滅を祈った。

だが、中月活連からの通信はもうなかった。それからどれだけ待っても〈未知なるもの〉はあり続け、観測器はなんの異変も伝えてこなかった。

失踪から約六年間、ぶらぶらとさまよい歩いた。働かなかった。被災地で手にした金を使いながら移動した。疲れると町にでてウイークリーマンションを借りて引きこもった。

世界はいずれ全てプーニーになるのだとしても、それを早めるのを手伝おうとは思わなかった。

祖父のところには手紙を書いたりして安否を知らせていたが、理剣が家出をしてから二年目に、祖父は心不全で死んでしまった。

父とは完全に絶縁状態で、消息も知らなければ関心もなかった。

新宿《しんじゅく》を歩いていると、電光掲示板に、

「突入者・募集!!」

と、稲妻の映像と共に文字が躍った。

「第七次・想念の異界突入者を募集します。防衛省・異空間事象対策本部」

勇ましい音楽がバックで流れている。

「一般公募！」

と大きな文字が現れては消える。

自衛隊か、プーニー災害対策所の、職員募集動画に見えた。

ＢＧＭは静かなピアノの環境音楽風のものに変わる。訓練生だろうか若い男たちが砂浜を走っている映像。

公園で母親と遊ぶ幼い女の子。ドローンで空撮したどこかの中学校。川、丘、バス。

「誰もが誰かのために生きている」

というテロップ。

インターネットで募集要項を確認した。突入者は応募すればすぐなれるわけではなく、何段階ものテストを通過しないといけないらしい。受験資格は十八歳以上で、抵抗値80以上。それ以外の一切が不問であった。

最終的に選ばれるのは二十五名。インターネットからのエントリーも受け付けていたので、すぐに名前とメールアドレスを送信した。

船橋《ふなばし》に安いアパートを借りて拠点にしていた。

理剣はアパートに届いた受験票をもって、指定された会場の一つである、武蔵野《むさしの》市の大学の講堂に向かった。

会場前の廊下に募金箱が置かれている。一つはプーニー被災地支援、もう一つは突入者支援のもの。募金箱は今や見慣れたもので至る所にある。

広々とした大講堂は志願者でいっぱいになっていた。

見回せば様々な人たちがいた。

初老の男性、若い女性、中年の男。十八歳以上が受験資格だが、上限の年齢制限はない。車椅子や杖《つえ》をついている男性もいる。比率は三対一ほどだが、女性もいた。受験前のネット情報だと、全国で志願者は四千名を超えており、一次選考の試験会場も北海道から九州まで七つあった。

やがて壇上に、青いスーツに銀縁眼鏡の男が現れた。

「みなさんおはようございます。これから、みなさんに一次選考の適性テストを受けていただきます。その前に、突入者というのは何なのか、何を選抜しているのか、もう一度、確認をしていただきたいと思います。合格しても辞退されるようでしたら、最初から試験を受ける時間が無駄ということになりますので、先に退出していただいて結構です」

全員に一枚の紙が配られた。

やや大きな字が印刷されている。

ざっと読んで要約すればこのようなことであった。

突入隊は、想念の異界に次元転送砲で突入することを任務とする。

作戦の成否に拘《かかわ》らず生還することは困難である。

「我が国は、これまで六回の突入を試みまして合計で七十二名が突入していますが、生還者はゼロです。命をここに『使う』という覚悟で挑んでください」

銀縁眼鏡の試験官はいった。

「合格すれば、二次選考の日程を書いた紙が郵送されます。三次選考まで通過した方は、一年前後の訓練に入ります。訓練期間は給料が支払われます。週五日の訓練となりますので、現在しているお仕事などは続けられなくなると思ってください。最終的な突入者は、訓練生のなかから二十五名が選ばれます」

席をたつものが何人かいた。

それでも会場のほとんどはじっと座っていた。

既に一次選考の時点で、会場に悲壮な気配が漂っている。

筆記テストが配られた。枚数にして十二枚。

一問目はこれだ。

〈あなたが兵士だったとします。爆弾を積んだ戦闘機で敵拠点に特攻をする命令が上官からでました。任務を遂行すれば死にますが、軍略的活路が開ける可能性があります。あなたはどう行動するか三十字以内で述べなさい。戦術変更について上官を説得、逃亡、どんな機会もあるとします〉

その後、極限状況を想定した気の重くなる、即答しにくい質問が続く。

友人や好きな食べ物、趣味の質問になると、少し気分が和む。

適性診断テストに正解はない。その人を知るのが目的だからだ。それでも質問の意図を読み取り、自分がより適した人物と判定されるよう偽ることは可能だと思うが、相手の求めている人材像が理剣にはわからない。豪胆な奴が欲しいのか、慎重な奴が欲しいのか。命令に絶対服従する奴が欲しいのか、意見をどんどんいって作戦を変えていく奴が欲しいのか。理剣は、理想の突入者を想像しながら鉛筆を走らせる。

十二枚のうち最後の二枚は、「動機・なぜ突入者に志願したか」、そして「地球と命を題材にして千二百字以上書きなさい」というものであった。

一ヶ月ほどで一次選考通過の書類が届いた。二次選考の会場が通知されている。

不思議に、嬉《うれ》しさはあまりなかった。

最後まで残れば「命を使う」のであり、潜在意識下の防衛本能は、とっととその馬鹿げた電車からおりろと警告をしているようであった。

二次選考の会場も同じ大学の講堂で、そこにいくと、また一次とは別の試験官が「通過したのは千名であり、そこからまた三百名の辞退者がでました」と告げた。

気持ちはよくわかった。本気で選抜される可能性がでた途端に怖くなったのだろう。

二次は、精神能力テストという、今まで受けたことのない謎めいた心理テストの他、ＩＱテストと、健康診断、そして最初の面接があった。

面接は個別にするようで、理剣は小さな部屋に案内され、パイプ椅子に座った。

面接官は中年の男と二十代とおぼしき女だった。履歴書その他の提出書類を一心に見ていた。

それから男は顔をあげた。どこか苛立《いらだ》っているようにみえた。

「どうもこんにちは、本部長の田村です」

「篠塚です、よろしくお願いします」

「すごい抵抗値だね？」

「はい」理剣はいった。

「５２０ってきいたことないよ。プニ対関連の勧誘こなかった？」

「きました。突入者も抵抗値は高いほうがいいんですよね」

「はい」田村はいった。「最近の研究では、A耐性上位は、こちらにいるときと同じ身体になる可能性が高くなるそうですね」

〈未知なるもの〉とプーニーは密接な関係がある。想念の異界にいくにあたり、抵抗値が80以下のものは、想念の異界内で実体化できずに消滅することが知られている。

「抵抗値は大切だ。募集は80以上でかけたけど、１２０以上が理想。でも基準を満たしているのなら、もう後は他の適性のほうを見ます。でもね、君ほどの抵抗値は、むしろ地上でプーニー除去に関わる、たとえば今大活躍しているセーコさんのようなポストがいいのではないかと思うんだけどね。君はその、プーニーコンダクターの力は発現していない？」

「してません。どうやったらなれるんですか」

「う～ん、操作能力の発現については、諸説あるけれど、関係者全員に箝口令《かんこうれい》が敷かれていて、極秘事項らしく私たちにもよくわかりません。運命的なものだ、ときいているけれど」

本当に知らないのだろうか。だが運命的なものだというのは正解だろうと理剣は胸の内で頷いた。運命というものがあるのだとすれば、どんなことでも運命的なものではあるけれど。

「これはまあ、確認なんだけれどね、一次選考のとき通知してあるけど、突入者って、成功しても死んじゃうんだよ」

「それは違います」田村の言葉に隣の若い女が口を挟んだ。そのため部屋は静まった。

「いや、そこは違わないだろう」田村は無表情に女にいった。「事実なんだからさ。知っていると思ってましたで済むことではないし、そこは繰り返しいっておかないと」

二人の面接官、田村と若い女は小声でやりとりをしている。

おいおい喧嘩するなよ面談中に、と思いながら理剣はじっと待った。

やがて二人の面接官は落ち着いた。

田村がいう。

「現在の肉体を失うという意味では、次元転送する時点で消滅します。そして異界内に再構築される。核破壊後にどうなるかはわからないけれど、生還の見込みは薄い」

理剣は頷いた。もちろん突入者マニアの自分にとって片道切符は周知のことだ。

「君の経歴は面白いね」

「はあ」

「中学の後、六年間何をやっていました？」

「ボランティアとかバイトとかです」

嘘だった。

「なるほど。尊敬する人は、中月活連と書いてあるけど……」

「突入者の名前は百名以上いえます。クイズがあったらいいところまでいくかも」

「じゃあクイズ。ピーター・バラッドは？　どんな人」

「イギリスの突入者で、四年前に突入。元教師で科学者。向こうの世界では、聴力を失うも、巨大な庭園で庭師として生活。誰が造ったのかも、本当の雇い主が誰なのかも、そもそも一体なんのために存在しているかもわからない庭園で、毎日規則正しく働いている。庭は日々姿を変え、東の出口から出ようとすると西の入り口にループする、と送信してきています」

田村は頷くと、手元の書類に目を落とした。「一次選考の適性テストでの結果を分析すると、君の志望動機は、〈名声欲〉そして〈義務感〉の値が高いみたい。そうかな？」

まあそのあたりかな、と理剣は思ったが、あらためて「欲」などと言語化されると反発したい気持ちも湧いて言葉に詰まる。

「〈破滅願望〉はない？」

「いや、それは、ないと思いますが」

「プーニー災害対策所は非常にやりがいのある部署だ。仮にコンダクターの力に目覚めたのなら、名声も得られるし、給料も通常の公務員とは別で、スポーツ選手並みになる。もちろん最大級の社会貢献だと思う。まあ、最初の人が狙撃されてしまったのは残念だけれど……適材適所という言葉がどうもこの数値を見ると思い浮かんでね」

だから突入者に志願せず、引き返してプニ対の願書をかけ、とでもいいたいのか。理剣は背筋をただしていった。

「プーニー除去は、確かに絶対的に必要なことです。でも、それを選択すると、一生をいたちごっこにかけるようなもので、根本的な解決ではないと思ってここにきました。突入者こそが、本当の意味で命をかけるに値する仕事だと」

部屋は静まった。

田村はふっと息をついた。そして笑った。

「ダメだよ。全然ダメだ。ダメだよ」

理剣が面談をおえて、構内のベンチに腰掛けてパンを食べていると声が降ってきた。

「お疲れ様です」

面談のとき、田村の隣にいた女だった。面接官も休憩なのだろう。

「あ、どうも。お疲れ様です。ダメだったみたいですね」理剣は微笑みながらいった。ダメだよと最後に言われたのだからダメなのだろう。「ぼくは真面目に突入者が夢だったんですが、簡単には叶《かな》わない」

「いやいやそんなことないですよ」女はいう。

「私、熱意はすっごく伝わりました。田村さん、けっこうズバッと突っ込む人だから、誰に対してもあんなふうだし。かなり気に入ってましたよ。あ、私は神流《かんな》舞《まい》っていいます」

「はあ」別に落選した志願者に名乗らなくてもいいのに、と理剣は思う。

「この面接から先に進むのは、どんな人なんですか」

思い切ってきいてみた。彼女が面接官である以上は、合格要件などをぺらぺらと話すわけはないと思いながらも。

「私もわかんないです。私は自分の気に入った人は◎つけて、そうじゃない人には×、どちらともつかない人は△つけるだけ。私の意見もまあ入るでしょうけど」

軽いな、と思う。

少しの間を挟んで舞はいった。

「私もいくんです」

「え、想念の異界に？」

「はい。次元転送されます。私はもともと、自衛官だったんですけど、突入者はすでに内定がでている数名がいて、残りを公募しているんです。で、内定者が一緒にいくのは嫌だという人は、選ばない。向こうで一緒に任務をこなすメンバーはこの人でいいのか、という目で見て採点します」

理剣は空を見あげた。

雲の向こうに青い球体がある。

生きては帰ってこられない。

「あそこにいけたら任務はなんでしょう」

「たぶん戦闘だと思います」舞はいった。

「そういう訓練をいくつか受けているので。それとあの、合否の通知はまだしていないので、通知がいくまではあきらめないでください」

翌週火曜日にはアパートのポストに二次の合格通知が入っていた。

7

理剣は三次選考で、運動能力テストと、状況判断テストを受けた。そしてそれをも通過した。

第三次選考で残ると、訓練がはじまる。今回の突入隊に選ばれなくても、次回の優先候補者として登録されるという。ここから先は志願者ではなく、もう訓練生という呼び名になる。

訓練は、筋トレや格闘術にくわえ、異界内での地図読みや、模擬実戦など多岐にわたったが、やはり戦闘を想定したものばかりだった。

神流舞も一緒だった。

宿舎内に個室が与えられ、訓練以外の時間は自由であった。

最終的な突入者の選考発表は、報道機関が集結したホテルのホールで行われた。何十台ものカメラがまわっている。

スーツ姿で座した訓練生から、二十五名が選抜される。名前を呼ばれると、舞台に用意された椅子に座るという形式だった。

まず神流舞が呼ばれ、それから数名後に、理剣の名も呼ばれた。

理剣は立ち上がり、一礼した。フラッシュが焚《た》かれ、会場内が拍手に包まれる。舞台に向かって歩くときにはおよそ何も考えてはいない。椅子に座ると、嬉しさと恐怖と安《あん》堵《ど》が入り交じった不思議な感覚に包まれる。

その後は別室で記者会見があり、それから祝賀会となった。

神流舞に駅前にでてこないかと誘われた。

一連のマスコミの取材が終わった後である。

　突入メンバーみんなで交流をするのかと思ったら、待ち合わせ場所にやってきたのは私服の神流舞ひとりだった。

「なんでも呑もうよ。奢《おご》るからさ、どこからでもこいってんだ」神流舞は鼻息荒くいった。

「いいんですか」

「だってもうあと何ヶ月かで、さよなら地球だよ？　どんな高い酒でも美食でも解禁だっての。預金通帳とかだって全部意味なくなるじゃん」

「これもテストの一種ですか？」

　神流舞は噴きだした。

「何のテストよ！　飲食誘惑の耐性テスト？　あはは、理剣くん。疑心暗鬼すぎ。未成年じゃないなら酒飲んだらダメって規則とかないので。はいはい、じゃあ、これもテスト、私のいうとおりにするテスト。もういいよ、敬語じゃなくて。突入者は全員階級の序列ないから」

　まずは焼き鳥専門店に入った。

「ついに決まっちゃったな」理剣はいった。

「ご感想は？」

「怖い」

「怖いんだ？」舞は笑った。

「舞さんは？」

「すっきりした感じ。私は最初から選ばれていたからさ、ただそれが確認されただけだもの」

「最初からってのはどういう経緯《いきさつ》でそうなったの？」

「私は前回の第六次に応募していて、中月活連さんたちと同期の訓練生だったの。で前回の最終選考では惜しくも突入者に選ばれなくて、次回にまわされたのよ」

中月活連は理剣のヒーローである。鈴上誠一と人語によるコンタクトを果たした唯一の人物。ああ、自分はかつて憧れた世界に属しているんだ、と実感した。

「みんなの背中を見送るの辛《つら》かった」

二杯呑むと、「私のマンション近いから、そこでごろごろ呑もう」といった。

理剣はどこかしら鈍いところがあったが、ここまできて相手の感情を読み取れないほどに鈍くはない。

抱き寄せると、彼女は腕をからませ、まるで食べるように理剣の耳たぶをかんだ。

事が終わってから、理剣はベッドに寝転がり、舞の髪を撫《な》でながらいった。

「こんなの、いいのかな」

「いいんだよ」舞はいった。「これから命使うんだから、悔いのないようにしたい」

「舞さんは俺でいいの？」

「あなた以外にはいない。ヤらなきゃソンソン」

　この人は何か少しおかしい、と理剣は思った。

「彼氏とかいないんだね」

　舞は冷蔵庫からコーラをもってくるとコップに注いだ。

「いない。彼氏は死んじゃったんだよ。耐性Cだったからさ。でも生きていても碌《ろく》なもんじゃなかったよ。あいつ浮気して、もめて、私からも借金して、ついでに死んでやンの。なんかいろいろ返してよってかんじ。時間とか気持ちとかいろいろ」

　理剣にしなだれかかった。

「忘れたほうがいいよね？」

「いや、忘れてはいけない」理剣は微かな胸苦しさをおぼえていった。好きな女が自分の死後、別の男に抱かれ、もう自分を忘れるというのは残酷すぎる、と思った。

「だよね。生きた証《あかし》だもんね。忘れないよ。忘れずに、死ぬ。両親は両方とも死んだ。妹も死んだ。彼氏の次に好きになったのは、片思いだったけど中月さん。でも彼もたぶん死んだ。三年前かな。中月さんは猫を飼っていて突入前に私に渡したの。猫は去年の終わり頃、ふらりとどこかにいなくなった。これが私の歴史。理剣くんって本当はプーニーコンダクターじゃない？　違う？　５２０とかないわ。そんな数値」

　舞の体温を肌で感じながら理剣はいった。

「違います。ま、素質はあるのかもね」

それから休日になるとちょくちょく神流舞の部屋にいくようになった。

休日も増えた。申請すればどの日を休日にするか調整もできた。それはこれから地上を離れるものが身辺整理や、家族との時間を過ごせるようにとの配慮だった。

舞はあなた以外にはいないといってくれたが、理剣もまた、それは事実その通りであると気がついた。人生の全てを共に燃焼する任務につく仲間である。神流舞より他にいない。

彼女のマンションは２ＬＤＫで、整理されていた。

理剣は舞の本棚から、本を抜きとり、ベッドで開いて読むのが好きだった。

「そういえば、最初の面接のとき、田村さんが〈突入したら死ぬんだよ〉的なことといったら、〈そうとも限らない〉みたいに舞さんいってたじゃない。あれって、どういうことを考えていったの？」

「私、そんなこといったっけ？」

「いった」

「それはね、そのね」舞は苦笑しながらいった。「そういわないと、あなたがやめちゃうかなって」

「いやいや」そんな覚悟で面接にこない。

「だって絶対死ぬとか、わかんなくない？　なにしろ向こうは未知の世界なんだからさ。私らが突入した後、なにか救出プランがでてくるかもしれないし、それに〈死ぬまでは生きている〉わけでしょ。それってこの地上にいても実は同じじゃない？　死ぬときゃ死ぬってだけ」

誰もが自分の死生観があるのだ。いつかは死ぬが、死ぬまでは死なない。それはこの地上にいても同じなので、想念の異界にいっても死ぬわけではない――理剣には屁《へ》理《り》屈《くつ》のようにも真理のようにも感じられる。

「そういえば、突入日決定したってよ。来年の三月十日だって。あと五ヶ月ほどだね」

最後の桜はぎりぎり見られないね、十日だとまだ咲いていないから、と舞は残念そうにいった。

十二月。理剣は会議室に並べられたパイプ椅子に座っていた。

他の五十人ほどの訓練生、及び関係者も揃っており、全員背筋をただして座っている。ほとんどがスーツ姿だ。

「これから第七次突入隊の任務の基本構想を伝えます」

本部長の田村がいった。

「今回の突入は、これまで各国が散発的に突入してきたのとは異なり、全世界的突入になります。日本からは二十五名、アメリカから百二十二名、中国から百九十名、ＥＵから三百名……」

国名と突入者数はずっと続く。

「総勢九百九十五名です。九百九十五名が、一斉に次元転送され、現地で同じ任務のもとに行動します」

部屋の空気は張り詰めていた。咳《せき》ひとつきこえない。

「最終的な目的は、核の破壊です。一つ朗報です。弱体化は徐々に克服されてきています。次元転換して突入するとき、Ｈ・Ｎ波動という、一種の波を通り抜け、そのとき弱体化、つまり事象影響力の低い存在になってしまうのですが、この弱体化をいくらか防ぐバリアが開発されました。波には、強い部分と弱い部分があり、乱れもあります。さほど期待できるわけではないのですが、たくさんの個体が転送されれば、数パーセントの確率でこれまでの弱体化と反対の「強化」に至る個体が出現することもわかりました。今までと違い、事象影響力の強い……つまり、向こうの世界にそこそこの影響を与えられる可能性があります。守護者との戦闘でも活路をみいだせるでしょう」

おお、と歓声があがる。

「ここまでで何か質問はありますか」田村がいった。

体格のいい中年の男が手をあげる。

「全世界的突入とのことですが、指揮系統はどうなっていますか」

「総司令が、全員に指令をだします」田村は答えた。「通常組織は、ピラミッドで、作戦命令は上から中間の幹部を通して下に流れていきます。しかしこの作戦は、通常とは異なるやり方で行われます。突入者に階級の上下はなく、命令をだすのは総司令のみ。

総司令が、九百九十五名全員に、逐一、指令をだします」

場がざわついた。そんなことはできるはずがないからだ。

そこで田村は微笑すると、背後に待機している職員に合図をした。

白衣の研究者然とした男がでてきて、一礼した。

「技術研究班の長島《ながしま》と申します。日本の二十五名を含む、世界の九百九十五名を指揮する総司令を紹介しましょう」

長島はいい終わると、咳払いをした。

「ファイン君、どうぞ」

コピー機が印刷を開始したような機械音と共に、大きな目で、にっこり笑った不気味な口元のロボットが部屋に入ってきた。足はキャタピラである。

「ハロー、おいらがファインです。ヨッロシクウ」

何かの冗談のように見えた。

よろしくとロボットにいわれても答えようがなく隊員たちはパイプ椅子で静止している。

「おいらが、向こうの世界で、君たちに指令をだします！」

長島はにっこりと笑ってファイン君にきいた。

「隊員たちは、あなたを〈総司令〉と呼ぶべきか〈ファイン君〉と呼ぶべきか、今悩んでいると思うよ。ファイン君」

「ええ〜、照れるな〜」ロボットはいった。顔面はプラスチックで表情に変化はない。

「そこは照れるところじゃないよ」長島はいった。

「すみません！」遮るように一人の男が手をあげていった。「なぜロボットが指揮をとるのでしょうか！ 作戦指揮のような臨機応変さが求められるものは、やはり人間のほうが信頼がおけると思います」

よくぞきいてくれた。理剣は思った。突入予定者の誰もが思っていることに違いなかった。

「その質問はおいらにしたのかな？」ファイン君の声音が変わった。何か不快気な響きがある。

質問をした男は返事をしなかった。

長島が白いロボットの肩に手を置いた。

「ファイン君にした質問だよ」

「それならば答えましょう」ファイン君はプラスチックの顔を揺らしていった。

「想念の異界で人の心に何が起こるのか、確かなことは誰にもいえません。

みなさんは誰かを本当に愛してしまったときその対象を殺せますか？

地球を裏切れば、自分は死なずにすむし、快楽や安楽が保証されるとわかったとき、あなたは地球を裏切らずにいられますか？

志を持ち訓練を受けているみなさんは、今ここでは、用意してある正解を答えるでしょう。命を捨てて世界を救う覚悟なのだ、と。でも人間の心は永久不変ではない。ちょっとした感情の変化、事情の推移で、優先順位もやりたいことも容易に変わります。特に、多大なストレスのかかる自己の命に関わる問題の答えは常に揺らいでいるといっていい。

　しかし、おいらは機械です。食欲や性欲の誘惑、容姿に対する偏見、肉体的苦痛の恐怖、自尊心、羞恥《しゅうち》心、あらゆる目くらましが通用しません。死や消滅に対する恐怖もありません。突入者ひとりひとりに個人的感情もない。最初に設定したゴールに必ず到達するといった意味で最適任です。

　それが一つ目の理由。

　もう一つの理由は、今回は多国籍の突入になりますが、おいらは突入する国、全ての言語を話せますし、文章にして指示を送信できます。同時にだせる命令は二百四十です。転送前に全員につけるディステリグから、全ての位置情報を把握し、推移していく状況を判断できます。得た情報は全て完璧《かんぺき》に記憶できます。

　この二つが人間ではない、おいらが指揮をする理由です。機械だからこそ、絶大の信頼を置いてもらいたい」

　ファイン君はそこで言葉を切った。

　部屋は静まり返っていた。

　自分のことをおいらと呼ぶ奴を信用はできない。どこか納得できないような気もするが、現実に能力は高いのだろう。

「作戦内容はどんなものになるのでしょう。大まかなアウトラインはありますか」別の突入予定者がきいた。

「現場判断です」さらりとファイン君がいう。場がわずかにどよめく。現時点で具体的な作戦がないというのか。それで九百名以上を突入させていいのか。

「ま、その、もう少し私から」田村が割って入った。「想念の異界には、核に辿《たど》り着く〈ルート〉があり、またそれぞれが閉鎖幻想に閉じ込められてしまう〈ホール〉があります。平面的な地図で表現しますと、核が中心にある」

ホワイトボードの真ん中に丸を描く。それを囲むように国名を並べる。アメリカ、日本、中国、EU、オーストラリア。

「そして中央目指して世界各国からの突入者が八方から〈ホール〉を回避しつつ侵攻していきます。守護者たちを排除して核に迫るという形になります。我々には、中月活連氏がかつて辿ったルートの履歴が既にあるので、核近辺にある鈴上氏の町に最短で到着する部隊となるでしょう。一方、核から遠いロシアやその他の突入隊は、それぞれの地域で騒ぎを起こし、この異界を支配するエネルギーの均衡を乱していきます」

「強化もありえるとのことですが、鈴上氏に頼らず、私たちで核を破壊できる力を得た、ということでしょうか」

田村は無表情に「いいえ」といった。長島が後を引き取っていった。

「コレは私が答えましょう。これまでの弱体化に比べればだいぶましになっていますが、依然として、あの世界で鈴上誠一以上に、事象影響力をもつ人間はいませんし、今後も現れないでしょう。我々が戦えるのは守護者までが限界で、核となると難しい。とにかく諸君は体内埋め込み式のディステリグを使い、指示を受け取り、その指示に従ってください」

舞の部屋からものがごっそりと消えた。本棚からほとんどの本や、レコードがなくなっている。

「中古買い取りで全部売ったら買いたたかれて、二千円にしかならなかったよ」

「二千円」

「駅前の募金箱に寄付してきた」

「マジか」

「なんだか私、改めて思ったの。人間って、時代の影響からは逃れられない生き物なんだろうなって。お店の棚に並んでいる中古CDとか本とか見ていて、このバンド懐かしいな、とか、私らの世代ってみんなあれ聴いてたよね、とか、ああ、あの本ベストセラーだったよね、とかさ。五十年後の人たちに私の青春時代の音楽とか映画とかどう見えるんだろ。古くさっとか思うのかな。それで私お店でたらさ、なんだか不思議な気分になったんだよ」

ああ、私生きているんだなって思った。私はこの時代を呼吸して、この時代の中にいて、そして、この時代より先は知ることはないんだって。

そうしたら足が震えてきてさ。でもね、怖いのとは違ってさ、なんていうの？　面白いなあって思ったんだ。そうしたらさ、小さな男の子がさ、ベビーカーに乗っていて、私と目があったのね。

奮い立ってきたよ。

突入日が迫ってくる。

理剣はまだ受験時に住んでいた船橋のアパートを退去していなかった。訓練時は宿舎に寝泊まりしているし、神流舞の東京のマンションにも泊まるので、月に一度か二度しか戻らない。

久しぶりにアパートのドアを開いた。暮らしていくのに最低限のものしかない殺風景な部屋だった。

突入者の遺品は、ネットオークションにかけると突入者マニアにいい値で売れるというが、金を得ても意味がないし、部屋には碌なものがない。

不動産業者に突入後の退去について相談しにいった。突入者であることを話すと、不動産業者の社長の態度が変わった。部屋にいた社員を全員並ばせ「いってらっしゃいませ」と深くお辞儀をして理剣を送り出した。

飲食店の並ぶ雑多な駅前を歩いていると、舞の感慨はよくわかった。

そろそろ別れを告げる街で何を食べよう。何をしよう。

ぼくは何者だったのだろう。ぼくの人生はいったい何だったのだ？

やり残したことは何かないか。いや、ありすぎてよくわからない。

葛飾《かつしか》区の東京拘置所の前に理剣は立った。

判決から約七年が過ぎていたが、母の死刑はまだ執行されていなかった。世論が加害者への同情に偏っていたことや、弁護団が何度も再審請求をしている効果もあったかもしれない。

まず理剣は火災を起こした。

灯油をもったプーニーを内部に侵入させ、油をまき、火をつける。ぼやでいい。騒ぎが起こればそれでいい。

コートを脱ぐと、その下には背中に東京消防庁のロゴがはいった消防隊員の制服を着ている。

理剣が片手を動かすと、排水口からぞろぞろとプーニーがでてくる。

糸状のプーニーを壁に這《は》わせて、監視カメラを壊し、電源をショートさせる。計画自体は数年前からたてていた。監視カメラの位置も刑務所内の見取り図も頭に入っている。

理剣はプーニーの階段を作り、中へと入っていった。

プーニーを鍵穴に侵入させて金具を押すこともできるので、番号式の錠でなければドア類は通れる。通れなければ破壊する。

刑務官は死刑囚監房から離れていた。理剣はカメラ類に映らないようにプーニー群に自分を囲ませながら、廊下を進み、扉ごとぶち壊し、母を外にだした。

母と自分をプーニーで包み、塀を越えて刑務所の外にでる。そこまでの時間は僅《わず》か三十分だった。

満月がでていた。その隣に並ぶように、〈未知なるもの〉が浮かんでいる。

河川敷の公園に、母子はいた。

理剣は、母に用意していたバッグと着替えを渡した。

「大きめの黒のジャージ。その服の上からでも着て。帽子とマスク。どこでもいいからタクシーを乗り継いで逃げて」

母はじっと成長した理剣を見てからいった。

「理剣」

「そうだよ、ぼくだよ」

十五秒ほど母は静止していて、くぐもった声でいった。

「大丈夫なの？」

こんなことをして、あなたは大丈夫なのか。

「大丈夫なことなんか、この世界にはもう残っていないんだよ。早くしないと誰かに見られる」

母は木陰ですぐに着替えた。母にかいつまんで説明した。

自分は突入者に志願し、〈未知なるもの〉に突入すること。

転送は一方通行で、戻ってこられないから今、地上でやり残したことをやっていること。

「突入って、そんな。それは、あなたでないといけないの？」

「ぼくでないといけないものなんてこの世にはないんだよ」

母はまだ何かいいたげだったが、理剣はいらだたしくいった。

「捕まらないでよ。捕まったら脱獄した意味がない」

「逃げられないよ」母はいった。「私は、私の考えで三人も殺してしまって、その罪を、私が死ぬことで償わないと。それに追ってくるし、警察が」

だがいっている間に、母凜子の顔が決意で引き締まるのがわかった。もう一度死刑囚監房に戻るつもりはない。それは表情を見ていればわかった。

「逃げられる。バッグには五千万が現金で入っている」

「五千万って、いや、理剣」凜子はぽかんといった。

「ぼくがこれからやるのは、人類最大の挑戦で、空のあいつをぶちこわすんだ。それに比べれば、刑務所やぶりなんざ楽勝！　逃げるなんてもっと楽勝」

「死ぬでしょう、だって」

「死ぬまでは死なないよ。それはどこでも一緒だよ」

母はため息をついた。

「たくさん考えたんだね」

そりゃそうだろう。たくさん考えるなんて当たり前のことだ。だが、何も考えぬままここにきたという気もする。

「それなら、すぐに戻りなさい。私のことはもう気にしないで」

母は鋭く、そして強くいった。

「誇りに思うよ、全てを」

それ以後、突入までに母が捕まったというニュースはきかなかった。

拘置所を襲撃した三日後、理剣は病院でディステリグの左手埋め込み手術を受けた。

手術は一時間で終わった。

8

次元転送砲は、病院のＭＲＩに似ていた。

白衣を着た女性スタッフに促され、理剣は細長いポッドに入った。

彼女はなぜか涙目で理剣の手を握ると、

「本当にありがとう」

といった。

「ぼくはまだ何もしていない」理剣がいうと、彼女は微笑んだ。

「最後に珈琲が呑みたいな」

「それは駄目、転送前は飲食厳禁」

蓋《ふた》が閉まった。

転送にかかる時間は三時間。

スピーカーから田村の声が聞こえてくる。

「ええ、諸君。諸君は今この時点で、その先の任務が成功しようとしまいと、全員が英雄です。歴史的英雄です。

初めて大気圏から地球を眺めた宇宙飛行士や、数多くの未踏の地に挑んだ全ての歴史的挑戦者と全くもって同等と思います。

人類の未来を切り開くために命を使ってくれてありがとう。さあ、これより転送を開始します。

転送はいったんはじまると、もう途中停止ができません。ここまできた諸君らには、今更の説明だと思いますが、もし今、躊躇《ちゅうちょ》があるようなら教えてください」

もちろん今更だった。怖《お》じ気づいた者は、とうの昔に辞退するか、ふるい落とされるかしている。

「みなさんの肉体はいったんこのポッド内で消滅します」

　みんなわかってるのだから、いちいちいうなよ。理剣は苦笑した。

「そして、向こうで再構築され肉体を得ます。それが次元転送です。残りの時間、ひまですので、何か最後に言葉があれば喋っていてください。それらは全て録音され、英雄たちの言葉として人類史に記録されます。最後の音声を公開して欲しくない場合は、公開は不許可とコメントしてください」

「田村さん、ぼく喋ります」

　ポッド内に時計がある。2：56。これがゼロになったら地球での日々は終わるのだ。終わり、そして始まる。

「田村さん、最後の懺悔《さんげ》です。実はぼくは、もぐりのプーニーコンダクターです」

　返事はない。

「そして嘘つき野郎です。実は被災地でＡＴＭ壊して金を稼いでいた犯罪者です。といっても、もう蓋は開かないんですよね？　ざまあみろだ。そして母は死刑囚です。ああ、これはとっくに知っていますね」

　理剣は笑った。

「適性検査でも心理検査でも、ぼくのことは大嘘つきってでなかったの？　大嘘つきが一生懸命、真人間を偽装しているって。そうでなければあんなテスト見直したほうがいいよ。何の意味もない。ぼく如きに騙《だま》されちゃうようなテストならね」

返事はない。

2・30。

「バーカ！」

理剣は狭いポッドの中で叫んだ。

「たくさんの死を見てきた。被災地で溶けて消えていく人たちのそばにいた。ぼくはいつも被災地にいたんだ。そこは無法で無料で、襲われてもプーニーを操れるぼくには無敵の土地だった。でも飽きたよ、もう。ぼくが空に浮いているクラゲ野郎の、体内にいくのは、地上にいたってどうせ碌な事がないからだよ！　確かにプニ対は凄《すご》いと思うよ！　エライと思うよ！　でもぼくがセーコさんと同じことやって日本が救えるの？　地球が救えるの？　そんなの焼け石に水じゃんよ」

2・18。

「まだ二時間以上もあるじゃねえか、くそ！」

理剣は呻《うめ》いた。

田村はきいているのだろうか。今きいていなくともあとで録音をきくだろう。

理剣は喋り続けた。

「適性テストは全部嘘を書いた。本当のことはいくつかある。ぼくが突入者に憧れたのは本当。〈未知なるもの〉を破壊したいってのも本当。でも、ぼくはずっと思っていたんだ。向こうで何もかも忘れて暮らすのも、いいんじゃないかって。移住したいってことも本当。ぼくはたぶん〈未知なるもの〉から招待状をもらった人間だと思う。ずっと前から予感していたんだ。いつかあそこで暮らすんだろうって。たぶん全世界の突入者の三分の一ほどは未だにあっちで暮らしている。幽霊みたいに魂だけで向こうで暮らしているのもいると思う。あそこは地上が滅びたあと、人々の魂が永遠に安らかに暮らす楽園なんじゃないかって思ったりもするんだ。食料問題も環境問題も一切がない世界だ」

沈黙。

1:56。

「裏切るかもしれない。ぼくはとても自分中心なやつで、裏切るかもしれない。でも、できるなら、ぼくは、ぼくは何も信じていやしないんだけれど、それでもぼくの信念に沿って生きたい。死んでもいいから、地球全体にとりついた幻を壊しにいきたい。ぼくがもしも裏切らなかったら、想念の異界でいい働きをしたら、ぼくのしたことを全部許してくれ。ぼくの母親に恩赦を与え、無罪放免で釈放してあげてくれ。ぼくの母親は今、刑務所で発生したプーニー災害で行方不明だ。だからテレビか何かで、繰り返し無罪放免になったことを報道してくれ」

ふいに思った。

もしかしたら、いや、きっとそうだ。これは抜き打ち最終テストで、ここでパカリと転送棺桶《かんおけ》が開き、あなたは不合格です、実は機械はまだ作動していなかったのです、ここからでてください、と言い渡されるんだ。だが、もしもそんなことになったらぼくは一生後悔——。

「田村です」

声がした。

理剣は黙っていた。

「理剣君。地球での人生最後の会話が、私で申し訳ないが、一つだけいわせてくれ。本当に自分中心のやつは、この任務に応募すらしない。君の能力なら楽をして生きていけるはずだ。世の中には、自分の生死がどこにあるのかを探すやつと探さないやつがいる。探さないことは悪いことではない。むしろ賢いといってもいい。そういうやつは、リスクを判断し、命のつりあいがとれないようなことはしない。おそらくは健康で長生きすることが一番だという結論にたどりつき、死ぬまでその結論の保持者となる。君は逆だ。君は長生きに心の底から興味がない。自分がどう生きるのか、どう死ぬのか。突出した抵抗値の持ち主だった君は常にその自問に悩み迷い生きてきた。だから我々は君を選んだ。君がもしも想念の異界にいき、鈴上氏と共に暮らすことを選んでも、誰も非難できないと思う。だがそれを選んでしまうやつは、君とは正反対のタイプだと思う。それが君が選ばれた理由だ。武運を祈る。後のことは、君に頼まれたことも含めて責任をもつ。

日本だけでない。全ての人類が責任をもつ。本当にありがとう。よき旅を」

理剣は何かひねくれた反論をしてやろうと思ったが、言葉はでてこなかった。

何もわかってないだろ、あんたには。

ふと見ると、自分の体はもうそこになかった。

☆

強い風が己の髪をなびかせる。

樹木の枝葉も、丘の草もみな揺れている。

青い空を雲の塊がすごい速度で流れている。

理剣は自分の体を見る。

どうも――何も起こっていない。そのまんまだ。異形化している部分はなく、欠損している部分もない。抵抗値が極端に高いと想念の異界ではそのままの人間の姿を得られるという、検証不十分の新説があったが、本当だったか。

スーツを着ている。黒いスーツだ。

すっと自分が誰かの影に入った。

振り返ると巨大な異形がいる。

女だ。

だが大きい。二メートル四十か、五十。

片手が死神がもつような巨大な鎌になっている。

理剣に顔を向ける。

顔は白く、目は猫のように金色で、腕には棘《とげ》が生えている。

「理剣くん？」

異形はいう。

「舞さん」

神流舞の特徴がどこにあるのかいえないほど、地上での舞とは隔たっていたが、わかった。

「理剣くん、そのまんまじゃん」

神流舞は笑った。

「そっちはまた、なんというか立派な」

それにしても彼女はどうしてしまったのだろう。霊気とでもいえばいいのか、神々しいほどの威厳を放っている。

これは間違いなくある種の奇跡だ。神流舞は、弱体化の網をすり抜け「強化」に成功したのだ。

異形の纏《まと》う青白い衣服がはためいている。

異形は嬉しそうに笑った。

「さあ、いこう。夢の世界を滅ぼしに」

走りながら理剣は思った。

その瞬間まで、全てを裏切る自分を予測していたが、結局はそうはならなかった。

変身した神流舞と共に走りはじめたときの高揚が、残りの全てを決定した。

彼女の活躍を、もっといえば、死ぬまでは生きているというその生を見たくなったのだ。

それにしても、土中から地上にでて羽化した蝉はこんな気分なのだろうか？　まるで空に舞い上がれるほどに心が湧き立っていた。

ファイン君からディステリグに届く指示は的確だった。

常に周辺に十体ほどの味方が潜んでいて、ディステリグによる連携で動いた。無謀な特攻は一切なく、いつも多すぎず少なすぎない援護がつき、退路の確保があった。

さらにファイン君は突入者たちからの報告も計算して、戦略を柔軟に変更していった。

人間そのものの姿である理剣の役割は囮《おとり》である。

あるいは偽情報を相手に流して攪乱《かくらん》する。

すぐその後には神流舞と仲間たちが挟撃、囲い込み、背面攻撃を行った。もし、その世界の住人——核を護《まも》る守護者たちを殺すことが、手柄であるのなら、二人は比類無き手柄をたてたといっていい。

確実に町は荒廃し、守護者たちは数を減らしていく。別の場所に転送されていた海外からの突入部隊もどんどん合流してくる。心強い魔物の軍勢だった。

二人は最後まで死ななかった。

対戦した相手の中では最高位ともいえる強さだった、洋菓子屋のマロンとの戦いにおいて、神流舞はディステリグを装着した左腕を失ったが、それでも生きた。理剣がそばについてサポートし続けた。


やがて数百匹の魔物が集結し、一人の男を囲んだ。

理剣と舞も、男を囲む円の中にいた。

理剣は呼ばれて一仕事を果たす。


晴れていた空がすうっと光を弱め、真っ黒になったとき、周囲の魔物たちはおおっと歓声をあげた。

神流舞の最後の台詞は、

「やったね、やった。お疲れ様」

で、理剣の最後の台詞《せりふ》は、

「すごいな。今晩は祝杯かな」

だった。

きっと地球全土で祝杯が——。

ほんの一瞬、理剣は思った。

悪魔の仮面を放り投げ、舞踏会のあとに素敵な家で、満面の笑みの神流舞と、ビールのジョッキを打ち合わせている幻。

扉の向こうからは心地よい風が吹いていて、何もかもから解放され、そしてもはや恐れるものは何もない。

そして次の瞬間、想念の異界と共に、二人は次元の彼方《かなた》に消滅した。

祝杯はあげられなかった。いや、あげたのかもしれない。遥か彼方のここではない未知なる場所で。

第五章　空を見上げ、祝杯をあげよう。

1

観測器の映像は、どこか顕微鏡で覗《のぞ》いた世界に似ている。

想念の異界に突入したものたちが見る風景と異なり、丘も山も海も建物もない。

ただ無数のゴミ、鉄骨や破片やらが浮かぶ空間である。

形容するならば、大きな湖だろうか。

そこを漂う守護者はそれぞれ形が異なっているが、どこかしらミジンコやカニの幼体、あるいはプランクトンを思わせる。

守護者たちの総数は推定で三万から四万。彼らは年々、微増していっている。

空間の被膜をすり抜けて、中に突入者たちが入り込んでいく。

観測器は次元転送された突入者の姿もまた人間の姿として映さない。突入者もまた、微生物のように映る。

不可思議なプランクトンの浮かぶ池に、ばらばらと外来のプランクトンが入っていくような光景だ。

あちこちに〈ホール〉と呼ばれる歪《ゆが》みがある。

突入者が〈ホール〉にはまると、もうそこからはでられない。

しかし今回は、突入者たちのほとんどが盲目的には動き回らず、ホールを避けて中心部へと向かっていく。

もちろん観測器からはそう見えるというだけであり、突入者たちの視点からすれば彼らそれぞれが海や山や町や図書館や島や丘やヨットのある世界を進んでいるのだ。

これまではどれも半透明で小さく弱々しい突入者たちが、所在なく右往左往していただけだが、今回の全世界一斉突入は今までと明らかに異なっていた。妙にくっきりとした屈強そうな個体が十分の一ぐらいの割合で混ざっている。

2

私の机のなかには一通の封書が入っている。

突入者選抜試験の不合格通知だ。

もはや何の意味もないもので、捨ててもいいのだが、なぜか捨てられない。

私は想念の異界に突入したかった。でも、一次選考で落ちたのだ。

その頃、私は九州出張で福岡のホテルに二ヶ月ほど滞在していたので（一年中、どこかを飛び回っている）、福岡の会場で試験を受けた。ところが一次の適性試験で落ちてしまったのである。いや、落ちた理由が果たして適性試験の結果なのかわからない。履歴書で落ちた可能性もある。

プーニーの抵抗値は、想念の異界での自己保持に関係があるらしい。なにしろプーニーの総大将みたいな奴の内部に入っていくのだから、強い抵抗値があれば有利だというのは、感覚的にわかる。つまり私は異界ではあまり姿が変わらないでいられそうなわけで、悪くない人材ではないかと自分では思う。

異空間事象対策本部とプニ対は、〈未知なるもの〉出現以後に設立された組織どうしで、たまに交流があり、第七次突入者の選考に関わった職員に知り合いがいた。

知り合いの名は阿満《あまん》さん。三十代のレゲエ好きの女の人だ。自分がなぜ落ちたのか阿満さんに電話できいてみた。

「それはねえ、相川さん……ダメでしょ。あなたが応募しちゃ」

と阿満さんは呆《あき》れたようにいった。

阿満さんは私がプーニーコンダクター〈セーコさん〉であることを知っている。何度かお酒を飲んで、ばかばかしい話を交わしたりもしたのだが、あまり人と距離を置かないタイプで話しやすい。知人というより友人に近いかもしれない。

「私の適性はどうだったんです？」

「待って待って。本当は教えちゃいけないんですけど、こっそり調べてあげる。かけなおす」

五分後に向こうからかかってきた。

「今ちょっと相川さんの適性テストのファイル開いていますけど、さすがのプーニー抵抗値だけあってH・N波動耐性や、再構築値はSで、まあ、最高値です。でもね、性格適性評点とかそのあたりが、う～ん」

「性格？　性格が悪いの？」

「いや、相川さんの性格はいいと思いますよ？　でもね、向こうでは戦闘ミッションか、工作ミッションになるんで、嘘をつくとすぐにばれる人や、仔犬《こいぬ》を殺せみたいな命令だと殺さないで逃がすことを考える人、情動に大きく左右される人、まあ要するに、お人好《よ》しで鬼になりきれないタイプとか向いていないんでダメです。後はやっぱり、地上でプーニーコンダクターで活躍している人材は、地上の誰もが必要としている、というあたりではじきました」

　確かに私は、人を殺せと命じられても、体が動かない可能性がある。向いていないのだろう。

　ここでふと阿満さんはいった。

「もしかしたら次期コンダクターになるのかもしれない、抵抗値５２０の人も応募してきましたよ」

「げ」私は衝撃を受けていった。５２０って日本一位じゃないのか。

「だ、誰」

そのとき私は全国各地で出会った逸材少年少女のことをさっと思い出した。私は抵抗値が高い人間は体で感じてわかるので、もしかしたらどこかで会った子かもしれない。

「いや名前は教えられません。ていうか、いってもわからないでしょ」

「まあそうだけど。で、落ちた」

私を落としたのと同じ理由で落とした。

「落ちてません。今訓練生まであがってきて残っています。若いです！　二十一ぐらい」

何か微妙に阿満さんの声がはしゃいだ。

「あのですね。私もうじき三十九だし、年齢的に考えて、その若い子を残して、私を送りこむじゃないですか普通」

「そんなん関係ありません。世界を救う任務の条件を、年齢だけを理由に入れ替えませんので」

まあ、そうだろうな。話しているうちにだんだん諦《あきら》めがついてきた。

「じゃ、その子にがんばれっていってあげて」

「え、いやですよ。命かけてくれる人に、そんな当たり前のこと上からいいますか」阿満さんはさらりといった。「現在、がんばってないみたいじゃないですか」

なかなかこの人やるな、と私は妙に阿満さんに感心して電話を切った。

第七次突入者の発表会に出席した。

東京駅に近いホテルだった。記者をはじめとして、関係者が大勢集まっていた。

５２０の子はすぐにわかった。篠塚理剣。

紺色のスーツ姿の彼は、記者たちのフラッシュを浴びながら壇上に向かった。

たぶんあの子が小学校低学年だった頃に、板橋かどこかのプーニー災害で会ったような気がするが、まあ、そのときの子だったとしても、たぶん向こうはおぼえていないだろう。

椅子に座った突入者たちは男女ともに、みな覚悟のあるいい顔をしていた。

見ていると、否応なく、胸の内に熱いものがこみ上げてくる。本人を見るまで私は篠塚理剣君を、自分の分身みたいに思っていたけれど、実際見てみると、鋭い印象の青年は、ちっとも私ではなかった。

その後は立食パーティーになったが、私は早々に会場を退出した。というのも、草加《そうか》市で局所的プーニー災害が発生したという報《しら》せが届いたからだ。まあそれがなくても、きっと私は会場に長居しなかっただろうし彼に話しかけなかったと思う。だってなんて声をかければいいの？

そして彼らは三月十日に突入した。

千葉の銚子に鎮座する十五メートルという長い砲身をもつ次元転送砲〈晴天〉は、

〈未知なるもの〉に向けられ、ポッドの中に入った彼らを想念の異界へと送り込んだ。

その後半年は、ずっと世界中のメディアが大騒ぎだった。

いつどこでチャンネルをまわしても、必ず世界同時突入を題材にした番組を複数やっていた。

突入から七日後、彼らのディステリグから、全員が無事転送完了したとの報告がきた。異界に到着するまで七日間かかったわけではない。想念の異界と地上では流れている時間の速度が違うのである。

突入者の学生時代の写真や映像が公開されたり、突入者の友人知人のインタビューが行われたりした。

日本の突入者の紹介だけでなく海外の突入者も紹介される。ファイン君は異界に転送されたけれど、そこは機械なので、同一ＡＩ（やはり名前はファイン君）がメディアにでて識者と対談したりした。

私はやはり、コンダクターの資質をもっている篠塚理剣が気になっていた。

突入者のなかでも篠塚理剣の情報公開は少なかった。極端に高い抵抗値も伏せられていたし、家族や友人のインタビューも彼だけなかった。なにしろ九百九十五名も突入者がいるので、あまりネタとして映えるエピソードのない人はピックアップされないのはわかるが、私は少し不満だった。少なすぎておかしくない？　と思った。

阿満さんを誘って新宿で食事をした。そのとき篠塚理剣のことをきいたが、「へえ、気になってるんですか？　私、ポッドに入る直前の担当でしたよ。〈珈琲《コーヒー》が呑《の》みたいな〉が最後の言葉で。訓練は真面目でしたね」などと教えてくれた。私はずっと後に、彼の母親が死刑囚であることや、その母親が、突入日の二ヶ月前に拘置所でのプーニー火災で行方不明になっていたことを知ったが、この時点ではそういう情報もまた、マスコミには全く漏れていなかった。阿満さんなら知っていたのではないかと思うが、彼女は全くもって口が堅くて尊敬に値する。

いわゆる突入者ブームがきており、書店には想念の異界関連の本が並ぶようになった。観測器が守護者と突入者との戦いを捉《とら》えたり、ディステリグからの報告が公開されるたびに特番が組まれた。

相変わらず私は被災地域のプーニー除去をやり続けた。

三月から六月まではいつもとあまり変わらなかった。

やはり私は突入せず地上に残って良かったと人を救うたびに思った。私は地上の命に対してできることがある。

野夏旋のことをよく考えた。

野夏旋は、想念の異界で暮らしていると私は思っていた。何度か夢のなかで彼を見た。

プーニーコンダクターは想念の異界の夢をよく見る。

もしも私が突入者になっていたら、向こうで野夏旋に会えただろう。でも、考えてみれば、突入してきたところで、地上の仕事はどうしたのだと彼は怒るだろう。

七月の半ばあたりである。急にプーニーが鎮静化した。

全世界のプーニーはやたらと這《は》い回るのをやめ、少し考え深げに、一ヵ所でぷるぷると静止するようになった。

そのおかげで七月半ばから十月にかけての局所的プーニー災害の発生頻度は前年の二十分の一に減った。九百九十五名の突入者が〈未知なるもの〉にゆさぶりをかけている影響だと私は思った。

そして秋になった。

十月の十日。

真夜中の二時に固定電話が鳴った。

私は自宅マンションのベッドで身を起こした。

友人、仕事関係はたいがいメールかラインでやりとりしているので、電話がなるとギクリとする。

ディスプレイに児島とある。

最後に会ったのは八ヶ月前の、プニ対関連の会合だった。彼は元気で、娘が中学生になったといっていた。なんだよそれ、中学生って私らが出会った年じゃんと、思った。

時の流れは速いものだが、どうも私の中身はあの頃からさして変わっていないような気がする。

児島が私に深夜に電話をかけてくるというのは、よほどのことだ。共通の友人知人の死か。そうでなければ、なんらかのピンチ。

私は通話ボタンを押した。

「相川さん、ですか。夜分にすいません。児島です」

懐かしい児島の声が聞こえてくる。

「お、児島〜無事？　どこにいるの？」

すぐにきいた。

「おう。今、家」

無事なのか。てっきり児島はプーニー被災地でにっちもさっちもいかなくなって私に電話をかけたのではないかと思ったのだが、違うようだ。実際車に乗っていたらいきなり湧いてきたプーニーに埋もれてしまってでられなくなったというような話は頻繁にきくのだった。

「ね、相川、寝てた？　今、何か感じる？」

児島の声がはずんでいる。

「寝てた。眠気を感じる」

「ごめん」児島が受話器の向こうで笑った気配があった。「まあ、寝てるだろうなあ、相川忙しいだろうなあ、と悩んだんだけど、歴史的瞬間だから何しているか気になって」

ん？　と私は思った。

ああ、そうか。いや、歴史的瞬間といえばもう、あれしかない。

「まさか」

「うん、起きるべき」

「待って、テレビつける」

テレビの前にいきながら、たぶん泣くのだろうなと思った。

というか、もう涙が浮かんでいた。

児島とはいったん電話を切った。

テレビをつけるとすぐにニュースが飛び込んできた。

〈想念の異界、核付近で大規模異常発生〉

ライブ観測映像が中心になり、画面の片隅の窓で、識者が解説している。

突入者たちが核と鈴上誠一を囲んでいる。

守護者は想念の異界内全体ではまだ数千体残っているが、鈴上誠一周辺となると、数体もいない。あちこちに散らばった突入者たちが、中央に援軍がいかないように攪乱《かくらん》しているからだ。

もしもこれが将棋なら、王は既に囲まれており詰む寸前だった。

それから鈴上誠一が体を動かした。

画像が瞬間乱れた。

乱れが戻ると、鈴上誠一は何か膜のようなものに包まれていた。

異界内で何が行われているのかはわからない。しかし、初めての現象だった。

人は一人では生きてはいけない。

ふと私は思った。

そうだろうか？ 孤独な人間などごまんといるし、好んで孤独を選ぶ人だっている。

私も独身だし、オフの日はお一人様が日常だ。でも、そういう人だって社会生活していれば同僚だの、店員だの、医者だの、近所の人だの誰かと少しは関わる。

本当の意味でひとりぼっち。たとえば、無人島の漂着者のような状況で生きるのはやはり辛《つら》いだろう。

私はからからとガラス戸を開いてマンションのベランダにでた。

朝の三時だったが、少し離れたマンションの窓の灯《あか》りがけっこう点《とも》っている。やはり歴史的瞬間のせいだ。みな起きているのだ。

児島。私は胸の内で呟《つぶや》いた。これがはじまったとき、私たちは中学一年生で、二人で早朝のグラウンドにいたんだよ？ ねえ、児島。おぼえている？ 私はよくおぼえている。

あっと思ったら、空の〈未知なるもの〉である青い球体に亀裂が入った。崩壊していく。空いっぱいに放射状にオーロラのような光が広がっていく。ものすごく大きな天体ショーだ。

人類が続く限り、この日は記録に残るのだろう。

部屋に戻ると、興奮気味の実況の音声がきこえた。〈爆発です、爆発しました！〉ものすごく盛り上がっていた。

私はふらふらとベッドに腰掛けた。

「やったやった」

何か興奮していて、自分がどんな気分でいるのかもよくわからなかったけれど、ぽろぽろと涙がでた。

お父さん。親友のよっちゃん。何百人もの死せる友人知人たち。

終わった。今日、終わりました。

篠塚理剣と、記者会見のときに見た突入者の面々が脳裏に浮かんだ。

朝七時になると、何人かが電話をかけてきた。

母親、弟、従姉妹《いとこ》、親戚《しんせき》、プニ対関連の同僚。メールボックスにもどんどんメールがくる。

プニ対の同僚と話しているうちに、私は眠くなってきた。

「セーコさん、セーコさん」

受話器の向こうで私を呼ぶ声が遠ざかる。

猛烈な眠気というか、あと数秒で気絶するな、というのがわかった。

「すんません、救急車呼んでもらっていいですか」

意識を失う寸前に私は同僚にそういった。

私の体はコンダクターになったときから、半ばプーニー側にある。〈未知なるもの〉が消滅すれば、影響を受けないはずがない。

でもそのとき、私は本当に嬉《うれ》しくて、安らかな気持ちで目を閉じた。

目覚めたのは病院で、点滴に繋《つな》がれていた。

ああ、生きていたんだな、と私は思った。

約一ヶ月間、私は病院にいた。

最初は全然喋《しゃべ》ることができなかった。なんだか電池を抜かれたロボットのような気持ちだった。食欲もなかった。

高熱がでたり、やたらに眠り続けたり、いろいろあった。検査では最初だけいろんな異常がでていたが、徐々に落ち着いていった。

やがて少し元気になると、個室でテレビばかりを見ていた。

チャンネルはどこも〈未知なるもの〉の破壊と、第七次突入の特集ばかりだった。

これまで突入者たちのディステリグや、ファイン君から送られてくる情報の公開は、かなり制限されたものだった。だが、核破壊で、〈未知なるもの〉が消滅すると、これまで非公開だった情報がどんどん公開されていった。

そんななか、突入者のひとりから送られてきたものに「初代プーニーコンダクター野夏旋と異界でコンタクトをとった」というものがあり、私は呻《うめ》いた。

退院すると、不思議なすうすうする感覚があった。

プーニーは〈未知なるもの〉消滅後、二十四時間後には、土に戻った。柔らかい土だった。後にその土はものすごく栄養があり、野菜や樹木がすごく豊かに育つことがわかった。プーニー被災地は最良の畑になるか、でなければ森になるだろう。

空を見上げると、中学生のときからずっと見えていたものがもうない。

清々《すがすが》しかった。

でも、卒業式が終わったあと、ちょっと学校に戻って、からっぽの教室を見ているような、ある種の喪失感も確かにあった。

私は電車を乗り継いで、ずっと昔に自分が住んでいた町にいった。

そして、色づいた銀杏《いちょう》並木の道を通り、懐かしい母校のそばを通り、児島と走った公園を通り抜けた。

秋の午後の陸上トラックは、数人の運動部らしき高校生がジャージ姿で走っていた。

静かな住宅街に入り、かつてよっちゃんが住んでいた家の前を通り抜け（表札はもう変わっていた）、カツ丼を食べた後、駅へと向かった。

十二月になる頃、理剣君の母親が自首して再逮捕になり、ほどなくして、異例の「恩赦」が決定し釈放された。

そして、これまで情報のなかった篠塚理剣のことも報道されるようになった。彼の突入寸前のポッドの中の音声が公開されると日本中に反響を呼んだ。なんにせよ、全ては終わったことだった。篠塚理剣は戦い、勝利したのだ。

たぶん解放感からか、町ではど派手なファッションが流行しはじめて、奇抜な道化師みたいな格好の若者が多数歩くようになった。でもそれを批判する人はほとんどいなかった。しばらくはお祭りだからいいんじゃないか、と誰もが思っていた。

銚子の次元転送砲は、想念の異界がなくなれば無用のものとなった。次元転送砲は撤去されずにそこにそのまま記念物として残され、併設されている建築物の跡地は異界記念館になり、周辺は公園として整備され、世界の九百九十五名、全員の銅像が建つという（もちろん銚子から突入したのは日本人だけで、全世界の突入者はそれぞれの国から突入している）。プーニー災害で死んだ人の慰霊碑も同じ場所に建つという話だった。

完成したら、私はきっとそこにいくだろう。よく晴れた日を選んで、たぶん誰かと一緒に。

翌年から、〈未知なるもの〉が消滅した十月十日は、国の祝日になるという。近いうちに国をあげての祝祭で二十連休がくるという話もでてきた。ベビーブームがくると予測されている。

プニ対は解散予定だ。

また新しい時代がやってくる。

そしてこれは病院のベッドの上で見たニュースの映像。

膜に包まれた鈴上誠一が、ゆっくりと上空を漂い、それから落下していく。

落下地点は太平洋。ハワイの近く。

近くにいた漁船が彼を引き上げた。

膜はナイフで裂かれた。

誰もが生きているとは思っていなかった。だが、彼は生きていた。

第六章　空から落ちてきた語り部

部屋にはソファがあり、そこに記者が腰掛けている。ソファの後ろではカメラマンが三脚の上のカメラをかまえている。

対面しているのは車椅子の男だ。スーツ姿の若い男性と、白衣の女性看護師が少し距離を置いてパイプ椅子に座っている。

車椅子の男の髪は抜け落ちており、格子柄のパジャマにガウンを羽織っている。サングラスをかけているが、ファッションではなく、両目が白濁しているのを隠すためだ。

「戦争、といっていいのかわかりませんが、突入者たちと守護者たちの戦いはどのように発生しましたか」記者が車椅子の男――鈴上誠一に質問した。

「いきなり起こったというかんじです。今考えれば、彼らは姿を見せずに私たちを包囲して開始のタイミングを待っていたんだと思います」

鈴上誠一はいう。視力は失っていたが、ライトを浴びせられているのがわかる。

記者がいった。

「いきなり。前触れはありませんでしたか」

「ああ、でも、あちこちで行方不明事件が起こりはじめて。そのとき、ああくるかな、と予感はしました」

1

中月活連が誠一に射殺されてから五年が過ぎた冬だった。

行方不明事件が頻発した。

夕暮れ時の町に散歩にでた老人が消える。

子供たちが消える。

若い女性が消える。

中央商店街には警察はない。消えた人物はその縁者が、友人知人のネットワークに頼って捜すしかない。

誠一も何度も耳にした。誰某《だれそれ》が行方不明になったが見かけなかったか。

中央広場の商店街では、鈴上誠一の呼びかけで、誰でも参加できる魔物対策会議が定期的に開かれるようになっていた。一連の行方不明事件が議題に上った。

「そもそもですね、こちらで誘拐や殺人といった犯罪行為ってのは、起こらないですよね？」

蕎麦《そば》屋の座敷で開かれた会議にて、誠一は集まった商店主たちに問いかけた。

「起こらないね」魚屋はいった。

「起こるとしたら哀しいね。俺の知り合いには少なくともそんなことをしそうな奴はいない」肉屋もいう。「だいたい何のためにするんだ？　意味ないだろ」

「魔物に襲われたかな」

「消えた女の子の友人がね、消える直前に、黒いスーツの若い男と話していたらしい。手がかりはそれだけだ」米屋がいった。

「ああ、海浜《うみはま》駅のほうでおじいちゃんが消えたときも同じ若い男の目撃談があった。一見好青年風の。ここらでは一度も見かけたことのない奴だって」別の男も頷《うなず》く。

「じゃあ、その若い男が。というのも短絡的だが」

「では魔物ではないってことか」

「そうともいえないだろう」

　これまで魔物はいかにもといった異形だった。明らかに邪悪な印象の姿をしていて、破壊的な存在だった。だが、そうでないものが現れたのかもしれない。

　第一回の会議が開かれた五年前の当初は、明日にでも戦争がはじまるのではと、大いに警戒していたものの、その後、大きなことは起こらず、魔物の来襲の頻度も増えるというよりはむしろ減っており、今ではこの対策会議もどこか弛緩《しかん》した空気が漂っていた。

　五年前に現れた中月活連が〈人間タイプ〉という新型の魔物であるとすれば、黒いスーツの青年も〈人間タイプ〉の魔物の可能性がある。

今度該当する人物を見つけたら、いったん監視するべきだ。この情報は、それぞれの知り合いに拡散しよう。

やがて会議が終わると、みなくだけた様子で酒を飲み始めた。

空飛ぶ犬橇《いぬぞり》の野夏旋は、第一回から第三回までの会議に参加したが、その後はあまり現れなくなった。誠一と野夏は会議以外にも何度か交流があったが、野夏は一年ほど前に「新兵器を研究したい」といって山にこもり、それきり音沙汰《おとさた》がない。何を作るつもりなのかは謎である。彼の住む場所は、おおまつり鉄道が通じておらず、どの駅からも遠い。原野の中の山なので、こちらから遊びにいくのは無理である。

不穏な冬が終わり春になった。八歳の桜姫を連れて、夜会にいくことにした。ナリエも一緒である。

桜姫は初めての夜会であった。

前日に仮面を買いにいった。桜姫は、おどろおどろしい仮面の揃った店に入ると一瞬泣きそうになったが、店主に優しく子供向けの仮面を勧められ、キノコを模した帽子と、ビーズのついた大きな眼鏡で扮装《ふんそう》をすることになった。

当日は家族全員で昼寝をした。夜に桜姫が起きていられるようにである。

そして日が暮れてから、春の風物詩である精霊群のよぎる空の下、家族三人は家を出発した。

提灯《ちょうちん》で飾られた最果ての丘駅で電車をおりる。

会場の丘に到着すると、仮面舞踏会が開催されていた。

誠一は、両腕にひらひらとしたピンクの布を巻いた奇怪な女が丘の出入り口から会場に歩いてくるのを見た。三メートル近い大きさで、服には無数のハート柄。「ＨＡＰＰＹ　ＳＰＩＲＩＴ　ＦＥＳＴＩＶＡＬ」とポップな書体で描かれたタスキをかけている。

その巨大な女は夜会を盛り上げるための、演《だ》し物か何かに見えた。

黒いスーツの男が、その女が踊りの輪のほうへいけるように誘導していた。

ずっと後になって思えば、そのとき警備員か、あるいは女の友人に見えた黒いスーツの男こそが、一連の失踪《しっそう》事件で目撃されていた青年ではなかったか。

女が輪の中に入り、風船を空に放った。楽団の奏でるギャロップ調の音楽は最高潮の盛り上がりをみせていた。

悲鳴が轟《とどろ》いた。

困惑したように楽団が演奏をやめた。

騒ぎが大きくなった。

ぽん、と何かが宙を飛んだ。

仮面をつけた客の首だった。

ざわめきが広がる。

巨大な女を中心に、仮面をつけて紛れていた魔物が一斉に刃物を手にして暴れはじめていた。

明らかに物々しい巨大な女は、輪の中央で黄色い目を光らせて、かまきりの鎌を思わせる湾曲した刃物に変じた手を振りあげた。

誠一は家族と一緒に広場の端にいた。

息を呑《の》んだ。

これはまずい。通常、人々は夜会のときには武器を携帯していない。商店街に魔物が出没するのとは状況が全く違う。

——逃げなくては。

ナリエと桜姫の盾になるように誠一は立った。

黄色い目の巨大な女と目があった。

目があった瞬間、女は誠一のほうにまっすぐ向かってきた。

「誠一くん、先にサクちゃん連れて逃げて」

細長い棒をもったマロンさん（仮面はもうつけていなかった）が、女に打ち掛かった。

女の巨体が揺らぐ。

「や。そういうわけには」

「はやく」マロンさんは女がふるう、巨大な刃の一撃をかわすといった。「くいとめておくから。ぼくはけっこう強いから」

マロンさんはいった瞬間、女の脇から飛びかかってきた蛙に似た小さな魔物を地面に叩《たた》き伏せた。

誠一は家族を連れて森に逃げた。

森を抜けると駅に向かう。

駅はパニックになった人で溢《あふ》れていた。

「どうするの?」ナリエがきいた。

「家に帰る」緑丘の。

「こわいの」よくわかっていない桜姫が少し面白そうにいう。「こわいのでたね? いつもでるの?」

「ああ、でたね」誠一はいった。「いつもはでない」

アナウンスが流れた。

「ただいま薔薇泉駅構内に魔物が出現しました。おおまつり鉄道の運行を一時停止します」

ナリエと顔を見合わせた。

「私の実家に」

「そうしよう」

ナリエの実家は会場からそれほど遠くない。

2

「それでどうなったのです？」

記者がきく。

「ああ」

誠一は黙った。

それで——ナリエの実家にいった。義父母が、それは大変だったねえ、と出迎えてくれ、美味《おい》しいポトフを作ってくれた。一泊し、翌朝自宅に帰ることにした。途中、マロンさんと合流した。昨夜の魔物はうまく撃退したそうだが、倒したわけではなく全員夜陰に乗じて去っていったという。それから——。

「それで」

この記者は男性だ。何歳ぐらいだろう。妻子はいるのだろうか。どんな住居で暮らし、どんな趣味をもっているのだろう。

「それで？」記者が促す。

誰もが知りたがっている。

連日のようにインタビューがある。一度話しても同じ質問を際限なくされる。

だが、なぜ記者たちに親切に答えてやらないといけないのだ？

そもそも人類が突入してこなければ、誰も死ななかったのではないか。彼らは破壊者ではないか。

結末はもうわかっているのだ。今ここに、自分が視力を失い一人でいるのが結末だ。中間の詳細など意味があるのか。まずどこそこにいき、次はどこそこにいき、誰某がこんな話をしていて、それから何を食べ、こうしてああして、ああなって。意味があるのか。

「他の人からきいてください」

「他の、というと、突入者という意味ですか？」記者がきく。誠一は返事をしない。

「突入者は、想念の異界消滅時に、全員消滅しており、あの世界の光景や空気を知る生存者は鈴上さん一人だけなのですよ」

誠一はじっと黙っていた。

十分。十五分。

誠一の世話をしている施設の医療スタッフと記者が小声で会話している。

「すみません。今日はもうこのあたりで」誠一の秘書が申し訳なさそうにいう。

「わかりました。どうもありがとうございました」記者とカメラマンが声をそろえる。

秘書がいう。

「今日はお疲れ様でした」

車椅子が進んでいく。

誠一は自分がどこにいるかわかる。これは廊下だ。もう少しで引き戸があって、十秒後にベッドの上。十、九、八、声にださず秒読みする。ゼロ。ベッドの上に寝かされる。

空調が建物全体にきいていて、暑くも寒くもない。

「本当にお疲れ様でした」

秘書は白井《しらい》という名の男である。スケジュール管理をこなし、取材その他の窓口になり、事務書類の記入を代筆し、インタビューや人と会うときは同席する。同じ建物で暮らしているわけではなく、仕事がないときはこない。明朗かつ、要点をおさえたしゃべり方をする男で、誠一は容姿は見えないものの、スマートで頭の回転の速い男をイメージしている。彼を雇用しているのは誠一ではなく、国である。そういう意味では〈誠一の秘書〉ではないのかもしれない。

「ああ、お疲れ様」

白井が去る前にきく。

「ここは、病院？」

「まあそんなようなものです」

「でも、ぼく以外の患者の気配がしない。声とか」

「今は鈴上さんをお世話するために、もともと入院していた方は別の施設に移っていただいています。現在は鈴上さん専用の施設ですよ」

「海が近いだろう？」

「ハワイですからね」

「そうか。そうだったな。ハワイだったな。よく聞こえてくるのは、英語ばかりだ」

白井はいった。

「今日のインタビューはお疲れのようだったので、しばらく休息をとることにしましょう」

「ああ、そうしてくれると助かる」

ベッドの上で誠一はいった。

「くだらない無意味な話ばかり、うんざりだよ」

「では、ごゆっくりお休みください」

「いつまで」休みは。

「ご健康第一ですから、お休みに期限はありません。またお話しいただけるようになりましたら私にご連絡ください」

白井が去っていく。

先の予定は全てキャンセルということか。

誠一はベッドの上で微睡《まどろ》んだ。

眠れば悪夢を見た。

あれから何匹の魔物を見ただろう。

巨大化したはさみ虫に顔がついたようなやつ、牛男、全身にこぶのついたやたらに胴の長い狐。大蛇。

　これまでとは違い、強かった。

　中月活連の交渉以前の魔物たちと比べて事象影響力が増大していた。加えて信じがたいほど狡猾《こうかつ》で、連携して動くようになっていた。退治しようと有志が武器をもって出没個所に向かうともうそこにはいない。かわりに別の場所で暴れている。

　弱そうなやつを森のなかや、町はずれの荒れ地などに追いかけていくと、追った人数の倍の頭数の魔物が待ち伏せしていて、一気に襲いかかってくる。

　一人ひとり死んでいく。大切な友人、知人が消え、社会の機能が麻痺《まひ》し崩壊していく。

　寝汗をかいて起きる。胸苦しい。怖い。怖い。怖い。もう終わったのだ。だが恐怖と哀しみが胸にこびりついている。

　ナースコールがある。押せば看護師がやってくるが、用事もないので押さない。

　今何時だろう。深夜だ。誠一の視力はものの形は見えないが明暗ぐらいはわかる。部屋は暗い。音の響き方も夜のものだ。

　再び眠る、起きる。

　食事が運ばれてくる。

　プラスチックプレートに載った料理は病院食で、糖尿病や高血圧の対策にはよいのかもしれないが、美味しくはない。空腹だから手がでるが、想念の異界で食べたどんな料理にも全く及ばない。

頼んで部屋にテレビをいれてもらい、つけてみたが、ハワイの病院なので音声だけ聞いていても理解できない。だが、時々ＣＭになるのはわかる。なんだか懐かしい。ものを売るために作られたあの手この手。そんなものはあの世界にはなかった。暇である。本も読めない。話し相手もいない。点字をおぼえる練習をはじめたが、苛立《いらだ》って教材を投げ捨てた。

時間が過ぎていくが、時計を見ることもできない。

三日が過ぎると、誠一は看護師に頼んで、秘書の白井へと電話した。

「またインタビューをしてもいいですよ」

「わかりました。では再びスケジュールを組みますね」

受話器の向こう側で白井はいった。

看護師が車椅子を押す。

病棟から車で移動したどこかの施設の中庭だ。隣には白井が一緒に歩いている。

誠一の両親は誠一に手紙をだしてからプーニー災害で他界したことをきいた。誠一に手紙をだした同級生ももう亡くなったという。

「ねえ、ぼくのお金ってどうなってます？」

誠一はきいた。

「お金、ですか」白井は困惑気に答える。

「何十億もくれるって話でしたが」

「いやいや、え？　誰がそんなことを」

「中月さんって人が」

少し間があった。

「第六次突入者の？」

「はい」

白井はいつも優し気で朗らかな声で話す。やはり変わらぬ優しい調子でいった。

「そうですか。しかしですね、その取引は、中月さんの時点で決断していればって話じゃなかったですか」

「嘘ばかりだ」

もちろん、中月活連を殺した自分が報酬をもらえるはずはないと理解していたが、誠一は舌打ちした。

「入院費や、普段の食事や、たまに頼んで買ってきてもらうものなんかの代金はどこからでているの？」

「国からでています。まあ、お金に関しては当面、心配しなくて大丈夫だと思いますよ」

「ぼくの預金通帳はどこにあるんです？」

白井は少し考えてからいった。

「確かに、空から海に落ちてすぐこちらの病院でしたから、そのあたりまだ手配が済んでいませんね。基本的に鈴上さんの東京にいたときの私物は、最初は奥さんが管理していて、その後、警察などのなんらかの国家機関が保管しているはずです。調べておきましょう。手元に届けるように手《て》筈《はず》を整えます。でも、とりあえず欲しいものは全部公費でいけますからおっしゃってください」

「妻はどうしているんですか？」

「あ、その」白井が少し困ったように口ごもった。「地上の奥さん、香音さんですよね？」

「そういう名前だったっけ。ホストに狂って施設に収容されたとか」

「よくご存じですね。その……いいのかな、いっちゃって……」

「いいよ。だって一応夫なんだぞ？」

「亡くなりました」

誠一の胸はずきんと痛みをおぼえた。

「そっか。死因は」

「ずっと施設にいたわけではなく、本人の希望でいったんマンションに戻ったんですね。報道では睡眠薬の飲みすぎだったと思います。肝臓病も患っていたみたいで。遺書があったという話は聞いていません。まあその、ご愁傷様です。まだ五十五だったから若いですね」

「え？」

五十五歳という年齢に実感はなかった。誠一は二十代半ばで想念の異界に入り、そこで経過した時間はせいぜいが九年ほどだったように思う。ナリエと出会い、桜姫が誕生し、八歳だった。つまり自分の年齢は三十代のつもりであり、妻もまた同じぐらいだと思っていたが、時の流れの違うこちらではそうではないらしい。

「五十代か」

「こちらでは、〈未知なるもの〉が出現してから二十六年が過ぎているのですね」白井はいった。

広い空間だった。記者団が集まっている。

誠一の目には見えないが、気配で大勢居ることがわかる。カメラのシャッター音もずっと続いている。

英語で質問がされるが、通訳が日本語に訳してくれる。

「記憶に残る突入者はいますか？」

瞬間、夜会を襲撃した巨大な鎌女が脳裏に浮かんだ。

「魔物のことですよね？」

通訳が、〈魔物〉を〈モンスター〉と訳して相手に伝えているのがきこえる。外国人記者が短く何かいう。通訳がまた訳す。

「魔物ではありません。突入者です」

奴らがモンスターであるというのは、想念の異界内だけの認識といいたいのか。

「いや、魔物です。女子供を嬉々《きき》として殺し、にやにや笑いながら街に火を放つ、下劣で醜い生物のことです。私たちはあの世界で奴らを魔物と呼んでいた。モンスターだよ。あなたたちのお仲間だ」

鈴上誠一は笑ってみせた。

通訳が訳す。記者団が不快気にどよめいた。記者がまた質問する。訳されるのを待たずに誠一は続ける。

「自分たちはそうではないと？　今年でも去年でも、どの時代のどんな一年でもいい。地上で人間が人間同士で何をしでかしているのか見てみればいい」

通訳は誠一のこの台詞《せりふ》を訳さず、記者の新しい質問を訳した。

「あなたは、想念の異界で〈未知なるもの〉そのものの自我に触れたり、宇宙から飛来してきたと自覚している存在とコミュニケーションをとったりしたことがありましたか？」

取材陣は誠一の言葉を聞き逃すまいと場がしんと静まった。

十数秒の沈黙。

コミュニケーション？

どういう意味だろう。

誠一はきいた。

「コミュニケーションってなんですか？」

通訳に逡巡《しゅんじゅん》の気配が生じた。記者に向けられた言葉として訳すべきか、単語の意味について通訳である自分に向けられた質問か即断できなかったからだろう。

「会話そのほかで意思を伝えあうことです」

通訳は後者と判断し、早口にいった。鈴上誠一は頷いた。

「ぼくの前には、人々がいた。彼らは優しかった。毎日言葉をかけてくれ、話題があれば、紅茶でものみながらのんびりと午後を一緒に語って過ごした。

彼らは人が嫌がることはしなかった。ぼくが疑問を抱けば、できる限りの説明をしてくれた。もしもそれが〈未知なるもの〉という一つの存在が、ぼくと触れ合う手法であったのなら、彼、あるいは彼女は」

誠一は言葉を区切った。

「友人になってくれ、妻になってくれ、娘になってくれた。担々麺《たんたんめん》になってくれ、粒マスタードになってくれ、鉱石になってくれ、チーク材のテーブルになってくれた。炎になってくれ、星空になってくれた。それはぼくに何も強要しなかった。ぼくに美しいものを教えてくれた。ぼくに優しい気持ちを向けてくれた。それを守る戦いもその他のことも、ぼくが選んだ。コミュニケーションをしたか、という質問に答えるならば、全てがコミュニケーションであり、それがコミュニケーションだとは気が付かないほど自然にそれはあったのだと思う。『ワタシハウチュウカラキタウチュウセイブッダ』なんてことを触手を伸ばしながらぼくに語ったやつがいたのかという意味の質問なら、いなかった」

真夜中、誠一の手を握り、ありがとう、とつぶやいたナリエのことを瞬間誠一は思い出した。

フラッシュを焚《た》く音が部屋に響く。

「次は、ご家族についての質問です、え、ナリエさん。彼女と出会ったのは」

誠一は遮るようにいった。

「家族について話すつもりはない。個人的なことだからだ。妻もあれこれ語られるのは嫌がるだろう」

沈黙があった。しかし、鈴上誠一は面倒な人物だと事前に情報がいっていたのだろう。すぐに謝罪がきた。

「申し訳ありませんでした。ご家族の話はなしにしましょう。質問を変えます。なぜあなただったのだと思いますか？　あなた一人が核のところにいた」

「考えたことがないし、これからも考えないでしょう」誠一はいった。「なぜ私は日本で生まれた？　なぜ私は鈴上姓だった？　なぜここはハワイなんだ？　なぜ私は男なんだ？　なぜそこに小石が落ちているんだ？　なぜあのヤギは白いんだ？　私はそこにいたんですよ。それだけです」

「地上で何億人もが死んでいたのを知っていましたか？」

「手紙は届いていましたけれど、朝起きたらまず珈琲《コーヒー》を飲むし、その後には人と会う約束もあるんです」

「罪の意識は？」

「何億人も死んだのは私のせいじゃない。まずここはいいね？　プーニーとやらのせいだ。宇宙から〈未知なるもの〉がやってきたのも私のせいではない。誤解のなきよう。私がどんな罪の意識を感じないといけないのですか？」


静かな木漏れ日の道を進む。

木漏れ日とわかるのは、ちらちらとした光の加減だ。

「いつまで続くんだろうね」

この取材攻勢は。

隣を歩く秘書はいつのまにか女になった。白井の後任は広田《ひろた》という女で二十七歳だという。車椅子を押している看護師のほうは名前などを把握していない。

「そうですねえ」広田はいった。「たぶん、生きている限りは続くと思いますよ。でも、お疲れでしたら、またしばらく休養をとれますけど」

「いや、いいんだ。がんばるよ」

休養のほうが辛《つら》い。退屈地獄だ。だが、それはいわない。嫌だが渋々取材に応じてやっている、というスタンスがいい。

「ぼくは死刑にはならないのかな。人類を危機に陥れたものとして」

「ならないと思います」

「どうして？」

「それは、だって」

「研究対象だからだろ」誠一は苦笑しながらいう。「でしょ？　殺せないんだ。貴重な資料すぎて」

人類史はもちろんのこと、地球史にも残る未曽有《みぞう》の大事件において、鈴上誠一は希有《けう》な異界の生き証人であり、また研究材料である。

「国際会議で、鈴上さんの安全を保証するように、決定しているんです」

「前の秘書はそんな会議があったことといっていなかったな」

「あ、そうでした？　もしかして鈴上さんにはお伝えしないでおく事項だったかも。ま、いいですよね？　とにかく安全は保証されていますので」

レストランで昼食をとったあと病院に戻ると、広田は病室までついてきていった。

「お渡しするものがあります。東京から取り寄せた私物です」

段ボール二箱が私物だった。

広田によれば、鈴上誠一が行方不明になったときに妻と暮らしていた稲城市のアパートはとっくに取り壊され、私物はいったん実家に引き取られたあと、鈴上誠一が世界的に有名になるにあたって警察が保管していたという。預金通帳は広田に読んでもらった。定期預金が四十万円、普通預金が二十七万六千円です、と広田はいった。卒業アルバムやら、二十六年以上前のノート型PCやら、ジャケットやらがあるが、それらに今の誠一は何の価値も見出《みいだ》せなかった。

誠一は、硬い革の鞄《かばん》をとりだした。

「これは？」

「鈴上さんが、電車の中に置き忘れたとされる鞄です。外回りの営業でお使いになっていたものでしょう。おそらく地上最後の日のものと思いますが、おぼえがありますか」

「ああ」小さく誠一はいった。なにかひどい疲れをおぼえた。

「おぼえているも何も、あっ鞄がない、と気がついたとき、糸が切れたようにどうでもよくなったんだ。ぼくには見えないけど古びた鞄かな？」

「まあ、はい」

「全部、捨てていい」

「博物館が欲しがっていると思いますよ。今度の事件は地球史にも人類史にも残るものですからね。あ、鈴上さんの人生を映画化する予定もあるそうですよ」

「好きにすればいいよ」

しばらくすると、広田から、後藤《ごとう》という女性に秘書が代わった。どういう事情で秘書がどんどん代わっていくのかわからなかった。彼らは名前と声だけの存在だった。

「まずいよ」食器を下げにきた看護師にいう。

昼食のことだ。冷えた鶏肉のミンチには、何の味付けもされていない。全体的に悪意が感じられる。秘書と一緒に外出したときに食べる外食はごちそうだが、日常の食べ物は最低だ。

「そうですか」

「食べてみればいい」

「はあ」看護師は困惑気にいう。

「ぼくは病気ではない。普通のものが食べたいし、普通の暮らしがしたい」

誠一はいう。

「ここをでて一人で暮らす。好きなときに好きな場所にいって好きなものを食べたいんだ」

「はあ。ただ私たちには許可をだす権限はありませんので」

「でも、食事を変えることは？　そのぐらいはできるでしょ？」

返事はない。

「ねえ」

返事はない。

誠一は耳を澄ます。看護師が部屋を退出していることを知る。怒りが湧いてくる。

再び日本から団体の取材があった。

テレビ局に、新聞、異空間事象対策本部の連中が揃って姿を現した。

「お土産です」

彼らは梅干しや、しば漬けや、乾麺のうどんなどを誠一に渡した。

「そういえば突入者の指揮官を今日は呼び出せますよ」

不思議なことをいう。誠一がきょとんとしていると、唐突に人工的な声が聞こえた。

「おっす、おいらの名前はファイン君！　おいらは、核破壊作戦の指揮官でした！」

妙に明るく、すっきりとした透明な声だ。

「え？」

誠一が困惑していると、研究者が説明した。

「今のはスマートフォンで呼び出したファイン君です。九百九十五名はファイン君から指令を受け取るディステリグという機械を肉体に内蔵し、そこにくる指令通りに動いていたんです。もちろん送り込んだファイン君は消滅してしまったのですが、ここにいるのは送り込まれて指揮をとったものと同じＡＩです」

ここで相手は咳払《せきばら》いをした。

「もう何度もいろんな人に同じことを質問されていると思うのですが、最終的な異界の終結について教えてください。辛《つら》いところだとは思うのですが。敗因、結末に至った第一理由はなんだったのでしょう」

3

緑丘駅前にまばらにあった住宅街は炎に包まれ、誠一たちの暮らす丘の中腹の家も燃やされた。

誠一はナリエと桜姫、マロンさんをはじめとする十数名の集団で一緒に行動することにした。

夜会の襲撃から十日が過ぎた。その間、誠一が戦闘した魔物は七匹。熊のような魔物や、大蛇のような魔物は強かった。みな相次ぐ戦闘で疲れていた。戦闘で驚いたことが二つある。マロンさんが群を抜いて強かったことだ。針状の細長い武器を使い、魔物を刺すと、魔物はたいがい動きを鈍らせ倒れてしまう。魔女秘伝の毒液を注入しているのだという。

もうひとつは自分の強さである。何度か斬りつけられたが、血はすぐにとまり傷は塞《ふさ》がった。自分の銃は自分以外の人間では威力を発揮しないこともわかった。

一行は精霊の森駅から二つ離れた煉瓦迷宮駅に隠れていた。

敵はじりじりと迫って包囲してくる。

やがて魔物たちが通りの向こうからなだれ込んできたという情報が流れ、マロンさんをはじめとした同行メンバーは、敵を阻止するために一時的に誠一たちと離れた。

そばにいるのはナリエと桜姫だけだった。

三人は樅《もみ》の木の下にいた。

三人のいる広場に通じる道は一本だけで、道の先から魔物が現れたらすぐに攻撃できるように銃を構えていた。誠一は家族をはげました。

「いずれ終わる。大丈夫だ」

この世界を支配している力が、侵入してきた魔物を排除していく。今回は数が多いから時間がかかっているだけであり、やがて侵入者が排除されれば、全ては復興する。壊れた家も、店も、町も、元通りになる。この世界に働いている、ある種のご都合主義が、破壊の痕跡《こんせき》を再生させ、理不尽をなかったことにして、神話的ハッピーエンドに結んでくれる。

戦闘にでたマロンさんたちはなかなか戻ってこない。

やがて銃を構えているのも腕が疲れてきて、誠一は腕をおろした。

そこに、空から犬橇で、野夏旋がやってきたのだ。

犬橇は広場に着地した。

「お久しぶりです」野夏旋はいった。「今マロンさんたちに助太刀してきましたが、マロンさんから伝言です。こっちに魔物が数匹向かってきています。今のうちにここを離れ、私の島で合流とのこと。鈴上さん、桜姫と奥さんを安全な島にいったん避難させましょう。そしてそこで仲間たちとも合流しましょう」

よし。誠一は頷いた。

求めれば発生する。それがこの世界の理《ことわり》だ。マヨネーズを求めればどこかにマヨネーズが現れるように、救いを求めれば誰かがくる。

「わかりました」

桜姫と、ナリエが犬橇に乗った。野夏旋は細長いライフルを誠一に渡した。

「鈴上さん。私が作った銃です。魔物に特別な効果がある弾丸が入っています」

「ありがとう」

銃を受け取る。

そういえば、新兵器を作るといっていたが、これがそうか。

「弾丸は鈴上さんの事象影響力を高める効果があります。魔物が現れたら試しに撃ってみてください」

どういう理屈でそんなものが作れるのかわからないが、とにかく心強くて嬉《うれ》しい。

「うん、うん」何度も頷いた。

「心強い。ありがとうございます」

「いえ、礼には及びません。あっ」

百メートルほど離れた道の向こうに、ダンゴ虫に似た形の魔物の姿が見えた。

魔法使いが杖《つえ》を道の先に向け、ちらりと、誠一に視線を向けた。

――いい機会です。試し撃ちを。

誠一はもらったばかりの長い銃を巨大ダンゴ虫に向け、狙いを定めると引き金をひいた。

銃口が火を噴く――はずだった。

だが背後で轟音《ごうおん》が響いた。

爆風で誠一は吹き飛び転がった。

慌てて振り向くと、野夏旋の犬橇が、木っ端微塵《みじん》になり、真っ赤な炎をあげて燃えていた。

炎のなかに人影がある。

誠一は声なき叫びをあげた。

そこで意識を失った。


目を開いた。

中央広場駅の駅前野原に倒れていた。

世界はまだそこにあった。

運ばれたのか、それとも、結局は想念の産物であるこの世界で〈背景が切り替わった〉のかはわからない。

服は裂けている。全身を火傷《やけど》している。肉は剝《は》がれ、骨が見えている。しかし感覚が麻痺しているのか痛みはなかった。

妻子の姿は近くにはなかった。

しかし、世界がまだあるということは、少なくとも娘は生きているはずだ（だが、あの爆発でどうやって？）。いや、生きている。妻子の死はあまりにも恐ろしくてまともに考えられなかった。

誠一は周囲を見回した。

三十メートルほどの距離をおいて、遠巻きに百近い異形たちに囲まれていた。

異形の向こう側では商店街が炎に包まれている。異形がなぜ自分を攻撃しないのか、特に意識がなかったときに止《とど》めを刺さなかったのかを考えた。

異形たちの円のなかから、黒いスーツの男が歩いてきた。長く細い刀を手にしている。

「目が覚めましたか。私の名は理剣と申します。少し話をさせていただきます」

「野夏さんはどこだ」

誠一はいった。

「爆風により消滅しました」黒いスーツの男理剣がいう。

「彼は……裏切ったのかな？」

野夏旋の渡した銃の引き金を引いたら爆発が起こった。

練られた計画と思われる。犬橇のシート下には爆弾が積まれていた。妻子を犬橇に座らせる。銃の形をした起爆装置を渡す。

かつて中月活連はいったではないか。

——同じ銃でも、鈴上さんが使えば鉄板を撃ち抜くことができ、ぼくが使えば紙すら撃ち抜けません。

技術革新により、突入者の弱体化がいくらかの改善をみせたといっても〈鈴上誠一の行動は、他の誰かの行動よりも、大きく重大な結果をもたらす〉ことに違いはない。同じ爆弾でも、鈴上さんがスイッチを押せば周囲が吹き飛び、ぼくが押せば煙だけです、となる。

もちろん野夏旋が知らなかったはずはない。

「確かに鈴上さんの視点では裏切ったということになるでしょう」

解せない。誠一は野夏旋が嫌いではなかった。野夏旋もこの世界が気に入っているように見えた。互いに友情はあったと思う。

「あの人は地上で殺されてここにきたといっていた。裏切りで彼に何の得があった？　爆風で己が消滅してまでも、得るものがあったのか？」

はっと思いあたった。

「人質か。人質をとったんだな？」

いうことをきかなければ地上に残っている妻子を殺す、といったような取引が存在したのではないか。

「いえ。全て野夏さんの意志です。野夏さんの家族はプーニーで全滅しています。彼は地上では知らぬ者のいない英雄でしたが、過酷な人生を送っており、結婚もしておらず、子供もおらず、恋人もいませんでした。人質をとろうにもその効果が期待される人などいないのです。突入するまで、彼がこちらに存在していることすら、私たちは知りませんでした。彼はいち早く上空から突入者を見つけ、私たちとコンタクトをとり、爆弾の作戦を私たちに教えたのです。彼は最初からここを滅ぼすつもりでした」

「嘘だ」

「地上の地獄を見たかどうかが、鈴上さんとの違いなのでしょう」

救いを求めるように周囲を見回すが、味方の気配はない。ナリエと桜姫のことを思う。

「あんた、人間の姿をしている。情があるだろう。頼む。お願いします。まず妻子を病院に連れていきたい。重傷のはずだ。その後なら、どんな取引でも前向きに対処します」

「ナリエさんと、桜姫さんは、同じ爆発で消滅しました」

死んだ？

誠一の動悸《どうき》は激しくなった。吐き気がこみあげてくる。

「嘘だ。世界はまだ崩壊していない」

誠一は相手の表情を読み取ろうとした。理剣と名乗った男は難しい顔をしている。よく見るとまだ若いことがわかる。十代後半か、二十代前半だろうか。どう説明しようか迷っているような顔だ。

「桜姫は核だろう。死ねば世界は崩壊しているはずだ」

呟《つぶや》くように誠一はいった。

計器をもってきた中月活連は殺してしまったし、計器は鶏山の谷に落としてしまっていた。考えてみれば桜姫が核だと自分が思いこんでいるだけで、裏付けるものは何もない。

それにしても野夏旋と、ナリエと桜姫が消滅したのだとすれば、さほど変わらぬ距離で爆風を浴びた自分はなぜ生きているのか。ただれた皮膚も再生がはじまっている。この体は一体――。

「まさか、ぼくが核だったのか？」

「鈴上さんが地上からの手紙を受け取った頃には、地上の研究者も、誰もよくわかっていませんでした。核は鈴上さんと糸状の光で結ばれていたため、核がどこかにあると誰もが思っていたし、鈴上さん本人が核なのだという説と、想念の世界では家族の親しい人が核だという説も有力でした。中月さんの突入時もまだ誰もよくわかっていなかった。中月さんのもっていた計器は、どれが核なのかを測定し、その結果を地上に送信するタイプのものでしたが、ご家族と、鈴上さんに計器が少し反応したものの、微反応は、一帯のあちこちにあり、一度もこれが核だという突出した反応を記録することはなかったのです。その後、想念の異界の研究が進み、核というのは、想念の異界では、特定の誰かではなく、〈鈴上さんの希望〉のことなのだという説が有力になりました」

「希望？」

自分の希望が、この想念の世界の核。

誠一は不意に、魔物たちが何を企《たくら》んだのかを知った。

作戦名をつけるのなら、『絶望作戦』だ。

全ての住民を殺し、町を焼き払い、娘も、妻も、友人知人も誰もいない世界にする。

希望を失わせる。

「この世界はとても奇妙で、あなたが希望をもてば、ずっと続き、あなたが絶望すること、つまりもう生きていたくないと思うことが核の破壊となり、終わりになります」

「それならぼくが生き続ければ、希望を持ち続ければいいんだな？」

「お友達も、全員消滅しています。この一帯には守護者はもう誰もいません。突入してきた戦士たちは、おおまつり郡に工作を続けています。既にここからでる道はみな地雷だらけです。ドアノブや水道の蛇口などあらゆるものがスイッチに変えられています。仮にですが、生きながらここを歩き去っても、延々と痛みと爆風に晒《さら》されるよう作り変えられており、希望はありません。鈴上さんが何かを大切に思い始めれば、それを私たちが妨害します。長引けば、地上からまた次の隊が突入してきます」

本当なのだろう、と思う。

青年は一歩踏み出すと、さっと刀を一閃《いっせん》させた。

何も見えなくなった。目が熱い。視力が奪われた。

「斬らせていただきました」

声だけがする。声に悪意はなかった。感情を超越した覚悟をもっている人の声だ。

両目から液体――おそらくは血――が流れているのを感じる。

誠一は呻《うめ》いた。

「これでご決断を。鈴上氏の同胞、全人類、全世界が、今日のこの瞬間が、未来を切り開いた瞬間になることを祈っております」

絶望しないというのなら、絶望するまでどんな残酷なことでもするだろう。四肢の切断でもなんでも――。

ナリエも桜姫も死んでしまったのなら、確かにもう何も残っていない。仮に自分ひとりが不死身の再生能力をもっていたとしても、戦う手段も気力もない。選択を迫られたこの状態が辛く、早く終わらせたい。

「終わりでいい」

誠一は絞り出すようにいった。

すっと重力が消えた。

どこかに浮かんでいた。

無力だった。手足を動かしても何にもひっかからない。何も見えない。

誰かが――きっと誰かが――そっと自分を包んだ。

――おとうさん、さよなら。

誰かはいった。

落ちていく。果てしない奈落《ならく》を、どこまでもどこまでも。

雲が渦巻く青い星が下にあるのだろうか。

激突するのだろうか。

かまわない。

もう何も怖くない。

4

記者がいった。

「結果的に負けたけれど、生還が叶《かな》ったわけです。こういってはなんですが、中月氏のときに、彼の申し出に乗っていれば、いろいろ変わっていたと思うのですね。現在生還できたのなら、そのとき生還していれば何十億もの金が入ったでしょうし……タラレバの話ですが、過去に戻れるなら、中月氏の言葉に乗りますか？」

「乗らない」誠一はいった。「いったいどこに自分の娘を殺す父親がいる？　確かに敗北だった。もう百回やれば、百回あなたたちが勝ったかもしれない。だが、今ここで、心の底から思うんだ。裏切らなくてよかった。今大金を手にして笑って座っていなくてよかった。自分がどう生きたか自分で知ることができてよかった。百回繰り返しても百回あなたたちの敵にまわるよ」

感嘆とも思えるため息が返ってきた。

この記者は間違った解釈をしている。誠一は胸の内で思った。絶望が核破壊の条件ならば、中月活連の説得の時点で絶望するはずがなく、申し出に乗るも乗らないもない。

ベッドの上で誠一は食器を床に投げ捨てた。

「まずいっていってんだろ！」

女性看護師がいう。

「ああ、困りますよ」

「困るじゃないだろ！　困るのはこっちだろ！」

「すみません、でも」

「何ヶ月も前からいってるだろうが！　なんなんだよこの味は？　施設をでて一人で暮らす話はどうなっているんだ？」

「それは私どもにはわからないので、秘書さんと話してくださいよ。黒部《くろべ》さん呼びましょうか？」

「黒部？」

一瞬わからなかったが、また秘書が代わったことを思い出す。もう八回は代わっている。

彼らもまた一人暮らしの件はのらりくらりとかわす。そもそも〈本物の秘書〉ではないと思う。一度、看護師が廊下で秘書を〈先生〉と呼び、「ここでは」と窘《たしな》められるのをきいたことがある。彼らは大学の博士やら精神科医やらで、自分は檻《おり》のなかの珍獣のような観察対象。全ての会話がＩＣレコーダーで記録され、部屋には監視カメラがついている——という疑念が湧いてくるが、そうだとしても自分にどうにかできることではない。

誠一はため息をついた。

「全てが向こうのほうが上だ。あんたたちの暮らしは地獄を這《は》い回っているようなものだ。たとえばバナナ一本でも、違うんだよ。艶《つや》も甘味も、そこにあたる光も、それを包む空気も、本物以上に本物だった」

返事はない。ふいに腕がむずむずする。

「腕がかゆい」

「虫に刺されたんですね。お薬塗りましょうか？」

「うるさい！」

また怒りがこみあげてきて、誠一は怒鳴った。

冷静になると、看護師に酷《ひど》いことをしたような気がしたが、彼らはこうしたことも想定した上での仕事で給料をもらっているのだし、妻子を殺した連中の仲間なのだから別にいいのだという気になった。

しょせん人間など、地表を這いずり回る、卑劣さが売りの数十億の虫ではないか。

記者がきく。

「これは世界中の研究者が謎だと思っていることですが、あなたは膜に包まれて太平洋に落ちていった。なぜあなたにそのような奇跡が起こったのかわかりますか？」

「仮にわかっていたとしても、私はそれをあなたに話そうとは思いません」

「それはなぜでしょうか」

「看護師が時々、私の皿に蠅を混ぜているようだ。食事は意図的に不味《まず》い。明らかにわざとやっている。取引です。私から話をさせたいのならまず待遇を改善してください」

「え、初耳です。そんなことが起こっているんですか。いや、私は週刊誌の記者なので」

「それはちょうど良かった。では、私が被っているハラスメントについて話すので、書いていただきたい。私は抗議する」

潮の香りがする。

海沿いの道だった。

カモメの鳴き声がした。

週に何度かは散歩にでる。

「楽器が買いたいな。膨大な時間を点字の練習だけでなく、ピアノか何かを弾いて過ごしたい。ピアノって経費で買えるかな。買えるなら病室に最上等のやつを買おう」

鈴上誠一は、車椅子を押す看護師の女にいう。返事はなかった。かまわず誠一は続けた。

「やったことはないが、音楽ならできるんじゃないかって思っている。視力のない今、聴覚のほうは敏感になっているし、今まで気にしなかった音の一つ一つの面白さがわかるようになってきているんだ。他にもしたいことはいくつもある」

これからの意気込みについてしばらく一人で話してから誠一はいった。

「海は見えるか？」

「はい」

「汚い海なんだろうな」

女は黙っている。

「ああでもハワイだから綺麗《きれい》なのかな？」

女の返事はない。

「君ってあれな？　答えたくないことがあると返答しないでむっつりだな？　愛想がないのもほどほどにしないと、まわりの人間みんな苛ついていると思うよ？　いいよもう帰ろう」誠一はいった。

「健康のためです」

未舗装の道に入った。がたがたと車椅子が揺れる。間違いない。ビーチか何かにでようとしているのだ。

「あのさ、どうせ見えないんだし、汚い海なんか興味ないよ。どこにいくんだよ。だいたい」

返事はなかった。

「返事ぐらいしろよ。それもおまえの仕事だろうが！」と毒づくが、やはり返事はなかった。

車椅子は止まった。

誠一は自分の手に金属の輪がはまるのを感じた。

なんだ？

「ここは誰もこない崖《がけ》の下です。ここに入る道にゲートがあるのですが、鍵《かぎ》をかけておきました」

女の声は張り詰めていた。

誠一は両手を動かそうとして、手錠をはめられたことを知る。片手ずつ車椅子の手すり下のフレームと繋《つな》がれたようだ。

「今は引き潮で、これから——潮が満ちる。大潮です。ここにいればちょうどあなたの口と鼻までは水面下にいくでしょう。あなたは座った姿勢ですからね。潮があなたをさらうかもしれない。あなたをここに放置します」

誠一はごくりと唾《つば》を呑んだ。

「な、なんで」

「もがき、苦しんで、溺《おぼ》れ死んで」

光を失ってから聴覚で自分の周囲を把握するようになった。周囲には、人の声も車の排気音もない。波の音だけだ。

ここが人気《ひとけ》のない小さな入り江か何かであるのは事実だろう。

「なぜ私がそんなことをするのか。それだけいっておきます。理由は、私があなたを大嫌いだからです」

「だったら、仕事を辞めたらいい。代わりは」

代わりはいくらでもいる。そう、いいそうになったが、この状況で刺激するのもどうかと黙った。

女は喋《しゃべ》り始めた。

「私はプーニーで大切な人をたくさん亡くしています。母と弟をはじめとして、数え切れない。そして、父は、第五次の突入隊に志願し、想念の異界で死にました。後にいろんな資料を見たり、あなたがインタビューで語るのをきいて、だいたい父の死の真相を知りました。あなたが鶏山で殺したのが私の父です。優しい人だった。日本の第五次突入隊は、調査目的だったので、たぶんあなたに攻撃の意思は見せなかったはずです。私は突入者の娘である素性を隠して求人に応募し、ようやくあなたの世話係にたどりつきました。最初は必ずしも、あなたを責める気はありませんでした。あなただって被害者だと思っていたし、自分があなただったら、何を選んだかなんてわからない。〈未知なるもの〉の出現は、あなたが原因でもない。敵と味方という状況になったことがあったとしても、もはや全部終わったのだ、と。

　生前の父もよくいっていました。鈴上誠一が悪いわけではない。世の中にはいろんな立場がある。彼は被害者だ。

　世界中にあなたを処罰したいという団体がいて過激な主張を繰り返していますが私は彼らと同じではない、とずっと思っていました。

　でも、あなたの暴言は不快すぎてもう堪《こら》えきれないのです。生還したあなたは、死刑にはならないし、裁かれることもない。あなたの経験の価値のために、社会は死ぬまであなたを保護し生かすでしょう。あなた専属の看護グループはあなたにストレスを与えないことが第一ルールです。私の父を殺したあなたは誰かに世話されながら食事が不味いだの、俺が異界で食べたものはとびきり美味《うま》かっただの、おまえたちの生活は地獄で這い回る暮らしだの、なんだの悪態をつき続け、誰に感謝することもなく、かつて自分が過ごした夢の世界がいかに甘美だったかだけを、はしたなく自慢し続け、最後の瞬間まで好き放題に醜態をさらしながら死ぬのでしょう」

誠一は黙ってきいていた。鶏山で遭遇したくわがた虫のような魔物をちらりと思い出した。初めて一人で倒した魔物だった。微《かす》かな胸の痛みがあったが、ナリエと桜姫の死を考えれば、己の態度を謝罪しようとは思わなかった。

「あなたは自分のしたことに信念をもち、それを悔いることがない。私はそこには感心するのです。それならば、私もまた、自身の感情に正直に従い、そしてそれを実行し、誇りをもち悔いることなく生きようと思います」

「おい」

足音が去っていく。

ふざけるな。誠一は歯がみした。

「おい」

助けてくれ、と叫んでみる。なんの返答もなかった。

だがこの期に及んで助かりたいのか？　わからない。

波が打ち寄せてくる。

声が嗄《か》れるまで叫んだ。誰もこなかった。

冷気が漂ってくる。

二時間ほどが過ぎた。膝《ひざ》まで水につかっていた。全身汗だくでびしょ濡《ぬ》れだった。

　そこで、思いもかけぬことが起こった。ぽん、と左手が自由になったのだ。どうも長時間の奮闘のおかげでフレームが歪《ゆが》んで手すりが外れたらしい。そしてフレームに繋がっていた手錠が抜け出たのだ。

活路であった。

　シャツの胸ポケットに携帯電話がある。自由になった左手を慎重に胸ポケットに伸ばす。手触りがある。電話をとりだす。見えずとも指がボタンの配置をおぼえており、操作はできる。通話の相手は……警察？　ハワイの警察の番号を知らない。

いや、秘書だ。黒部だったか。英語で話さないで済むし、番号は知らないが着信履歴からボタン一つでかけられる。間に合うだろうか。自分はここがどこか地名をいえないのだが。

　ボタンを押す。コール音がなる。五回、十回。

大丈夫、ここから脱出して――。

「もしもし」

　くぐもった声がきこえた。

脱出して？　あの病院に戻り、そしてまた際限のない時間の檻に死ぬまで繋がれる。

　ふっと醒《さ》めた。

「もしもし、黒部です。鈴上さんですか？」

空は、今どんな感じだ？

そこにはもう本当に何もないのか？

誠一は見えぬ目で空を見上げた。

誠一の左手から携帯電話が滑り落ちた。

水に落ちただろうがもう誠一の意識は携帯電話にはなかった。

俺は希望を捨てたのか？　絶望作戦に屈したのか。いや、希望とは内なるもの。神聖で侵しがたい領域にあるもの。誰にも奪い去ることなどできはしない。

誠一は左手の平を開き、空にさし出した。

誰かが自分の手を握っている。

暮れなずむ黄昏《たそがれ》の丘、透き通った空の下を歩いている。

手を握っているのは小さな娘だ。妻もいる。

――わあ、長い影。

夕日に染まった娘が影を踏んで笑う。

――さあ、おうちにかえろう。

――ねえ、楽しかったね？

今日の全てが、一日が。

――そうだね。

――私も誰かと出会えるの？　お父さんとお母さんが出会ったみたいに。

――出会えるさ。宇宙は広く、果てしない。あらゆることがありえるんだ。
見上げる空には、かつてないほどの精霊群が見える。
――さあ、家についたら夕食よ。
妻がいう。
ふいに涙がこみあげてくる。
平凡ないつもの春の宵だ。
誰もが当たり前の美を生きている。
私たちはまだ若く、あらゆる希望に満ちていて、何もかもを信じて疑わない。

解説

池《いけ》澤《ざわ》春《はる》菜《な》

白状します。わたし、本書を、寝かせ玄米ならぬ寝かせ小説させました。

一章目を読んで、これは今すごいものを読み始めたのでは？　とドキドキが止まらず、一気に読むのが惜しくなって数日、寝かせました。大好物のお菓子が詰まった箱をちらっと開けては閉めるように何度もゲラの束を覗《のぞ》き、ついに我慢できなくなって一気読み。

今、感無量です。


サラリーマンの鈴上《すずがみ》誠一《せいいち》が迷い込んだ、不思議な街。まるで絵本のように平和でメルヘンチックなこの街から、誠一はどうしても出ることができません。

そのままホラーの世界に入るかと思いきや、誠一の元に届いた一通の手紙をきっかけに物語は思わぬ展開へ。

誠一があれだけ帰ろうとしていた元の世界は、今や〈未知なるもの〉、空を覆う〈未解明気象〉によって、ディストピアと化していました。「白い餅《もち》そっくりの不定形の生き物で、柔らかく、手足、目鼻はなく、内臓もないが、ゆっくりと動き、有機物をとりこんで己の栄養にする」プーニー。一見、姿形も名前もかわいいこの生物が人類を滅亡へと追いやっていきます。

この絶望的な事態を解決できるのは、誠一のみ。誠一の意思一つに、世界の命運がかかっていました。

物語は、両極を行き来しながら進みます。

〈未知なるもの〉の内と外。

取り込まれること。取り込むこと。

現実と夢。

章によって視点がくるくると翻り、立場も、考え方も、善悪も変わっていく。

内を守ろうと戦う誠一、外を守ろうと戦う相川聖子《あいかわせいこ》や野夏旋《のなつめぐる》、大鹿理《おおしかり》剣《けん》。それぞれがそれぞれの思いを抱え、物語を推し進めていきます。

その均衡が崩れ、境を越えて外が内に侵蝕《しんしょく》した時、物語は大きく裏返ります。ここからの怒《ど》濤《とう》の展開、そしてラストの衝撃たるや。それこそ、空の上からぽんと放り出されたような。

あなたがこの物語を最後まで読んでいたとして、この結末は腑《ふ》に落ちましたか？　めでたしめでたし、ああ良かったと思えましたか？　おそらく、わたしと同じように、割り切れない思いをどこかに抱えているのではないでしょうか。

トロッコ問題という古典的な命題があります。

トロッコが故障し、制御不能となった。あなたは線路の分岐点の側にいる。このままトロッコが進めば、線路上にいる五人が死ぬ。だけど、あなたが分岐を操作すれば、死ぬのはもう片方にいる一人だけで済む。五人を救うために一人をひき殺すか。それとも運命に介入することを拒み、そもそも死ぬ運命にある五人をそのままにするか。

もしくは、あなたはそのトロッコに乗っている。このまま進めば線路上にいる五人をひき殺す。だが進路を変えれば、トロッコは崖《がけ》から落ち、五人は助かるがあなたは死ぬ。

五人を救うために一人を犠牲にするのは、表向き、正しいように思えます。でも、もしその一人が大科学者で、人類に恩恵をもたらす素晴らしい発明を数多くなしていたら？　五人が生きている価値もないような悪人だったら？　あなたのトロッコに、あなたが愛する人が一緒に乗っていたら？

この問題をＳＦ的に描いた名作が、アーシュラ・Ｋ・ル＝グウィンの「オメラスから歩み去る人々」です。誰もが幸せに暮らす街、オメラス。ここに住む人々は美しく、高い知性と理念を持ち、平和と繁栄を謳歌《おうか》していました。だけど、オメラスの地下には、一人の子供がいます。その子が不幸であること、非人道的な境遇にいる限り、オメラスは繁栄を続けることができます。この街に暮らす人々は、ある一定の年齢になると、この地下牢《ちかろう》を訪れ、子供の存在を知り、その上で今まで通りの幸せな生活を送るのか考えることになります。

一人の不幸の上に成り立つ、大多数の幸福。

たった11ページの短編ながら、読んだ人の胸に忘れられない印象を残す短編です。

もしくは、ジェイムズ・ティプトリー・ジュニアの『たったひとつの冴えたやりかた』。16歳の誕生日、両親からプレゼントされた小型宇宙船を改造し、一人で宇宙へ飛び出したコーティー。彼女が道中で拾ったメッセージパイプには、シロベーンと名乗る心優しき生命体が付着していました。はからずも彼女の脳に寄生したシロベーンと大の仲良しになったコーティー。でも、事故によって親から引き離され、宿主との共存方法を学ぶことができなかったシロベーンは、本能を抑える術《すべ》を知りません。このまま基地に戻れば、やがてシロベーンは繁殖期を迎え、胞子をばらまき、全ての人間が寄生されてしまいます。そして、本能のままに生きるシロベーンの子供たちによって、脳を食い荒らされることに。コーティーとシロベーンがとった「たったひとつの冴《さ》えたやりかた」とは。

あるいは、トム・ゴドウィン『冷たい方程式』。

八島游舷《やしまゆうげん》『Final Anchors』。

個人的には、この問題には答えを出してはいけないと思っています。幸・不幸はグラデーションで、どこかで線を引くことはできない。大勢のために一人を犠牲にすることも、一人のために大勢が犠牲になることも、きっと、どちらも等しく正しく、等しく間違っている。

それぞれの心の中にオメラスを置き、考えること。その問題に向き合い続けるしか、道はないと思うのです。

　だからこそ、ＳＦです。

ＳＦはサイエンス・フィクションであり、またスペキュレイティヴ・フィクション、思弁小説でもあります。様々な設定で現実とは異なる世界を描き、推測を深める、いわば小説で行う実験。今、現実にある問題を、ＩＦで捉《とら》え直し、その先を問う。ＳＦだからこそ、ＳＦでなければ描けないことがある。

本作『滅びの園』は、そんな思弁ＳＦの系譜に連なる、新たな名作になるでしょう。

作者の恒川光太郎さんのことを少し。

恒川さんは１９７３年東京生まれ。２００５年、妖怪《ようかい》たちが集まる夜市で、弟と引き換えに野球の才能を買った少年の話『夜市』で第12回日本ホラー小説大賞を受賞してデビュー。

異世界に飛ばされ、10個の願いを叶《かな》える力を得た主人公が望むものを描いた『スタープレイヤー』。謎めいた金色様という存在を軸に世界の興亡を描く江戸《えど》を舞台とするファンタジー『金色機械』で、第67回日本推理作家協会賞を受賞。

少し不思議（これも〝ＳＦ〟ですね）で、精緻《せいち》な白昼夢のような、ファンタジーとホラーの境界にあるユニークな作品を数多く書かれています。

第9回山田《やまだ》風太郎《ふうたろう》賞の候補にもなった今作にもその恒川カラーは色濃く満ちています(ちなみにこの回の受賞は、真藤順丈《しんどうじゅんじょう》『宝島』。こちらは第160回直木《なおき》三十五《さんじゅうご》賞も受賞しているので、相手にとって不足なし、と言った感ですね)。

「滅びの園」とは、誠一のいた想念の世界のことだったのか。それとも、聖子たちのいる地球のことだったのか。

滅びる園なのか。滅ぼす園なのか。

異なる価値観全てを呑《の》み込み、物語はラストに向けて疾駆します。読んだ人の心に、ざらりとした読後感と、それぞれの「滅びの園」を残して。

物語に取り残されたわたしたちは、この園を心の内に抱え、自分だったらどうするか、考えながら、生きていきましょう。

本書は、二〇一八年五月に小社より刊行された
単行本を文庫化したものです。

滅《ほろ》びの園《その》

恒《つね》川《かわ》光《こう》太《た》郎《ろう》

令和3年 5月25日 初版発行
令和6年 12月10日 3版発行

発行者●山下直久

発行●株式会社KADOKAWA
〒102-8177 東京都千代田区富士見2-13-3
電話 0570-002-301(ナビダイヤル)

角川文庫 22668

印刷所●株式会社KADOKAWA
製本所●株式会社KADOKAWA

表紙画●和田三造

●お問い合わせ
https://www.kadokawa.co.jp/ (「お問い合わせ」へお進みください)
※内容によっては、お答えできない場合があります。
※サポートは日本国内のみとさせていただきます。
※Japanese text only

ISBN 978-4-04-111241-0 C0193

◆◇◇

角川文庫発刊に際して

角川源義

第二次世界大戦の敗北は、軍事力の敗北であった以上に、私たちの若い文化力の敗退であった。私たちの文化が戦争に対して如何に無力であり、単なるあだ花に過ぎなかったかを、私たちは身を以て体験し痛感した。西洋近代文化の摂取にとって、明治以後八十年の歳月は決して短かすぎたとは言えない。にもかかわらず、近代文化の伝統を確立し、自由な批判と柔軟な良識に富む文化層として自らを形成することに私たちは失敗して来た。そしてこれは、各層への文化の普及滲透を任務とする出版人の責任でもあった。

一九四五年以来、私たちは再び振出しに戻り、第一歩から踏み出すことを余儀なくされた。これは大きな不幸ではあるが、反面、これまでの混沌・未熟・歪曲の中にあった我が国の文化に秩序と確たる基礎を齎らすためには絶好の機会でもある。角川書店は、このような祖国の文化的危機にあたり、微力をも顧みず再建の礎石たるべき抱負と決意とをもって出発したが、ここに創立以来の念願を果すべく角川文庫を発刊する。これまで刊行されたあらゆる全集叢書文庫類の長所と短所とを検討し、古今東西の不朽の典籍を、良心的編集のもとに、廉価に、そして書架にふさわしい美本として、多くのひとびとに提供しようとする。しかし私たちは徒らに百科全書的な知識のジレッタントを作ることを目的とせず、あくまで祖国の文化に秩序と再建への道を示し、この文庫を角川書店の栄ある事業として、今後永久に継続発展せしめ、学芸と教養との殿堂として大成せんことを期したい。多くの読書子の愛情ある忠言と支持とによって、この希望と抱負とを完遂せしめられんことを願う。

一九四九年五月三日

角川文庫ベストセラー

鬼談百景　小野不由美

旧校舎の増える階段、開かずの放送室、塀の上の透明猫……日常が非日常に変わる瞬間を描いた99話。恐ろしくも不思議で悲しく優しい。小野不由美が初めて手掛けた百物語。読み終えたとき怪異が発動する――。

営繕《えいぜん》かるかや怪異譚《かいいたん》　小野不由美

古い家には障りがある――。古色蒼然とした武家屋敷、町屋に神社に猫の通り道に現れ、住居にまつわる様々な怪異を修繕する営繕屋・尾端。じわじわくる恐怖。美しさと悲しみと優しさに満ちた感動の物語。

ゴーストハント1　旧校舎怪談　小野不由美

高校1年生の麻衣を待っていたのは、数々の謎の現象。旧校舎に巣くっていたものとは――。心霊現象の調査研究のため、旧校舎を訪れていたSPR（渋谷サイキックリサーチ）の物語が始まる！

ゴーストハント2　人形の檻　小野不由美

SPRの一行は再び結集し、古い瀟洒な洋館で頻発するポルターガイスト現象の調査に追われていた。怪しい物音、激化するポルターガイスト現象、火を噴くコンロ。怪しいフランス人形の正体とは⁉

ゴーストハント3　乙女ノ祈リ　小野不由美

呪いや超能力は存在するのか？　湯浅高校の生徒に次々と襲い掛かる怪事件。奇異な怪異の謎を追い、調査するうちに、邪悪な意志がナルや麻衣を標的にし――。怪異&怪談蘊蓄、ミステリ色濃厚なシリーズ第3弾。

角川文庫ベストセラー

ＳＦ ＪＡＣＫ

新井素子、上田早夕里、冲方丁、小林泰三、今野敏、堀晃、宮部みゆき、山田正紀、山本弘、夢枕獏、吉川良太郎
編／日本SF作家クラブ

SFの新たな扉が開く!! 豪華執筆陣による夢の競演がついに実現。物語も、色々な世界が楽しめる1冊。変わらない毎日からトリップしよう！

アラビアの夜の種族 全三巻

古川日出男

聖遷暦一二一三年、偽りの平穏に満ちたカイロ。訪れる者を幻惑するイスラムの地に、迫り来るナポレオン艦隊。対抗する術計はただ一つ、極上の献上品「災厄の書」。それは大いなる陰謀のはじまりだった。

サマーバケーションEP

古川日出男

20歳をすぎてようやく認められた〈自由行動〉。他人の顔を憶えることができない「僕」は、出会った人と連れ立って、神田川を河口に向かって歩き始める。世界に対する驚きと無垢さに満ちた、再生の物語。

おそろし
三島屋変調百物語事始

宮部みゆき

17歳のおちかは、実家で起きたある事件をきっかけに心を閉ざした。今は江戸で袋物屋・三島屋を営む叔父夫婦の元で暮らしている。三島屋を訪れる人々の不思議話が、おちかの心を溶かし始める。百物語、開幕！

あんじゅう
三島屋変調百物語事続

宮部みゆき

ある日おちかは、空き屋敷にまつわる不思議な話を聞く。人を恋いながら、人のそばでは生きられない暗獣〈くろすけ〉とは……宮部みゆきの江戸怪奇譚連作集「三島屋変調百物語」第2弾。